文化差异视域下的
英美文学翻译

蔡 云◎著

中国书籍出版社
China Book Press

图书在版编目（CIP）数据

文化差异视域下的英美文学翻译/蔡云著. -- 北京：中国书籍出版社, 2022.12

ISBN 978-7-5068-9238-4

Ⅰ.①文… Ⅱ.①蔡… Ⅲ.①英国文学—文学翻译—研究②文学翻译—研究—美国 Ⅳ.①I561.06②I712.06

中国版本图书馆 CIP 数据核字（2022）第 201303 号

文化差异视域下的英美文学翻译

蔡 云 著

图书策划	成晓春
责任编辑	李 新
封面设计	博健文化
责任印制	孙马飞 马 芝
出版发行	中国书籍出版社
地　　址	北京市丰台区三路居路 97 号（邮编：100073）
电　　话	（010）52257143（总编室）（010）52257140（发行部）
电子邮箱	eo@chinabp.com.cn
经　　销	全国新华书店
印　　刷	天津和萱印刷有限公司
开　　本	710 毫米 × 1000 毫米　1/16
字　　数	213 千字
印　　张	12.25
版　　次	2024 年 1 月第 1 版
印　　次	2024 年 1 月第 2 次印刷
书　　号	ISBN 978-7-5068-9238-4
定　　价	72.00 元

版权所有　翻印必究

前　言

新形势下，作为一种语言艺术，文学作品中使用了大量的修辞方式，不仅增强了文学作品的表达效果，也在很大的程度上提升了美感的作用与价值。在进行英美文学作品翻译的时候，不仅需要关注修辞方式，还需要结合英汉语言文化差异，建立合理的解读措施。不同国家的历史发展与文化背景都各不相同，只有真实地了解英美文学作品，才可以直观地表达其中的内涵，认识语言差异，找到中西文化之间存在的壁垒，找到两者之间的共性。

透过英美文学作品，展现的不仅是国家文化和社会环境，更是艺术魅力。翻译英美文学作品不仅仅是要让读者看懂，更重要的是引导人们充分感知文学作品的美感，逐渐领悟其中的文化内涵。文化差异对翻译英美文学作品的影响是非常大的，也是我们在翻译过程中不得不考虑的重要因素。因此，基于文化差异探讨英美文学作品的翻译问题，要明确其影响，同时掌握多样化的翻译技巧和翻译策略。

从某种意义上来讲，文学翻译是开展文化交流的重要途径，学者在进行文学翻译时需要阅读其他国家的文学作品，而这些国外作品中蕴含着该国的文化，这在无形中实现了文化交流的目的。由此不难发现，文学翻译最大的困难不在于语言，而在于文学作品中蕴含的文化。文化的产生受地域、历史、习俗等多方面因素的影响，恰当地处理文化差异是做好文学翻译的前提与基础。总之，文学翻译具有十分重要的作用和意义，同时对其展开研究也有一定的现实意义。

本书内容共包括六章。第一章是英美文学，主要内容包括文学概述、英美文学知识与思潮、英美文学的历史演变，共三小节；第二章是文学翻译概述，主要内容包括文学翻译基础、文学翻译与文化的联系、不同翻译理论下的文学翻译、英美文学翻译的相关理论知识，共四小节；第三章是中西方语言翻译的差异分析，主要内容包括中西方思维方式的差异、中西方语言逻辑的差异、中西方差异下的翻译比较，共三小节；第四章是文化差异下的英美文学翻译分析，主要内容包括英汉翻译中的文化差异、文化差异对英美文学翻译的影响、文化差异下英美文学翻译的比较,共三小节;第五章是文化差异下的英美文学翻译实践,主要内容包括文化差异下的英美诗歌翻译、文化差异下的英美散文翻译、文化差异下的英美小说翻译,共三小节;第六章是跨文化背景下英美文学翻译分析,主要内容包括跨文化背景下英美文学翻译的难点、跨文化背景下英美文学翻译的策略,共两小节。

在撰写本书的过程中,作者得到了许多专家学者的帮助和指导,参考了大量的学术文献,在此表示真诚的感谢!本书内容系统全面,论述条理清晰、深入浅出。

限于作者水平有不足,加之时间仓促,本书难免存在一些疏漏,在此,恳请同行专家和读者朋友批评指正。

作者

2022 年 5 月

目　录

第一章　英美文学······1
第一节　文学概述······1
第二节　英美文学知识与思潮······4
第三节　英美文学的历史演变······11

第二章　文学翻译概述······45
第一节　文学翻译基础······45
第二节　文学翻译与文化的联系······75
第三节　不同翻译理论下的文学翻译······78
第四节　英美文学翻译的相关理论知识······110

第三章　中西方语言翻译的差异分析······129
第一节　中西方思维方式的差异······129
第二节　中西方语言逻辑的差异······134
第三节　中西方差异下的翻译比较······140

第四章　文化差异下的英美文学翻译分析······149
第一节　英汉翻译中的文化差异······149
第二节　文化差异对英美文学翻译的影响······152
第三节　文化差异下英美文学翻译的比较······154

第五章 文化差异下的英美文学翻译实践 ··· 156
第一节 文化差异下的英美诗歌翻译 ··· 156
第二节 文化差异下的英美散文翻译 ··· 164
第三节 文化差异下的英美小说翻译 ··· 171

第六章 跨文化背景下的英美文学翻译分析 ································· 180
第一节 跨文化背景下英美文学翻译的难点 ······························· 180
第二节 跨文化背景下英美文学翻译的策略 ······························· 183

参考文献 ··· 187

第一章 英美文学

文学作为文化的一个重要构成部分，是人类社会共同的精神财富，不同的文化体现不同地域、不同民族的思想观念和审美旨趣，同时也是不同政治制度、经济水平的体现。本章主要介绍了英美文学，主要从三个方面进行了阐述，包括文学概述、英美文学知识与思潮、英美文学的历史演变，共三小节。

第一节 文学概述

一、英国文学

从英国文学诞生到它登上世界文学顶峰仅仅花费了1300多年，这在世界文学史上可谓一个奇迹。英国文学诞生的时间相对较晚，尤其是与印度文学、中国文学、希腊文学等相比，其发展历程短了数百年，甚至数千年，但是这并不能抹杀它的光芒。在英国文学发展过程中，诞生了一批批优秀的文学家，他们散布于英国文学的各个领域，如戏剧、诗歌、小说、散文等。莎士比亚、拜伦、狄更斯、萧伯纳、乔叟等人不仅是英国著名的文学家，同时也是世界著名的文学家。随着时间的推移，英国文学在发展中受当代文学思潮的影响，于20世纪八九十年代诞生了一批批优秀的文学家，其代表人物为艾米斯。艾米斯一生中创作了诸多文学作品，如《钞票：绝命书》《时光之箭》等，其中《钞票：绝命书》对英美资本主义的金钱观念进行了猛烈的批判，而《时光之箭》采用独特的叙述手法，利用倒叙手法描述故事情节，从而为读者营造一种时光倒流的感觉。艾米斯的作品中蕴含着丰富的现实主义色彩，其创作主要受罗布格里耶、卡夫卡、博尔赫斯等人的影响。在这一时期部分文学家将关注点放在历史题材，并创作出许多优秀作品，如艾克罗伊德的《王尔德的最后证词》、巴恩斯的《福楼拜的鹦鹉》，此外还有描述东英吉利地方历史的《洼地》(斯威夫特)等等。该时期的历史题材作品深受后现代主义思潮的影响,为此评论家将其称之为"新型历史小说",此类作品在讲述历史的过程中,质疑"真实"观念,叙述者获得一种自我认识。另外,英国文学史上也诞生了一部分优秀的女性文学家,如拜厄特和德拉布尔姐妹俩,从某种意义上来说,她们属于知识型妇女作家,是英国文学研究专家。其中拜厄特创作的《占有》对维多利亚时代诗人的精神境界与现代学者的精神做了对比。除此之外,戈尔丁也是英国著名的文学家,他创作的《蝇王》对人性的善恶进行了深入的探讨。

二、美国文学

从语言上来看,美国文学和英国文学都属于英语文学,但是二者之间同样存在一定的差异。部分学者对美国文学和英国文学的区别进行了一定的研究,如玛谣的《美国文学精神》。第一,美国文学诞生的时间较晚,它基本与美国资本主义同时诞生,为此它不会像英国文学那样受封建贵族文化的束缚。第二,美国文学与英国文学的精神面貌也有所不同。由于受地广人稀、土地资源开发等综合因素的影响,美国人形成了独特的性格特征。具体来讲,美国人的性格特征在文学发展中主要表现在以下三个方面:一是追求民主自由,个人主义观念较为强烈,这些在文学作品中都有所体现;二是美国作家敏感、好奇。第三,美国文学内容庞杂、色彩鲜明。众所周知,美国是一个由多民族构成的移民国家,不同民族的人将本民族的文化带到美国,从而形成了多样性、庞杂性的美国文学风格。此外,美国文学在发展过程中不断汲取各民族的文学精髓。除此之外,在美国文学发展历程中,个性自由与自我克制、激进与反动、高雅与庸俗、明快与晦涩等共生共存,它们之间形成了鲜明的对比。

当代美国文学最突出的特征是后现代主义文学成为主流。进入20世纪60年代,在后现代主义思潮笼罩下,美国文坛流派丛生,风格各异,从50年代的"垮掉的一代"到60年代的超现实主义文学、黑色幽默、荒诞派文学、色情文学、科幻文学,不一而足。各种文学题材从各个不同的侧面反映出美国社会生活和文化心理状态。

首先突出的是"黑色幽默"派的创作。伴随人们对生活中的异化现象以及"非理性"现象有了更加深入的认识之后,作家将夸张、超现实的创作手法应用于文学作品创作之中，以此将可笑与可怖、柔情与残酷、欢乐与痛苦等揉合在一起，让读者对生活有一个更加深入的认识。通常情况下这部分作者并不看好世界前景，而这就是"黑色幽默"文学。美国"黑色幽默"文学著名代表人物有海勒、弗里德曼、巴斯、珀迪、品钦、巴塞尔姆等。同时他们也创作了许多文学作品，如海勒的《第二十二条军规》、品钦的《万有引力之虹》。美国"黑色幽默"文学作品主要通过描写主人公周围世界的荒谬，以及社会对个人的压迫，来讽刺环境与自我的不协调，同时作者在文学作品中还会将这种环境与自我不协调的现象放大，从而使读者感到滑稽可笑，同时又深刻体会到沉重与苦闷。美国"黑色幽默"文学在创作方法上也与传统文学有所不同，"黑色幽默"文学作品中往往缺乏逻辑联系，并将现实与幻想融合在一起，又将严肃的哲理与插科打诨糅合在一起。

其次，在美国文学发展中诞生了一种新型的文学样式，即"新闻报道"或"非虚构小说"。部分美国作家认为现实生活中的离奇现象已经远远超出作家的想象力，与其创作虚构的小说，不如运用小说写作手法来描写现实事件。在这样的文学创作体裁中，作家可以将自己的观察与想象融入事件描述之中，也可以运用各种象征写作手法。一般情况下，这类型的作品比一般报告文学更加细致，且作品中蕴含着作者的个人色彩，具有较强的艺术感染力，如梅勒的《刽子手之歌》、卡波特的《凶杀》等。

另外，美国南方文学也得到了较大的发展。在美国南方文学发展过程中不仅有诸多老作家的作品问世，同时也涌现出一批批优秀的青年作家，其中这一时期的老作家有福克纳、威尔蒂，新作家有奥康诺、麦柯勒斯等。他们所创作的作品不再以历史题材为主，而是将关注点放在南方人的现实生活上。威廉斯是美国著名的南方剧作家，他的作品主要刻画人物的性变态心理，以此来体现人在生活中的不幸与空虚，如《玻璃动物园》。该时期美国纽约作家之间并不具有某种共同的心理因素，之所以将他们归为一类，主要是由于他们都为纽约的杂志社写作，如《纽约书评》《纽约人》《党派评论》。这些杂志上的评论与小说对当时美国的文学时尚发展产生了重要影响。其中特里林和麦卡锡是美国十分著名的评论家，此外契弗与厄普代克创作的小说不仅蕴含着丰富的诗意，同时也夹带着一定的讽刺，他们对美国城市郊区居民的心理和意识进行了深刻的描述，其作品俨然是一幅美国中产阶级风俗画。总之，他们的评论与小说都对美国文学时尚产生了影响。

第二节 英美文学知识与思潮

一、当代英国文学思潮

当代英国文学思潮主要是后现代主义思潮。20世纪30年代的英国，社会依然动荡，政治事件迭起。第二次世界大战后，面对两大阵营的对峙，资本主义经过大调整，迎来了生产力发展的黄金时代，出现了跟战前迥然不同的许多新特点。法国的都兰提出了"后工业社会"的概念，表明资本主义经过其自身发展的第二次浪潮，即工业化阶段，已进入第三次浪潮即后工业化阶段，资本主义经济已经知识化、信息化、市场化、消费化、全球化，这一切全是日新月异的科学技术所带来的，所以哈贝马斯慧眼独具，提出科学技术是第一生产力。后现代思潮反映在文学上，从20世纪50年代起，出现了"垮掉的一代""黑色幽默""荒诞派"等写作。文学批评上的精神分析、形式主义、新批评、阐释学、女权主义、后殖民主义、解构主义、接受美学、读者反应理论等，都是后现代思潮的反映。后现代主义是西方资本主义社会的产物，是对现代主义的一种反驳，其特征之一就是取消某些关键性界限，打破高级文化和大众文化或流行文化之间的界限。在表现方法上，最重要的特征是"拼凑"以及对时间的特殊关系。

第二次世界大战结束之后，英国从多年的动荡逐渐走向和平时期，但是受战火的影响，英国的综合实力已不复当年，人们不仅对现实充满了忧虑，也更加关注政治局势，而这些在此时期的英国文学思潮中都有所体现。此时期不仅出现了一些优秀文学作品，如考德威尔的《幻觉与现实：诗的源泉研究》，同时也涌现出一批优秀文学作家，如赫胥黎、格林、戈尔丁、奥威尔、衣修午德、福尔斯等，他们在传统与现实合流的环境下砥砺前行。20世纪50年代，英国文学史上出现了一批愤怒的青年，他们对英国文学发展起到了一定的作用，其代表人物为艾米斯、韦恩。"愤怒的青年"对当时英国等级森严的社会制度以及社会贫富差距极为不满，其中艾米斯的《幸运儿吉姆》深受读者的喜爱，同时这部作品也是"愤怒青年"一派的代表作。从根本上来讲，"愤怒青年"一派的文学作品特点主要表现在创作内容上，他们为读者呈现新的内容，但是他们并未实现文学形式的创新。20世纪60年代,实验主义小说的出现标志着英国文学艺术形式的创新,相较于欧洲大陆,英国的实验主义文学作品出现较晚。

英国文学发展至20世纪八九十年代时,文学思潮呈现出纷繁的特点。英国文坛中涌现出大量批判资本主义对金钱崇拜的作品,此外,现实主义作品中也夹杂着意识流、黑色幽默以及魔幻现实主义等思潮。除此之外,历史题材的小说创作风靡一时,并形成新型历史小说。

二、当代美国文学思潮

美国哲学家怀特将20世纪称之为"分析的时代",这主要体现在科学技术改变了人类的思想观念及思维方式、二元对立分裂了世界、新语言重构了世界等。例如索绪尔派语言学,该学说认为语言并非实质的,而是形式语言,它是一套社会性的符号系统,其中的每个符号都是能指和所指不可分割的统一体,就好比一张纸的正反两面。于是他希望建立一门新的学科符号学,专门研究符号的构成及其规律。并被人们称之为"语言学转向",它也对20世纪的人文科学发展产生了深远的影响。李思孝认为:"与其说是语言学转向,不如说是其他学科转向,转向语言学,学习语言学,以便运用它的结构理论即符号学原理,去整合自己的学科,重构整个世界。比如哲学,一向被认为是包罗万象的世界观和方法论,现在发现它像科学一样,离不开符号和语言,它通过对语言分析和逻辑分析去追求知识,从而形成了所谓'分析哲学',不仅包括卡尔纳普的逻辑实证主义,维特根斯坦的语言哲学,而且包括摩尔后期的实在论哲学和罗素后期的数理逻辑哲学,形成20世纪哲学的一股强大的潮流。又如精神分析学,当拉康把它同结构主义结合起来时,它就离不开新语言学,把主体看作是语言的一个功能。一个人生下来无所谓主体,婴儿进入'镜像阶段',才把自己和外界区别开来;进入语言阶段,才把'我''你'区别开来,这时人才完全成为一个主体,可见主体是由语言造成的。扩而大之,把各个学科综合起来考察世界,也可以说整个世界是由新语言学所重新建构的。"[1] 李思孝的这一论述在一定程度上反映了语言可以制约人类的活动。而翻译研究的语言学派受其影响较为明显。

20世纪60年代美国社会上出现的一系列事件打破了20世纪50年代美国文

---

[1] 赵秀明,赵张进. 英美散文研究与翻译[M]. 长春:吉林大学出版社,2010:150-151.

坛的宁静，如美国大学校园中的反战运动、马丁·路德·金领导下的黑人运动等等。这些事件像一只无形的推手，推动美国文化新思潮的发展，进而在美国文坛上涌现出一批批爱思索的作家。在这些作家的眼中，美国是一个价值观混乱、社会混乱的国家，他们不知道如何去解释这一切，于是便通过文学作品来表达自己的想法。这部分作家运用夸张、幻想、怪诞的创作手法来呈现现实社会的混乱与疯狂。各种创作思潮、文学观念精彩纷呈。从"垮掉的一代"到超现实主义文学、黑色幽默、荒诞派文学、色情文学、科幻文学，不一而足。其中主要的有：重农派、迷惘的一代、黑山派、垮掉的一代、黑色幽默等。

"迷惘的一代"是20世纪20年代在美国文坛崛起的以海明威、菲茨杰拉德、沃尔夫等为代表的一批新的作家。他们大多数是美国资本主义繁荣时期成长起来的知识分子，经历过第一次世界大战的浩劫，后来又经历了经济危机，深切感觉了垄断资本主义社会制度，从而重新考虑旧有的价值和道德标准，并寻求一种能充分表现自己的文学创作方法。他们以反战和理想破灭为主题，运用新的表现手法进行文学创作，以其真切性、现实感和感染力赢得了许多读者。但他们的作品往往有着明显的逃避现实的思想倾向，并带着苦闷、迷惘、对前途丧失相信的不安犹豫愤懑之情。"迷惘的一代"的作家大多表现出对战争的厌恶情绪，他们不再相信虚伪的道德说教，而以玩世不恭的生活态度来表示自己的消极抗议。海明威的《太阳照样升起》是"迷惘的一代"的代表作。从某种意义上来讲，"爵士时代的歌手"菲茨杰拉德的情绪是和"迷惘的一代"相通的。海明威、菲茨杰拉德等作家所创作的作品唱出了幻灭的哀歌。稍晚于此时期的美国著名作家吴尔芙花费十年的时间写下了几百万字的小说，其作品中的主人公均是作者本人，其创作主题为不断寻求的目标，而这个目标连作者自己都不甚清楚。

20世纪20年代美国出现了一个新的文学流派——"南方文学"派。该文学流派的代表人物为福克纳，同时该流派将《南方评论》等重要刊物作为文学创作主阵地。"南方文学"派中的作家在思想倾向和文学艺术风格上存在一定的共同点，即着重描绘南方的历史、人物、景色，此外在他们的文学作品中也流露着赞颂与谴责、怀念与憎恶的双重情感与心理。从某种意义上来讲，"南方文学"派的表现手法与意识流小说有相似之处，但是他们也有其独特之处，将悲剧性题材与现代化的艺术手段结合起来。例如福克纳的《声音与疯狂》，该作品无论是在构筑艺术世界方面，还是在反映南方精神面貌与艺术创作手法上都可圈可点。此外福克纳的"约克纳帕塔法世系"小说更是美国小说的创新，具有浓厚的地方感、历史感和乡土社会感。除此之外，福克纳等"南方文学"派作家从道德、宗教的立场出发，猛烈抨击资本主义社会的物质文明，在他们的作品中我们可以看到许多关于变态心理的推写。

"重农派"在美国文学发展史上的影响较大，该流派主要是以"逃亡者派"作家为主，共由12个南方作家构成，如兰塞姆、华伦、泰特、弗莱彻、剧扬格等。《我要表明我的态度》是"重农派"的著名著作，它的出版引起了巨大的反响。这些文章主要以美国南方农业社会作为衡量美国资本主义社会的尺度，进而达到批判美国资本主义社会的目的。随后，泰特等人又编辑出版了《谁占有美国》，这是"重农派"的第二部论文集。从整体上来讲，在美国经济大萧条时期，重农思想对美国南方知识分子产生了重要影响，而重农思想也全面体现在他们的文学创作之中。兰塞姆于1939年创办了《肯庸评论》，并逐渐成为"重农派"的文学活动阵地。此外，"新批评派"便是围绕这一刊物形成的，其成员主要是"重农派"的核心人物。

随着美国社会经济的发展，社会上出现了一批对美国社会现状不满的青年作家，他们聚在一起组成了"垮掉的一代"。"垮掉"指的是爵士音乐的节拍和宗教境界，主要用以描绘"彻底垮掉而又满怀相信的流浪汉和无业游民"。"垮掉的一代"对美国战后的社会现状极为不满，但是在麦卡锡主义的威压下无可奈何，只能选择这种脱俗的方式来表达自己对社会的抗议，进而形成了独特的社会圈子和处世哲学。从某种意义上来讲，"垮掉的一代"的反叛情绪好比一股"地下文学"清流，并不断冲击保守文化的统治地位。"垮掉的一代"深受存在主义、精神分析学理论的影响，作家运用激进主义的方式来反抗美国资本主义。从根本上来看，"垮掉的一代"是当时美国社会政治的产物。"垮掉的一代"的诗歌主要将吸毒、酗酒、群居等反叛行为作为创作内容。随着美国民主运动的高涨，"垮掉的一代"文学增添了一丝丝政治色彩。"垮掉的一代"中的作者十分喜欢东方宗教和东方哲学，此外他们的诗歌创作也较有生气，并在一定程度上恢复了美国诗歌朗诵的传统。"垮掉的一代"中有诸多文学作家，如凯鲁亚克、柯尔索、克雷姆和斯奈德、霍尔姆斯、金斯堡、巴罗斯、格雷戈里等。此外，"垮掉派"将个人生存问题作为人生哲学的核心。霍尔姆斯、梅勒通过欧洲存在主义观念来宣扬利用满足感观欲望来把握自我；而斯奈德、雷克斯罗斯则对佛教禅宗的学说进行了吸收，并在此基础上借助虚无主义来对抗生存危机。在政治方面，"垮掉的一代"也对自己有一个明确的定位，即"没有目标的反叛者""没有口号的鼓动者""没有纲领的革命者"。在艺术方面，雷克思罗斯在《离异：垮掉的一代的艺术》中表示他们是以全盘否认高雅文化为特点的。在小说方面，凯鲁亚克利用自发表现法创作出诸多作品，其中有《在路上》《达摩流浪汉》《特莉斯苔萨》《地下人》《孤独天使》等。

在美国文学史上"黑色幽默"派是最具代表性的文学流派之一，至今对美国文学都有深远的影响。从某种意义上来讲，它属于喜剧范畴，同时也夹杂着一定的悲剧色彩。从某种意义上来讲，"黑色幽默"的产生与美国当时的政局有密切关系，同时它的形成也与资本主义社会的荒谬可笑的事物和喜剧性的矛盾存在密切联系。此外，"黑色幽默"对一切权威进行抨击，当然也包括统治阶级的权威，另外"黑色幽默"派人物认为外界环境是不可变的，所以他们的文章中往往具有悲观色彩。

（一）后现代思潮

历史进入当代，无论在理论、艺术和科学中都发生了一个后现代转向，即从现代到后现代的划时代转变。生活中各个方面的巨大动荡与变化，产生了关于后现代问题的理论。无论是文化、经济、技术，还是政治、社会都发生了较大的变化，从而使之前的生活形态与当前社会之间产生断裂现象，进而终结了现代时期。近年来，在文化领域出现了大量批判现代主义的思潮，同时后现代主义艺术理论兴起，它遍布各个美学领域，如电影、新媒体等。除此之外，后现代主义理论也广泛流传于学术研究领域，这对包括学科领域在内的知识传统产生了重大冲击，并在一定程度上对其产生了影响，从而形成了"后现代转向"理论。"后现代转向"理论包括在广泛领域中从现代理论到后现代理论的转变，同时它也成为人们观察、解释世界的理论依据。另外，"后现代转向"还涉及政治方面，其具体表现为后现代政治的出现。从具体上来讲，后现代的特征主要表现为新形态、新文化、新技术。

后现代转向所带来的经验、理念和生活形态使已有的思考和行为方式不再无可争议，并提供了观察、写作和生活的新方式。后现代转向超越了那些既定的、人们久已习惯安于其中的事物，而进入一个新的思想与经验的王国。它不仅包括新型的文化与日常生活形态，也包括已经到来的日益扩展的全球经济和文化、政治及后现代自身的新方式。后现代转向是全球性的，已波及整个世界，活跃在从学术界、前卫文化圈到大众文化及日常生活的广泛领域，因而尽管对于后现代多有争议，但它对于阐明当今时代已具有决定性的意义。

"后现代"这一术语作为"当下时刻"的同义词，作为表达当代生活的新异独特及与现代社会、文化断裂的标志词而日益为人们所接受。后现代转向跨越了艺术、人类学、科学、政治等多种不同的生活领域和理论领域。

（二）"后理论时代"思潮

"后理论时代"是指批判界中出现的对纯理论的反思。我们又可以将"纯理论"或"元理论"看作是只满足"奢侈理论"的理论，一般情况下它主要指的是结构主义、拉康心理分析等伴随"语言学转向"的批评理论。美国哈佛大学教授佳丁认为20世纪80年代后期是后现代时代的终止，同时也标志着新时代的到来。我们可以清晰地感受到新时代与后现代主义时代的不同，如后现代主义时代已经对形而上的"客观""真理"进行过解构，但是在新时代我们却发现"虚伪""操纵"存在于现实生活的各个角落，如果再沉醉于精心挑选一些解构实例确实显得微不足道。

德里达发表的《人文科学话语里的结构、符号和游戏》不仅揭露了结构中蕴含的矛盾和冲突，同时也对西方形而上的传统进行了批判，抛弃了结构主义的基本理念（如二元对立）和使用的方法，便宣告了结构主义的终结，展现出向后结构主义过渡的痕迹。解构主义的这一革命性思想，是取代保守的结构主义的最佳选择。自20世纪80年代之后，人类社会的自然科学得到了飞速发展，人文学者不仅从更深层次角度探讨人类文化，同时也在此方面取得了突出的成绩，也正是在这一时期，美国文学文化批判理论得到了新的发展。从历史发展来看，人类有史以来发生的重大变化主要集中在20世纪。此外，无论是科学家、思想家，还是文艺文化批评理论家主要诞生于20世纪。

自20世纪70年代始，美国批评理论界的"理论意识"更加自觉，更加强烈。理论界在关注反应、探讨新理论新方法的同时，也将关注点放在批评理论与现实世界的关系上，力争扩大"理论"的涵盖范围，并将法学、历史、艺术等融入其中。如他们讨论的少数族裔研究、文学系统论、二战时期的屠犹研究、加缪研究、艺术史和英美当代诗歌理论等，内容上包括文化、文学、历史、思想史、性别研究、哲学、法学理论等。在20世纪后期，世界上发生了一系列重大的事件，其涉及政治、科技、文化领域，也正是这一系列的事件对批判理论产生了重大影响。凡是在历史转折时期，世界上的理论家总是将目光聚在历史上，如后殖民主义批评理论就是批评理论和历史、地缘政治的结合，怪异论是批评理论和人类学结合的产物，批评理论进入人的主体问题时便产生了当代女性主义研究、离散族裔研究等，统称为"身份问题研究"。

这种"后理论时代"在美国批评理论界的权威斯坦利·费希那里被称为"反理论"。1994年费希出版《没有言论自由这么回事，而且这是一件好事》，1995年出版《专业正确》，在这两本书里，他阐述了自己对批评理论的看法。费希口中的"理论"主要指的是那些脱离具体历史境况、被高度抽象化，同时放在什么地方都合适的概念，如"自由""平等""博爱""多元化"等。此外，费希将一般意义上的批评理论称为"概括"。

虽然费希在努力阐释"理论"与"概括"的区别，但是二者之间确实有千丝万缕的关系。不管是"理论"，还是"概括"，二者都没有具体的实质性内容，也适用于普遍的具体个案。在20世纪60年代，各大语言学派形成了一个共同的观点，即发现并描述语言形式的普遍系统，将它应用于文本，以便产生正确的阅读。所谓"正确"主要指的是文本的接受程度不受使用者身份背景、个人好恶的影响。这种对文学语言规律的"概括"便是费希口中的"理论"。在费希看来，学科不能成为政治工具，如果批评的政治化成为一种"政治正确"的做法，那么批评理论就不会产生实际的效果，也将无法对人的实际活动产生影响。例如，学术界关于女性主义的研究来源于社会活动，而女性主义理论研究并不能产生妇女解放运动，即便是在理论界没有关于女性主义理论的研究，妇女解放运动照样会发生，所以在费希看来学术思想很难引起社会变革。

他在《专业正确》里特别强调所谓"任务的专门性"，即每一个学科都有各自的独特性、专门性与集中性，因此理论实践之间无法进行沟通或者转换。对于有人试图寻找一种理论视角来包容多种理论范围，如有的文学家想跻身于史学家或者哲学家行列，费希认为是个大错误，其结果反而会导致文学批评的终结。基于此，费希直言不讳地批评一些跨学科的研究方法，如新历史主义和后殖民主义，费希称自己是坚定的"意图论"者,文学阐释的合法性必须依照作者的原始意图来衡量。有人也许竭力反对意图论,但在解释具体诗歌时,这两种理论差异不会使文本阐释有明显的不同。费希并不掩饰自己的保守主义,直言不讳地说明自己的批判对象主要是以洛克、霍布斯、密尔、柏林、罗斯等人为代表的古典自由主义或启蒙思潮。他把自由主义、启蒙思想理解为一种建立某种管理形式的尝试,这种管理政治形式是程序性的而非替代性的,可以使具有不同政治倾向的人在其中公平地进行竞争。他的弥尔顿研究遵循的就是这样一种观点。弥尔顿研究者多认为弥尔顿是民主派代表,民主理念的化身,集中体现了自由主义的品德(程序性、宽容性和多元性等)。而在费希眼里,弥尔顿其实是个咄咄逼人的排他主义者,顽固地追求绝对真理,对持不同观点的人毫不留情,必欲置其于死地而后快。所以他笔下的弥尔顿是大肆反民主,反自由主义,反启蒙理念。

第三节 英美文学的历史演变

一、英国文学

(一)古代英国文学

在古英语文学中,英格兰岛的早期居民凯尔特人及5世纪入侵的盎格鲁人、撒克逊人和朱特人,起初都没有留下书面文学,主要为凯尔特人创造的口头文学。早期这些故事和传说只是通过口头流传下来的,并在流传的过程中被不断地加工、扩展,最后出现了写本。在公元5世纪时期,原本居住在北欧的三个日耳曼部落——撒克逊、盎格鲁、朱特入侵英国本土,并创造了游吟诗歌。其中盎格鲁—撒克逊人的史诗巨作——《贝奥武甫》的创作题材是来自日耳曼民族的民间传说,并在此基础上改编成英雄屠龙的故事。它随着盎格鲁—撒克逊人一同进入英国,当前我们所看到的这首诗主要是由公元8世纪英格兰诗人创作的。在这一时期,英国正处于社会转型期,即由中世纪异教社会向基督教文化主导的社会过渡。而《贝奥武甫》着重反映了公元七、八世纪英国的生活风貌,其内容不仅有氏族时期的英雄主义,同时也有封建时期的理想,是非基督教日耳曼文化与基督教文化的体现。《贝奥武甫》被认为是英国的民族史诗,是英国最早的文学作品,它与法国的《罗兰之歌》及德国的《尼伯龙根之歌》并称为欧洲文学的三大英雄史诗。公元5世纪末期西罗马帝国陷落之后,欧洲结束了古典时代,进入中古时代和漫长的中世纪。6世纪末到7世纪末,由于肯特国王阿瑟尔伯特皈依基督教,该教僧侣开始以拉丁文著书写诗,其中以盎格鲁—撒克逊神学家和历史学家比德所著《英国人民宗教史》最有历史和文学价值。至9世纪,盎格鲁—撒克逊诗人辛尼沃夫取材于其他语言中已问世的文学著作,写过《埃琳娜》《使徒们的命运》《基督升天》《朱莉安娜》等作品。阿尔弗雷德极力提倡使用英语来编写《盎格鲁—撒克逊编年史》,这其中涉及的内容较多,不仅包括盎格鲁—撒克逊人和朱特人的英雄史诗巨作——《贝奥武甫》和《朱迪斯》,同时也囊括了诸多抒情诗、宗教记叙文、布道词、方言诗等。

(二)中世纪英国文学

1066年诺曼人入侵,带来了欧洲大陆的封建制度和文化。这一时期开始流行模仿法国的韵文体骑士传奇。通常情况下,传奇文学主要描述的是高贵骑士的冒险生活和爱情故事,它在一定程度上标志着英国封建社会步入成熟阶段。在此时期,亚瑟王及其绿衣骑士的传奇故事成为英国文学作品中的主要题材,第一个把亚瑟王传奇故事收集起来并使之初具某种系统的是杰弗里。约1154年,诗人韦斯在杰弗里的影响下,以法文形式写了《不列颠人的故事》一书,该书在半个世纪以后又成为诗人莱亚曼的长诗《不列颠》的张本,这是用英文写成的,他是说法语的诺曼底人征服英国后第一位用英文写作的著名诗人。此后的《高文骑士与绿衣骑士》最有艺术价值,被认为是英国文学的先祖,作品以亚瑟王和他的属下一个"圆桌骑士"的奇遇为题材,歌颂勇敢、忠贞、美德,是这一时期风行的浪漫传奇形式文学。

在14世纪后期,中古英语到了发展的高峰期,在此时期出现了口头韵体诗,该诗疑似受古英语诗的影响,最有名的是教会小职员兰格伦写的头韵体长诗《农夫皮尔斯》,他把教堂语言和概念,化为俗人能理解的形象和比喻,用天堂、地狱和生活的语言,用梦幻的形式和寓意的象征,写出了1381年农民暴动前后的农村现实,笔锋常带严峻的是非之感。

作品以中世纪梦幻故事的形式探讨人间善恶,讽刺社会丑行,表达对贫苦农民的深切同情。作品结构十分散漫，但富有独创性，是集空幻、有趣、感情真挚于一体的好诗，与乔叟温文尔雅的风范不同，其用韵比较粗俗，是后世流行的头韵用法。

乔叟是英国文学史上的第一位大诗人，他所撰写的诗体短篇小说集《坎特伯雷故事集》以及诸多长短诗集使其成为英国文学的重要奠基人之一，成为英国文学史上"一人（莎士比亚）之下，万人之上"的大师。中世纪的英国文学，没有乔叟，将是不可想象的。在乔叟之前的英国文学更多地隶属于历史，而非艺术，尽管背后的推动力是人为的技巧和努力。我们可以饶有兴致地阅读这些作品，但却不会有任何愉悦的感觉。但乔叟的出现改变了这一沉闷的现状，他的作品仿佛一场突如其来的风席卷过英伦大地。他如一颗耀眼的星，在平庸的英国文学界脱颖而出，其横溢的才华使其出类拔萃、鹤立鸡群。像14世纪所有的英国绅士一样，乔叟的身上有很深厚的法国文化底蕴。此时期国王查理第二次当政，王室贵族兴起赞助文人之风，宫廷开始用盎格鲁—诺曼法语，以法语为高雅身份的象征，甚至在一定程度上蔑视英文，致使当时大多数英格兰文人用拉丁语或法语创作。乔叟译过一些法国人的作品，同时又大胆地借鉴意大利的某些创作手法。但他的语言却是英文，尽管并不是非常近代的英文。乔叟有"英国诗歌之父"之称，是英国文学史上现实主义奠基人和为文艺复兴运动开路的伟大诗人。乔叟以宫廷文人身份开始文学创作活动，他之于英国文学，犹如但丁之于意大利文学。中世纪时，英国僧院文学用拉丁文，骑士诗歌用法语，民间歌谣用英语，当时英语被视为一种不登大雅之堂的粗俗语言。乔叟以诗人的敏锐目光，从属于中古英语的伦敦方言中发现其旺盛的生命力，无论翻译或创作，都坚持以这种语言为表现工具并把它提高为英国文学语言。因此，乔叟的出现标志着以本土文学为主流的英国书面文学历史的开始。

乔叟所创造的英雄诗行，也就是五步抑扬格双韵体，对英诗韵律产生了重要影响。他的不朽名作诗体短篇小说集《坎特伯雷故事》是从许多源头获取灵感，但又在一条主线下统一起来的故事集。该作品将一群香客从伦敦前往坎特伯雷朝圣作为故事的主线，然后通过详细描述各个香客在路途中的故事来编织一幅中世纪英国生活风貌图。与其说这是一场充满了宗教信仰的虔诚的旅行，还不如说他们是在假日进行的远足。每个故事都是优美的，其中尤以记叙朝圣者们的序言最为经典。在书中，乔叟以寥寥数笔将骑士、牧师、僧侣、院长以及其他人物，惟妙惟肖地勾勒了出来。除此之外，没有任何一部文学作品中有如此优雅和清晰的人物性格塑造。人物是从生活的各行各业中选择出来的不同的类型，所以这部作品其实是14世纪英格兰社会的一个缩影。故事集中运用了几种不同情绪的叙事风格，从宏大忧郁的悲剧冒险到快乐的喜剧不等。乔叟之所以在文学上有较高的造诣，与其精炼优美的文笔脱不开关系，同时其语言流畅自然，这在无形中将英语提升到一个较高的文学水平。毫不夸张地讲，乔叟的文学作品是当时英语文学作品的代表，此外他的英语作品也推动了英语成为英国统一的民族语言的进程。

乔叟还是这一时期最优秀的译者，他通晓拉丁语、意大利语和法语，曾于1381年将薄伽丘的《菲洛斯特拉托》翻译、改编为长诗《特罗伊勒斯和克西达》。后来在《坎特伯雷故事集》中又以薄伽丘的作品为基础，改编了《骑士的故事》《富兰克林的故事》《法庭差役的故事》《大学生的故事》。此外，他还译出《玫瑰传奇》《贞洁的女人传奇》和波伊乌提的全部作品。由于这些译作，乔叟在当时被法国诗人德尚誉为"翻译大师"。乔叟的翻译为英语翻译打开了广阔的前景，并为确立英语成为文学语言，对英国文学的发展做出了卓越的贡献。在中世纪英语译作中，有很大一部分是传奇文学作品和历史书籍，其中主要有匿名译者的《特洛亚传音》《伊尼亚斯传奇》《亚历山大传奇》《亚瑟王的故事》《帕尔特内传奇》《屋大维的故事》和朗利奇译的《圣杯传奇》、马洛里译的《亚瑟王之死》、特利维莎译的《编年史》、利德盖特译的薄伽丘的《王子的堕落》、卡克斯顿译的《戈德弗里·德·布莱的故事》等。这时期的翻译，由于受到法国文化的影响，当时有些英译本不是译自原作，而是转译自法译本。如乔叟译的《特罗伊勒斯和克西达》和《骑士的故事》，往往整段地被增减，有时又是逐字对译，有时则与原文相去甚远，面目全非，成了译者的创作。

15世纪后期，马洛里以法国文本为底本作散文小说《亚瑟王之死》，不仅规范了众说不一的零散故事，完善了亚瑟王的故事体系，同时该小说的问世也成为后世文人引用亚瑟王故事的摇篮。亚瑟王的故事从多个角度反映了当时的社会现象，也体现了人们的各种愿望与理想。曾经叱咤风云的亚瑟王与其圆桌骑士为后世留下了许多蕴含深刻的传奇故事。随着时光的流逝，这些传奇故事浸染了一种神话色彩，与古希腊神话和基督教圣经一道形成了英美文学的三支伏流，对英美文学产生了深远影响。《亚瑟王之死》词句优美，今天读起来依然明白易懂，成为英国小说的雏形。

（三）近代英国文学

1. 伊丽莎白时期暨文艺复兴时期的英国文学

伊丽莎白时代正值文艺复兴。文艺复兴的文化和学术开创了现代的自然研究和自然科学，也开启了文学创作的新气象。此时的英国是一个文学高峰的时代，文学创作可谓百花争艳、万紫千红，而最突出的是诗歌和戏剧。同时文学新人辈出，诞生了一批文学巨匠。首先是揭开伊丽莎白时期文学序幕的怀亚特和萨里，二人从意大利为英语带来了一种新鲜的形式。怀亚特翻译并模仿彼特拉克的短诗，为英国的诗歌开辟了一个优良的传统，他还尝试着用其他韵律方式创作。他的爱情抒情短歌，以感情真挚、语言自然见称。萨里以其《伊尼德》译本将最初的无韵诗（即后来莎士比亚和密尔顿的十行诗）带进了英国文学。16世纪的英国兴起一股爱好诗歌的风尚，这首先是在贵族阶层内酿成的，因为平民难得有受教育的机会。此外托特尔的《杂录》在英国文学史上也是一部里程碑式的作品。海伍德的杰作是《仁慈杀了她》，作品充满了真正的哀伤与真诚的感情。从语言来看，这部剧作是伊丽莎白时代最朴实、最不假雕琢的作品。海伍德笔下的人物是自然而贴近生活的，被称为"一种散文体的莎士比亚"。诗人斯宾塞翻译和创作了许多歌颂爱情和女王的诗歌。1579年斯宾塞发表了他的《牧人日记》，这在英国诗歌史上是一件具有重大意义的事件。它宣告了一流诗人的诞生，紧接着《短诗集》和精品寓言长诗《仙后》问世。《仙后》既有人文主义关怀，也有新柏拉图主义的神秘思想，还带有清教伦理和资产阶级爱国情绪，情节结构和人物塑造仿古罗马史诗和骑士传奇文学。斯宾塞是继乔叟之后第一个运用绝妙的概念和技巧处理艺术主题的英国诗人，被兰姆称为"诗人中的诗人"。

16世纪的后半叶，文学中最繁荣的是戏剧。英国戏剧缘于中世纪教堂宗教礼仪，此外英国戏剧的创作题材主要来源于圣经故事中的神秘剧和奇迹剧。在十四、十五世纪，戏剧在英国舞台上占据十分重要的地位。随着英国戏剧的发展，逐渐出现了以抽象概念作为剧中人的道德剧。截至16世纪，英国戏剧发展至全盛。悲剧家马娄冲破旧的戏剧形式的束缚，创作了一种新戏剧，成为新剧的先驱。马娄也是英国文艺复兴时期"大学才子"之一，留下了极为可观的戏剧遗产。

他的剧作歌颂知识、财富和无限的个人权利，反映了新兴资产阶级力图摆脱封建束缚以求发展的强烈愿望。马娄的代表作是描写巨人式学者的《浮士德博士的悲剧》，取材于一个古代传说，传说中的主人公是一个魔法师，他将自己的灵魂出卖给魔鬼以换取无穷无尽的权力。这个故事曾经被歌德写进他深奥的哲学诗之中，成为《浮士德》永远流行的歌剧主题。在马娄的剧本里，悲剧的英雄人物是诗人自己，他力图冲破人间的一切藩篱，寻求无限的真理。剧本中有许多夸张之处，同时也不乏令人艳羡的精彩部分，它们是英语中最精美、最壮丽的诗篇。其中的无韵诗，即使是莎士比亚也无法与之相比。

莎士比亚不仅是英国文艺复兴时期伟大的剧作家，同时也是人文思想的代表人物。莎士比亚所创作的作品，对英国当时的社会进行了深刻的描写。从宏观角度来讲，莎士比亚的艺术人生可以分为三个阶段：（1）历史剧和戏剧时期；（2）悲剧时期；（3）传奇剧时期。莎士比亚一生之中创作了无数部作品，其中有两首长诗，154首十四行诗，此外莎士比亚还创作了38部戏剧，其中主要有《仲夏夜之梦》《终成眷属》《皆大欢喜》《哈姆雷特》《爱的徒劳》《无事生非》《奥赛罗》《罗密欧与朱丽叶》《温莎的风流娘儿们》《雅典的泰门》《威尼斯商人》《暴风雨》等。在此时期，大部分诗人主要采用韵体诗的文体进行剧本创作，这在无形中推动了诗歌和戏剧的发展，而莎士比亚则将诗剧发展至巅峰境界。从某种意义上来讲，莎士比亚是西方戏剧发展史上的一座难以逾越的山峰，他的戏剧中主要描绘的是生活画面，同时剧中的每个人物都有鲜明的个性特征。从戏剧创作结构角度来看，莎士比亚绝对是大师级人物，他所创作的戏剧不再受悲剧、喜剧界限的限制，同时也摆脱了传统体裁划分的限制，为此他所创作的戏剧可以更好地展现人物的精神世界。他善于描写几条相互平行交错的线索，来促进生动复杂的情节发展，使优美的情节和感人的故事成为剧本的根本特征。他随处收集自己剧本所需的素材为他所用，意大利的故事、英国的编年史、普鲁塔克的《传记》等，都能被他以优美鲜活的语言化作故事的"血肉之躯"，他有驾驭故事的非凡才能，人物形象的塑造、词汇的运用、语言和诗的幽默感，这些都展示了莎士比亚的卓越才能。从实际上来讲，伊丽莎白时期的英国剧作家基本上都是抒情诗人，在他们的作品中可以看到跳动的音符，优美的诗歌恰如绚丽的珠宝镶嵌在他们的剧作中。莎士比亚可谓是一个优秀的语言大师，在他的笔下英语的表现力被呈现得淋漓尽致。莎士比亚剧作中的语言极具诗意，让读者回味无穷，其作品中的部分语言依然成为英语成语、典故，这在无形中丰富了英语辞藻。莎士比亚的语言形式也十分丰富，有的以无韵诗的形式出现，有的以古体诗的形式出现，此外其语言形式还有民谣体、散文体等。

17世纪英国抒情诗被划分为三个发展阶段，第一个阶段以琼森为代表。琼森生前在英国文学史上享有的威望是无人可比的，他是稍晚于莎士比亚被同时代的其他诗人誉为"歌之王"的大诗人。他擅写社会讽刺诗剧，是当时最遵守古典观念的剧作家，经常指责其他剧作家只懂迎合"低俗客"的鄙陋趣味。琼森擅长使用喜剧来谴责罪恶与愚行，使得许多人称他的剧本为纠正喜剧。他的诗歌不仅有优美的形式和精当的遣词，而且蕴含着优雅的感情和压制的热情。或许因为琼森的博学多识使他的悲剧略显沉重迟缓，但是在他的歌谣中，他的博学犹如被优雅有力的翅膀载着自由飞翔，他的声音如云雀般清脆动听。琼森对于古典诗歌所做的贡献，对他自己的诗歌以及追随他的人的诗歌产生了全面的影响，这些皆源于琼森从不盲目因袭古人，他学习古人并能取其精华为我所用。贺拉斯、卡特拉斯、马西阿尔深深地影响了琼森，他也视他们为自己的楷模。像阿诺德、丁尼生这些后世诗人一样，琼森也敬佩罗马的诗人，相信他们对艺术对称美的要求，让英国诗歌具有重要意义。伊丽莎白时代的诗歌有流于怪诞的危险，琼森则借助自身的权威使诗歌虽然有规则却不生硬，考究却不因袭传统，清晰却不流于俗泛。琼森的成就接近于戏剧之王莎士比亚。在整个17世纪，琼森的名声和威望都在莎士比亚之上。他的剧作《人人高兴》嘲弄了那个时代的弊端，是一部非常有力度的"风俗喜剧"。他的学者风范在悲剧《西亚努欺斯的覆灭》和《卡塔林的阴谋》中有所体现。在这两个剧本中，琼森没有卖弄文学，但剧中的悲剧感是深刻的。琼森的罗马剧在人物的塑造和语言的运用上丝毫不逊色于莎士比亚。他的罗马剧《蹩脚诗人》是莎士比亚和其他诗人都无法写出的。这部剧作的内容主要由那个时代的诗人维吉尔、贺拉斯、奥维德、提巴拉斯之间的对话组成，看起来每个对话者的语言像是取之于他们各自的著述，但实际上却是琼森自己的创造。剧作实际上具有双重含义，琼森以罗马剧为掩饰讽刺与他同时代的人德克和马斯顿。弥尔顿说琼森是"博学的袜子"下面隐藏着一双踢人的脚。琼森喜剧的特点在于塑造具有单一"气质"的人物形象，例如具有幽默、贪婪、狡诈和傲慢的气质等。

琼森所有的喜剧中塑造得最好的一个人物形象是伊壁鸠·马蒙，这是《炼金术士》中的一个人物，正如他的名字那样，他是一个具有幽默气质的人，言谈举止同福尔斯塔夫一样是一个吹牛大王。

16世纪末至17世纪初，文艺复兴渐趋尾声，有所谓骑士派的贵族有闲者的爱情诗流行一时，同时出现了以邓恩、德拉蒙德和马韦尔为代表的玄学派诗人。这便是17世纪英国抒情诗的第二个阶段。玄学派诗歌的特点是采用奇特的意象和别具匠心的比喻，糅细腻的感情与深邃的思辨于一体，以善于表达活跃躁动的思绪和蕴含哲理而独树一帜，但其语言质朴而且口语化。玄学诗派在诗歌艺术上独辟蹊径，对现代主义诗风产生过很大影响。邓恩作为权威人物与琼森风格迥然相异，他是一个含糊、注重内省、不遵守诗歌韵律的人，而琼森在言谈举止上都是一个古典主义者，虽然很少受到约束，却仍然注重诗歌的形式。随着历史的发展，出现了一群被称为琼森之子的诗人，他们同时也间接、无意识地受到了邓恩的影响，实际上算是"邓恩之子"。他们徒具琼森学识的外表，其实没有真正抓住琼森学识的实质。他们无法企及邓恩微妙、奇特的风格，却热衷于邓恩那些隐晦的比喻、歪曲的措辞，最终流于空洞、自负中。邓恩是最具原创性的英国抒情诗人之一，其诗歌代表了英国17世纪玄学派诗派的巅峰成就，他的代表作有《挽歌与讽刺诗》《歌谣与十四行诗》，由于他的模糊性和神秘性使得人们很难更好地了解他。他在青年时代写过许多恋歌和讽刺诗，后来他成为一名著名的传教士，并把热情转移到宗教诗的创作上。邓恩诗作的音律往往参差不齐，格律不严，多数情况下，他的诗篇之所以美妙是因为他的热情。但他也能够写出和约翰逊一样格律齐整的诗篇。他还有一首写于1611年出使法国告别妻子时的《告别辞：免悲伤》，劝告妻子在离别时不要表露悲伤。

2. 詹姆斯王朝期间的英国文学

詹姆斯王朝时期也称王政复辟时期。王政复辟时期的文学指共和时期后1660年王政复辟后的文学。许多现代的典型文学形式，包括小说、传记、历史、游记、新闻报道等在这一时期开始成熟。当时，新的科学发现和哲学观念以及新的社会和经济条件开始发挥作用，还出现了大量以政治、宗教为内容的小册子文学。班扬的伟大讽喻小说《天路历程》就出现于这一时期。大量的优秀诗歌，特别是德莱顿、罗彻斯特、勃特勒、奥尔德姆的讽刺性优秀作品，对以后奥古斯都时期的蒲柏、斯威夫特和盖依的成就有着直接的联系。

　　王政复辟后，新古典主义使文学风气为之一变。当时文坛最受欢迎的作家是班扬，他的《天路历程》被视为英国近代小说的发端。该作品主要借助梦幻的表现形式来讲述宗教寓言，当那一层神秘的、梦幻的面纱被揭去时，映入读者眼帘的是17世纪英国社会的现实景象。《天路历程》的语言具有朴素、生动的特点，通过这样的语言表达方式来描写了一个虔诚教徒在罪恶世界的经历，作者借助这样的方式对上层人物进行了严厉的谴责。19世纪中期英国小说家萨克雷的名著《名利场》书名便来源于此。班扬在布道方面的才华独一无二，能巧妙地抓住听众的心，在写作上也如此。他的《天路历程》表达着通俗的宗教意识，以可读的故事形式完成了自己传教的使命，在高雅文学中开辟了一个平民世界，即便是那些对基督徒的精神丝毫不感兴趣的读者也能够非常愉快地接受这部作品，批评家称其为"第二部圣经"。他的文体来源于圣经和日常生活的语言，口语化的表现形式、平铺直叙的结构布局，或者以圣经风格的文句加以修饰，这种文体有助于作者达到自己的写作目的。他的作品还有《罪人受恩记》《圣战》《贝德曼先生的一生》等。他的《天路历程》写基督徒们来到场里，他们的衣服、语言引起当地人的嘲笑，文字在精神上崇仰追求真理的虔诚信徒，谴责压迫者、欺骗者、享乐者；在语言上用纯朴的民间口语，又有浓厚的《圣经》风格；在技巧上采取寓言形式，然而叙事又写得十分真实，这是一种新散文，这是班扬作为本时期重要的散文家所做的贡献。这种新散文，实际也是写实小说这一新的文学样式的先驱。18世纪写实小说兴起，不能不说班扬有很大的文学贡献。

　　在17世纪英国抒情诗第三个阶段中，诗人们继续追求诗歌的至真、至善和至美。德莱顿、蒲柏是这一阶段的代表人物。德莱顿的诗作使戏剧的力量、抒情诗的美妙等昔日的辉煌一并保留了下来，同时又为新时代诗歌的诞生披荆斩棘。德莱顿驰骋文坛，集桂冠诗人、散文家、剧作家于一身，曾一度左右伦敦文坛，成为叱咤风云的人物。德莱顿在英国文学史上杰出非凡，以至于他的名字成为他所处文学时代的代名词。由于他对押韵对句定型的贡献而成了18世纪英国诗坛的鼻祖，成为诗歌和散文真正的革新家。德莱顿是一个具有广泛才能的天才文人，尤其善于创作抒情诗、戏剧、讽刺以及批评散文。他的抒情诗、英雄悲剧以及其他各类题材的作品时代感强，措辞考究，文句机警，清新灵活，富有乐感、壮丽的品格。德莱顿是英国最早的大散文批评家。关于戏剧，他所写的评论比戏剧本身更有趣。他的《戏剧论》以及其他论文是英国文学批评史上和英诗体著作中划时代的作品。德莱顿之后的世纪是散文的时代，而他则是开山鼻祖。他的重要作品是《一切为了爱情》。蒲柏是继德莱顿之后又一位古典主义大师，发展和完善了英雄双韵体，他的成名作《批评论》即以此种诗体写成。蒲柏是一位以讽刺诗见长的伟大诗人，善于用庄重华贵的语言形式表现滑稽可笑的生活内容，如《夺发记》和《群愚史诗》，制造了令人捧腹的喜剧效果和恶意的机敏。在《书信》和《讽刺》中闪现的智慧之光，这些都代表了他创作的最高境界。蒲柏所创作的诗十分的优美动听，同时其诗体也呈多样化特点，尤其是他所创作的英雄双韵律诗，是当时人们争相学习、模仿的对象。虽然蒲柏的诗机敏、优雅，但是也存在一定的不足，如诗所蕴含的思想不够深刻。此外他的诗主要以议论和哲理为主，从而使其少了些许抒情，特别是运用太多而不免让人感到单调和乏味，因而在浪漫主义兴起后日益遭到批评攻击。在他创作的诗歌短章中，诗人受形式所限，华丽的辞章表达的知识只是作者狭隘的思想观念。他写的格言诗的数量仅次于莎士比亚。他翻译的《荷马史诗》虽然显露了他的勤勉和聪慧，并且也为他带来了好运，但却不是他个人天才的表露，仅凭他的个人天资是写不出如此壮美有力的诗句的。他的哲学和美学思想在当时都是极为普通的，没有新鲜之处，但是只要经过他自己的语言表达便成了名言警句，如他说过："真正的智慧在于表达人们想说却始终不能巧妙说出的东西。"蒲柏是一个只顾表达明晰和简练，而不顾诗歌的神秘和思想的深刻性的诗人。蒲柏的模仿者凤毛麟角，即使有也极少能够取得成功，并且大部分模仿者已经被人们淡忘。他另有《人论》《奥德赛》《伊利亚德》《温莎森林》《田园诗集》《道德论》等作品。他的诗作《恬静的生活》描写乡村简朴的物质生活和纯真的精神生活，语言洗练，意境旷达。蒲柏写作始终遵循法国古典主义文艺理论家布阿罗的诗论，追求优美协调的诗趣，力求诗句的精工典雅。这些诗音格抑扬，声韵规范，结构持衡，主题庄严，很好地体现他的诗学思想。

复辟时期的君主重视文学，尤其是推动了诗歌艺术的发展。"桂冠诗人"这一王室御用诗人称号，就始于詹姆斯一世。华兹华斯、骚塞以及后来的丁尼生都曾被授予这一称号。这一时期的诗歌创作，除了邓恩为代表的玄学派，主张诗歌描写爱情、田园生活与宗教感情，强调诗人个人的内心感受，以意象奇幻取胜。

还有骑士派的诗作，主张诗歌以爱情为主题，宣扬及时行乐。这些诗人与戏剧家、散文家的共同创作为王政复辟时期的文坛吹来了一股清风。

3. 启蒙时期的英国文学

18世纪社会的相对稳定和启蒙主义思想的传播，使英国文学出现新的盛况，写实小说兴起，相继涌现出一批作家和作品。启蒙时期的重要作家有笛福、斯威夫特、菲尔丁等，他们既是启蒙运动的思想家，也是启蒙文学家。他们把文学创作看成是宣传教育的有力工具，致力于反映人民大众的日常生活，描写普通人的英雄行为和崇高精神，深刻揭露封建社会腐朽与黑暗，甚至暴露资产阶级的缺点。

笛福有英国"小说之父"之誉，他曾办报刊并参与党派政治，"自由贸易"理论便是由他提出，以此同时笛福还想政府提出了争夺、占领殖民地的方法，最开始笛福专注于党派政治，直至晚年才开始着手小说创作。虽然笛福开始创作小说的时间较晚，但是他却创作出了许多优秀作品，如《鲁宾逊漂流记》，同时他也是18世纪英国显示主义小说的奠基人，也是英国近代小说的开山之作和现实主义小说的创始之作。笛福在《鲁宾逊漂流记》中运用了写实的手法描写主人公在孤岛上的生活，通过这种方式形象地刻画了一个资产阶级开拓者、殖民者的形象，具有一定的时代精神。作品技巧卓越，凭着一种新鲜的现实主义想象力，写得引人入胜。笛福小说中的主人公大都是现实生活中的中下层人物，这是英国小说创作中的新因素，后来到了19世纪，这些人物的命运就成了英国批判现实主义文学描写的主要对象。《鲁滨孙漂流记》写得富有同情心和艺术性，又给人以富有启发性的重大社会意义。无论是严肃的思想家卢梭，还是文学家柯尔律治，或是政治经济学家马克思，甚至一般读者，都能从中受到这种启发。笛福的另一部长篇小说《摩尔·弗兰德斯》叙述女主人公摩尔在英国因生活所迫沦为娼妓和小偷的经历。作品以生动的笔触，写得真实又有深度，具体又有艺术性，被称为"偷窃者大全"，这已经表明作品的吸引力。笛福的《摩尔·弗兰德斯》语言平静而尖刻，讽刺性强。

现实主义小说家菲尔丁早年从事戏剧写作，对当时英国上层社会进行了深刻讽刺，而菲尔丁的小说也代表了18世纪英国现实主义小说的最高成就，是现实主义小说的进一步发展，并且是英国文学史上第一个比较系统提出现实主义小说理论的作家。菲尔丁被人们称之为"英国小说之父",这主要是由于他在小说创作上做出了突出的贡献,尤其是他的书信体小说、第三人称叙事小说以及散文体史诗等。从整体上来看,菲尔丁擅长以社会画景为写作题材,同时在写作时习惯用讽刺写作手法。菲尔丁认为理查逊只是一个市侩哲学的代表,为此他借助仿作来讽刺理查逊,由于他的这一举动,在无意中掌握了撰写小说的方法,于是也有了自己的书,如《弃儿汤姆·琼斯的历史》,无论是小说中的人物、风景还是场地都是典型的英国式。这部小说主要介绍了三个背景的英国社会风貌,其中有乡村、路途、伦敦。小说中的汤姆和苏菲亚都有其特有的指代意义,其中汤姆是自然本性的代表,而索菲亚则是智慧、理智的代表,二者最后结为夫妻,作者借助二人的故事向人们传递了感情需要受理性的制约。这部小说共十八卷,不管是那一卷均是以作者对小说艺术的讨论作为开始,这在一定程度上表达了菲尔丁对小说创作的一种理论上的自觉意识,正是他给英国小说定了型。在小说情节发展的过程中,他灵活运用各种手段使这样的人物撕掉他们的假面具。他显示出了汹涌澎湃的兴致,使得那些伪君子滑稽可笑。作者歌颂真诚、热心、忠实而又不受传统束缚的青年男女,全书有一种爽朗、清新的空气,而又结构完整,把现实主义小说推进到了一个新的水平。他憎恨在道德的假面具下掩饰自己的虚伪,从他的创作中,读者看到18世纪的英国喜欢讽刺,也可以找到那个时代所缺乏的精神,他在作品中将这种精神表达得最为淋漓尽致。乔叟《序言》中的教区牧师和菲尔丁《约瑟夫·安德鲁》中的亚当都是典型的文学形象,他们都坚信道德的力量,这无疑是英国文学史上的一份宝贵遗产。他的重要作品还有《阿米丽亚》《咖啡屋政客》《堂吉诃德在英国》《历史纪年》以及《大伟人江奈森·雅尔德传》。他的《约瑟夫·安德鲁》在客观的叙事中,插进讽刺的笔触,批评上层人士的自私和缺乏同情心,而只有车夫助手,一个下层青年,才有同情心,两者形成鲜明的对照。这种夹叙夹议,随时插入议论的成分,不只写当时每人姿态,还提供背景和前景,使句子中所含的信息量更加丰富。

理查逊是英国一名著名的作家,其文学创作风格受笛福的现实主义的影响,同时他所创作的作品也十分注重对人物情感的描写,正是在这种继承与创新的基础上形成了一种新的文学类型——感伤主义文学,他的书信体小说《帕米拉》即是这一体裁的代表作。他擅长用一系列书信讲述一个连续的故事,从而树立了英国的"书信体小说"。他的书信体小说描写家庭生活，刻画人物内心活动，推动了浪漫主义运动在18世纪末的兴起。理查逊长于心理分析，使所写人物性格深化。他将视角投入年轻女主人公的内心深处，心理刻画淋漓尽致，令读者潸然泪下。作品还有《克拉利莎》《格莱德生爵士的故事》。

斯特恩是感伤主义文学的主要代表，他宣扬感情的自然流露，强调个人和社会的不可协调，在他看来，描写人的内心情感以及情绪是小说的主要任务，也正是由于这一原因，为此他对当时的小说模式十分不满，并积极进行探索、创新，如他的《项狄传》便打破了传统小说写作框架，放弃了原本以时间为顺序的写作手法，而采用了一种全新的小说文本来描写主人公的内心世界。他所写的小说的各个章节的篇幅都不相同，有的篇幅很长，有的篇幅很短，还有的篇幅甚至是空白的。此外，他所创作的小说也加入和许多的长篇议论和插话，此外在他的小说中还伴有星号、乐谱及省略号等。随着斯特恩小说的流行，越来越多的人开始关注他的小说，尤其是俄国形式主义批判家，他们将《项狄传》称之为世界文学中最典型的小说。斯特恩的文学实验为英国小说艺术增添了新活力，开后世现代派小说先端，可谓英国最早的实验性写作的大手笔。

斯摩莱特以写流浪汉体小说为主，用讽刺笔调刻画英国社会各阶级人物，揭露当时社会弊端，又以写海员生活见长，喜欢描绘打斗和血淋淋的伤病情景。他的《蓝登传》延承了欧洲流浪汉小说的创作手法，其整体布局十分松散，是一系列冒险经历的组合。另著《英国通史》《柏雷葛伦·辟克尔》。

18世纪中叶，英国资产阶级革命胜利后，原始资本积累更加迅速，英国爆发了工业革命。在工业革命过程中，人与大自然之间的关系发生了一定的变化，随着工业革命的发展人们对自然的破坏毫无节制，许多作家对这一社会现象感到悲哀，于是出现了许多以大自然和情感为主题的感伤主义文学作品，此类型作品一度成为英国最流行的文学作品。其中格尔斯密是18世纪英国戏剧家，其创作均以嬉笑怒骂的形式讽刺时弊，致力打破当时英国舞台盛行的感谢伤主义。人们常把他与另一位英国戏剧家谢里丹相提并论。他的代表作有《威克菲尔德牧师》《屈身求爱》等。长诗《荒村》是感伤主义诗歌的杰作。此外他创作的《世界公民》（原名《中国人信札》）采用虚构的创作手法，从主人公李安济的角度来讽刺当时英国的政治、司法以及社会风尚等。谢里丹是18世纪英国著名戏剧家，与格尔斯密齐名。其喜剧把生活中的所见所闻搬上舞台，剧情错综复杂，人物活灵活现，对当时盛行的感伤主义极尽戏谑。他的作品有《批评家》《情敌》《造谣学校》。

  18世纪的英国文坛中，诗歌呈现一片繁荣的景象，此时期出现了许多优秀的文学家，如散文家斯威夫特、哥尔德斯密斯、约翰逊等，同时部分散文家也善于写诗。此外，葛雷也是这一时期的重要诗人。葛雷是一位历史学教授，精通艺术、建筑和音乐，他所处的那个时代喜爱自然风光，对浪漫主义的复兴怀有热情。他是对古英格兰民谣、爱尔兰以及威尔士的古代吉特勒文学再度感兴趣的为数不多的几个人之一。葛雷的作品字斟句酌，绝不苟且，他一生诗作不多，仅十余首诗传世，而且那为数不多的诗作多半是用来自娱自乐和供友人消遣的。正如狄更斯所说的，他是唯一一位由写小卷诗作而跨入不朽的诗人行列的。在葛雷的《巴德》中，浪漫主义和古典主义得到了很好的结合，威尔士擅用颂歌形式的传统得到了再现。他创作有《逆境颂》《春之颂》等。其中《墓园挽歌》最为著名，这首诗写了14年，诗中描述了诗人在黄昏时刻凭吊乡村一处寂静墓地的悲悼心情。那贯穿全诗的凄楚悲切的气氛，往往令读者唏嘘感叹，这首诗集中表达了诗人对当下乱世的厌恶之情，对自然、安逸生活的追求，诗人透过字里行间来表达人们的内心感受。从某种意义上来讲，他的诗歌开始摆脱新古典主义的束缚，感情逐渐替代理性。诗作发表后引来诸多仿作，一时形成所谓"墓园诗派"。诗中的那些熟悉的章节和段落总是让读者熟记于心，不仅诗中的每一节每一句都是完美的，而且整个作品的结构布局也非常出色。这首诗中充满了淡淡的忧伤，它是早期浪漫主义诗歌的标志，同时也是这个时期最好的诗歌作品。读这首诗就好比是在读弥尔的《深思的人》，让读者感受到占据英国一个多世纪的忧伤文学。这种非凡的艺术手段善于选择那些自然的场景，再于场景上蒙上一层特别忧郁的气氛，创造出美丽而幽深的意境。《墓园挽歌》中蕴含着一个时期中某种社会的情绪，此外再通过一种完美的表达形式将其中的情绪呈现出来，这在很大程度上创新了旧的传统，具有较高的文学艺术价值，为此它被称为18世纪中期最优秀的诗歌。

  与葛雷的《墓园挽歌》一起而得名墓园诗派的还有扬格的《夜思》。墓园诗派创作感伤主义诗歌，以生活即痛苦，理性无能为力，以死亡、坟墓为题材，寄托自己的感受和孤独心情，基调低沉忧郁的情节，反映了英国许多人在产业革命加紧进行中所感到的痛苦和彷徨。

（四）现代英国文学

1. 浪漫主义时期的英国文学

英国浪漫主义文学时期发生了三次较大的历史事件：第一，1776年美国独立宣言，正式宣布美国成为一个独立的国家；第二，1832年英国颁布了"改革法令"，并将其正式纳入英国法律；第三，1789年7月14日攻占巴士底狱，法国建立了资产阶级共和国。法国大革命的胜利，对英国产生了巨大的影响。在法国大革命的影响下，英国诗人、作家开始鼓吹法国大革命，由于运动缺乏理性的制约，最后导致运动一发不可收拾，同时活动也被一些有预谋的野心家所利用，最终酿成了"九月大屠杀"。此外以拿破仑为首的法国野心家，企图将整个欧洲划入法国版图，但是最终在滑铁卢被欧洲联军击溃。在这个时期，英国社会呈现出"政治高压"环境，不允许成立工会、不允许公众游行集会、妇女没有选举权，同时也并不是所有的男性都有选举权，只有中产阶级以上的男性才拥有选举权。随着时代的快速发展，英国文学也得到了较好的发展，一些诗人开始关注自身，他们有自己的理想和报复，并将自身情感融入诗歌之中，他们在创作诗歌时十分重视精神和感情世界，为此我们将这一时期的英国文学称为浪漫主义文学时期。

湖泊派代表诗人有威廉·华兹华斯、柯勒律治和罗伯特·骚塞。虽然他们并未创立他们的诗歌派别，同时他们创作的诗歌风格也各不相同，但是由于他们都居住在英国西北部湖区，为此我们将其称之为"湖区的人"，为此我们也将他们划为湖泊派诗人。

威廉·华兹华斯出生于英国湖区北部，小时候他的家庭较为富裕，父亲是律师，母亲是一个布商的女儿。然而天有不测风云，在他8岁那年，他的母亲离开人世，当他13岁时父亲又离他而去，他在哥哥的资助下读完了大学。威廉·华兹华斯对山川、湖泊等自然景观情有独钟，他经常在山间的林中独自散步，倾听大自然的声音。在法国大革命的影响下，他撰写了《抒情诗歌集》的序言，这也标志着英国浪漫主义文学的开始。但是没有多长时间，他对法国大革命的看法发生了转变，变得十分失望，在此之后他便与妹妹生活在一起，后来与妹妹的同学玛丽·何琴森喜结连理。在他25岁时，诗人柯勒律治前来拜访，自此之后他便步入了诗歌创作的巅峰时期，他与柯勒律治共同写下了《抒情诗歌集》。在前面我们提到威廉·华兹华斯对山川、湖泊等自然景观情有独钟，为此他一生中创作了大量的大自然主题诗歌，有的是山水河流，有的是花鸟鱼虫。

柯勒律治是一个天赋极高的人，他不仅擅长诗文创作，同时还精通哲理，其才华在小时候便已展现无疑。在他小的时候为了治风湿病而吸食鸦片，却因吸食鸦片而无法自拔。在就读于剑桥大学期间，由于无法偿还债务，最终弃笔从戎，然而由于他不擅长骑术，所以被军队退回。在回到剑桥大学之后，他结识了骚塞，他们二人在思想上产生共鸣，于是共同策划、设计成立人人平等的共和国家，但是以失败告终。1796年创立了《看守人》出版刊物，刊物的主题思想是反对战争、反对奴隶制度、提倡出版自由以及反对加重税收，但是这个刊物存在的时间并不长，仅出版了10期。纵观柯勒律治的一生，虽然他才华横溢，但是一生穷困潦倒，晚年还要依靠吸食鸦片维持生活。虽然柯勒律治所创作的诗歌数量并不是很多，但是其诗歌极具独创性，对英国浪漫主义文学有巨大的贡献。《老水手之歌》是他较为出名的诗歌作品，被刊于《抒情诗歌集》。

骚塞的才华虽然不及二人，但是也是英国浪漫主义文学时期的著名诗人。骚塞可谓是一个多产的诗人，他的一生几乎都在创作中度过，共计写下109卷诗集，但是大部分的诗集已经被人们遗忘。1813年，在斯考特的推荐下，骚塞获得了"桂冠诗人"的称号，这在一定程度上肯定了他对英国文学的贡献。

伦敦土著派也是该时期的主要诗派，其代表人物有约翰·济慈、李·亨特。在亨特看来，诗歌创作应以自由为主，也正是由于这一原因，致使他的诗歌略显庸俗，为此人们将其称为土著派诗人，具有一定的贬义。由于约翰·济慈也发表过此类的观点，为此他也被归入土著派诗人。

约翰·济慈可谓是一个短命的天才，去世时年仅25岁，但是他所创作的作品却经久不衰。他出生于英国的一个车马店，其父便是这家店的店主，在他8岁那年，父亲因为喝酒坠马而亡，自此便开启了他的悲惨命运。在14岁时母亲因为肺病离开人世，约翰·济慈在恶劣环境的影响下也患上了肺病，随后又染上性病，最终无法和心爱的人生活在一起。虽然他英年早逝，但是也为后人留下了许多优秀的诗歌作品，如《夜莺颂》《希腊古瓶之歌》等。

以拜伦和雪莱为代表的革命派诗人被称为恶魔派诗人。

拜伦出生于贵族家庭，在他3岁时父亲去世，而后他便跟随母亲一起生活，在他10岁时便被封为男爵，并在贵族学校学习，长大后在剑桥大学学习，在毕业之后他游历欧洲各国，并写下了长诗《恰尔德·哈罗德游记》，他也因此一夜成名。在此之后，拜伦陆续创作了一些浪漫主义诗歌集，自此他在英国文坛上便拥有了一席之地。1815年拜伦与安·伊莎贝尔·米尔拜克迈入婚姻的殿堂，在生下一女儿后过上了分居的生活。此后，拜伦在瑞士遇到雪莱，二者相谈甚欢，在此之后他们二人经常一起作诗。1823年英国的一些激进主义分子成立了希腊委员会，他们鼓动希腊脱离土耳其的控制。拜伦远赴希腊，准备亲自参加这次独立战争，但是由于生病而去世，享年26岁。《唐璜》是他著名的作品，在诗中描写了一个风度翩翩的贵族公子，而这便是对他自己的写照。

雪莱虽然不是贵族出身，但是他的家庭状况也比较好，其家庭也有辉煌的历史。雪莱的父亲对他寄予较高的期望，希望他可以光耀家族，为此他的父亲从小就将他送到当地最好的学校（伊顿学校）学习。当时学校有一条不成文的规定，即低年级的学生要为高年级的学生服务，而弱小的雪莱自然而然就成了高年级学生欺负的对象。但是他并不向高年级的学生屈服，还会向他们发起疯狂的反攻，为此同学们将他称之为"疯狂雪莱"。也正是由于小时候的这一段经历，使他形成了反抗不公、反对压迫的性格。1810年雪莱考上了牛津大学，并在一年之后出版了《无神论的必要性》，这是一本提倡无神论的宣传册子，然而由于他公开宣传无神论，最终被学校开除。被开除后的雪莱重新回到伦敦，并与16岁的哈里特·韦斯布鲁克产生情愫，但遭到双方父母的反对，于是二人离家出走，并在爱丁堡结婚。随后，雪莱结识了激进社会哲学家——高德文。在认识高德文之后，雪莱与其妹妹（玛丽）擦出了爱情的火花，于是背弃妻子与玛丽结婚，在这样的打击下哈里特·韦斯布鲁克选择了自杀，而此时的雪莱感觉国内已经没有他的容身之处，于是便移民至意大利。1822年雪莱与其好友爱德华·威廉乘船时遇到大风，二人不幸遇难，他去世时年仅30岁。他虽英年早逝，但他给后人留下了许多不朽的诗篇，如《西风颂》《自由颂》《获释的普罗米修斯》等。

虽然英国浪漫主义文学的时间较短，但是该时期的诗歌创作数量和创作质量都对英国文学产生了巨大的影响，它对促进英国文学的发展有重要意义。

2. 维多利亚与现实主义时期的文学

维多利亚时期，英国文学中的重大成就是现实主义小说。有狄更斯、萨克雷、勃朗特三姐妹、艾略特、特罗洛普、菲兹杰拉德、丁尼生、莫里斯、王尔德等重要作家。

狄更斯作品的深度和广度都超过了同时代的其他作家，代表了19世纪英国现实主义文学的最高成就。他的一生经历了英国半封建社会向工业资本主义社会过渡的时期，为此他的作品中有很多关于此时期社会生活状况的作品。在他的作品中，社会各个阶层的形象被描述得淋漓尽致，同时在他的作品中我们可以感受到他从人道主义的角度出发对社会中的现象进行披露，并表达自己对劳动人民苦难的同情。

狄更斯共创作了14部长篇小说，其中最著名的作品包括描写劳资矛盾的《艰难时代》以及以法国大革命为背景的《双城记》《雾都孤儿》《大卫·科波菲尔》《远大前程》等，这些作品中的主人公都是孤儿，而这种创作题材的选择主要与其童年经历有关。此外，《荒凉山庄》描述了英国司法制度的腐败与黑暗。另有《美国札记》《我们共同的朋友》《布兹素描》《匹克威克外传》《董贝父子》《小杜丽》等名作。狄更斯的作品关心社会上的重大问题，他的文学作品向我们描绘了一幅幅社会生活画卷，同时他也是一名幽默、浪漫的作家，在他的笔下经常会出现性格怪异的人物。狄更斯的作品笔调幽默风趣，真实的细节与诗意的气氛相结合，加上他在语言上采取莎士比亚式的技巧，为此他的艺术呈现出幽默的特点。同时他的作品也拥有细致入微的分析，此外他的作品很好地将现实主义和浪漫主义融合在一起。而从狄更斯散文的运用来看，他的作品既有最具体的写实和最奇幻的气氛烘托，又有简洁明了、尖锐深刻的文笔，只一个细节便透露出一大片世界，抓住真实人生的核心。这样，描写的艺术加以语言表达力的新高度，两者的结合使他的描写不同寻常。

萨克雷的作品极其深刻地揭露了英国社会的种种势利风尚、投机冒险和金钱利益。他著有多部小说、诗歌、散文、小品文。其《亨利·埃斯蒙德》是英国文学史上一部著名的历史小说。特写集《势利人脸谱》以文雅的笔法讽刺上层社会的贪婪和欺诈。而《名利场》是其代表作，作品通过女主人公丽贝卡·夏普不择手段跻身上流社会的故事，对势利者进行了无情的揭露和嘲讽。《名利场》所描摹的社会正像17世纪英国作家班扬在《天路历程》里描写的"名利市场"。市场上售卖的往往是世俗世界人们追求的名、利以及权利、享乐，那些傻瓜和混蛋都在市场上欺骗争夺。该小说的副标题为《没有英雄的小说》，而这个副标题是该小说最初的书名。萨克雷在创作文学作品时，过于刻意描写现实，为此受到当时社会的极大限制。当时社会中限制的内容，他无法明确地写在书中，只能通过暗示的方式将内容写进去。所以，他叹恨不能像菲尔丁写《汤姆·琼斯》那样真实。他在这部小说里写到男女私情，只隐隐约约，让读者会意。然而，作者文笔轻快，引人入胜，好像写来全不费力，其实却经过细心琢磨。但他又像菲尔丁一样，喜欢夹叙夹议，像希腊悲剧里的合唱队，时时现身说法对人物和故事做一番批判。作品中描写了许多真实存在的东西，具体地描绘出一个社会的横切面以及一个时代的某一片段，在这一时期，他的这种文学创作手法只有法国的司汤达、巴尔扎克使用过。为了最大程度上让小说反映现实，他还打破了传统的小说创作方式。从某种意义上来讲，这部小说可谓是英国现实主义文学史上的处女地。

萨克雷的《名利场》前言，以十足的江湖口吻，以文雅的笔法讽刺上层社会的贪婪和欺诈，以诙谐戏谑的文笔和精练的语言，揭开这"名利场"的序幕，让读者沉浸于一种乌烟瘴气、光怪陆离、熙熙攘攘的江湖氛围。车尔尼雪夫斯基就十分钦佩他的观察能力，尤其是他对人生、心灵的深刻理解。同时，也被其作品中的幽默、人物描写以及动人的故事所折服。他认为当时欧洲作家里萨克雷是一流的天才。译者杨必把书名译为"名利场"，是依照钱钟书从中国小说《镜花缘》而得，书里写无启国附近也有个命意相仿的"名利场"。因此，译者必须把握住这种不温不火的语气才能传达原作的神韵、讥消的文笔、带刺的幽默和笑对人生的处世态度。

勃朗特三姐妹是19世纪英国文学史上的主要代表人物，其中夏洛蒂·勃朗特创作的《简·爱》轰动一时，至今流行于世界文坛，这部作品主要描绘的是女主人公反抗男性统治压迫，并取得最后胜利的故事。虽然小说中有很多浪漫爱情故事，但是这些故事背后却向读者传递了严肃的现实思想内容。作品把一个倔强有个性的家庭女教师放在小说的中心，让她对有钱的小姐们发出抗议，受到20世纪女性主义批评家的青睐。作品优美动人并带有神秘色彩，并以其细腻的心理刻画而著称，至今仍保持着它独特的艺术魅力。勃朗特的文风简明流畅，平易朴实，没有汪洋恣肆的行文，也没有华美艳丽的辞藻。她另有《雪丽》《教师》等作品。艾米丽·勃朗特的诗歌直抒胸臆，感情浓烈，想象奇特，景物描写常常荒僻、寂寥。而她的小说《呼啸山庄》更为成功，艺术成就远远超过了她的诗歌，被称为"世界十部最佳小说"之一。作品以荒凉的约克郡的野地为背景，用炽热的情感写爱与恨的故事，采用间接叙述手法讲述一段刻骨铭心的恋情。小说中野性与文明、浪漫与现实反差强烈，具有神秘恐怖色彩。《呼啸山庄》是一部有着奇特的结构，讲述一个奇特的爱情故事的奇特小说，书中景物描写得荒僻和寂寥，那板重和强烈有力的风格，被誉为"荒野的诗意"。安妮·勃朗特的代表作是《艾格尼丝·格雷》，主人公是一个自幼受宠的娇弱的英国少女，因家道中落被迫外出担任家庭教师，尝尽人间辛酸。

乔治·艾略特与狄更斯和萨克雷齐名，是19世纪现实主义小说的真正代表，她的作品讲述普通人的平凡经历，而且主人公主要是女性，她的写实派小说深刻地描写了英国的乡间生活，在女性文学的发展中占有重要地位。艾略特是走在时代前沿的作家，致力于打破维多利亚时代的性别、宗教和社会教条的藩篱。艾略特由翻译D. F. 施特劳斯所著《耶稣传》开始其文学生涯，该书依据黑格尔学说，按照发展观点研究基督教的形成过程，指出固有的互相对抗的力量和解经方法相互作用，从而引起宗教融合，进而否定《圣经》福音书的历史价值，并批判福音书的超自然叙述，认为它是历史神话。她的《弗罗斯河上的磨坊》一书中描写兄妹悲欢离合的故事，立意构思严谨，遣词用字精雕细镂，剖析伦理也充满了田野景色。《织工马南》和《米德尔马契》等作品以写实手法展现英国的社会人生图画，对人物内心活动和行为动机的刻画十分生动细致，开创了现代小说通常采用的心理分析的创作方法，艾略特因此被誉为心理小说的先驱。艾略特还为《威斯敏斯特评论》写过不少散文，翻译过费尔巴哈的《基督教的实质》。

菲兹杰拉德也是这一时期重要的诗人，但他以翻译11世纪波斯诗人欧玛尔·海亚姆的《鲁拜集》而闻名。他自己声称其翻译没有严格地根据原作，但是经过他的意译和加工，这部作品成为英国文学名著，英国人经常引用其中的抒情诗句。译诗还对英国"世纪末"诗歌的情调产生了较大影响。其译作《鲁拜集》于1859年与达尔文的《物种起源》一同出版，亦属文坛佳话。菲兹杰拉德还译有《卡尔德隆的六部戏剧》。

3. 批判现实主义文学

19世纪七八十年代后期出现了哈代、高尔斯华绥等巨匠，他们在创作时进行了形式创新，将社会心理小说、社会讽刺剧等形式融入其中，以此来批判当时资本主义社会的政治、宗教以及文化，人们将此类文学称为批判现实主义文学。在批判现实主义作家的笔下，资本主义社会中的伪善被体现得淋漓尽致。尤其是哈代的创作，成功地使农村的土壤气息、诗样的温情和严峻的宇宙观相结合，成为 19 世纪英国小说最后的一批优秀成果。从时间上看，哈代是维多利亚时期的最后一个小说家，通常情况下其小说创作主题主要是多维赛特及其周围的环境，他的早期作品中有很多描写英国农村自然景象以及田园生活的作品，但是伴随时间的发展，他后期的作品显得尤为低沉，具有浓厚的悲观色彩。在这个时期他的作品主题：无法控制的外界因素及内心的冲动决定了人的命运，并在这种情况下酿成各种悲剧，代表了 19 世纪末 20 世纪初英国以"幻灭"为主题的小说创作。哈代最有影响的代表作是两部以女性为主人公的长篇小说《德伯家的苔丝》和《无名的裘德》，讲述了英格兰南部农村青年男女走投无路、陷于绝望的悲剧故事。他的《还乡》对埃顿荒原的描写是英国小说中为数不多的散文佳作。有的批评家从艺术性出发，认为这个小说是哈代所有作品中最优秀的。哈代在创作时十分擅长写景，他笔下的景物栩栩如生，仿佛有了自己的生命。哈代另有《远离尘嚣》《卡斯特桥市长》《绿荫下》等作品。这些作品集中写多塞特郡的农村人物，他们生活简朴而感情强烈，小说的主人公们都受命运的捉弄，他们灵魂的善良、纯洁更加反衬出"不朽者之主管"的冷漠和残酷。哈代的创作成功地使农村的土壤气息、诗样的温情和严峻的宇宙观相结合，是 19 世纪英国小说最后的一批优秀成果。

英国 19 世纪的批判现实主义小说，是文学成就最高的文体，因为小说一直是中产阶级最喜欢的文类，它的形式较有弹性，除了呈现现实生活的情况外，也提供了一个想象的世界。小说中的道德寓意也多附和中产阶级读者的期盼，人性本善，善有善报，恶有恶报。作者也多批判有钱人为富不仁，对穷人寄予同情。进入 19 世纪的后 30 年，英国小说依然活力不衰，题材范围继续扩大，有梅瑞狄斯、劳瑟福德、莫里斯、吉卜林等代表人物。小说的艺术性也有新发展，如詹姆斯和康拉德等都十分讲究小说艺术。梅瑞狄斯的文采，勃特勒的犀利，莫里斯的以古朴求新鲜，吉卜林的活泼和嘲讽，都使英国小说更加丰富多彩。

4. 现代主义文学

人们在谈及英国现代主义文学时期所取得的成就时，往往第一个想到的是小说，然而在这个时期英国的诗歌、戏剧、文论等也取得了辉煌的成绩。

此时期，英国诗歌创作方面做出突出贡献的诗人当属艾略特，他可谓是英国现代主义文学运动中的一员猛将，为英国诗歌创作做出了巨大的贡献。之所以说他对英国诗歌的贡献较大，主要是因为他对传统诗歌创作进行了革新，将现代题材、现代口语会话、心理描写等融入诗歌创作。1992年他出版的《荒原》被称为20世纪西方文学史上的巨作，同时它也是现代诗歌的里程碑。《荒原》共运用了6种语言，同时诗中也运用了许多欧洲文学中的内容，如名句、典故、故事情节等。此外，这首诗还运用鲜明的形象进行象征、暗示，但是这首诗却很少使用韵。在此之后，艾略特也创作了不少佳作，如《四个四重奏》，这首诗的形象十分鲜明，同时语言也颇具节奏感，读者在读这首诗时会感到自然流畅，此外这首诗也被世人认为是作者最佳的诗作。

此外，这一时期对英国诗歌贡献较大的诗人还有叶芝，他不仅是一个诗人，同时也是一个剧作家，他被人们称为"20世纪英语文学中最伟大的诗人"。唯美主义和象征主义对叶芝的影响很大，为此他所创作的诗歌具有以下特点：语言洗练、诗句象征意义丰富、诗句蕴含哲理。也正是由于他诗歌的创作特点，他被人们看作是现代主义诗歌的先驱之一，他一生中共创作了很多诗歌作品，其中《钟楼》《盘旋的楼梯》《驶向拜占廷》等是其代表作。

由于艾略特和叶芝在英国文学上的突出贡献，他们荣获了诺贝尔文学奖。除此之外，英国现代主义文学时期还有许多优秀的诗人，如斯蒂芬·斯彭德、狄兰·托马斯。英国现代主义文学时期戏剧方面的创作成就当属荒诞派戏剧，该流派主要根据其戏剧创作主题，即面对人们生存条件的荒诞不经而引起的抽象的恐惧不安之感。荒诞派戏剧艺术家在创作作品时，故意舍弃了合乎逻辑的表达方式，而是用形象表示来表达对理想的怀疑和否定。此外，荒诞派戏剧艺术家所创作的戏剧往往没有明确的时间和地点，同时戏剧也没有具体性的事件和故事情节，甚至角色连名字都没有，艺术家只是用字母来代替人名，如塞缪尔·贝克特的《等待戈多》。除此之外，艾略特和叶芝也对英国现代主义文学时期的戏剧做出了一定的贡献，他们试图恢复英国诗剧的往日荣光。另外，这一时期还有一部分人被称为"愤怒的青年"，其代表人物是约翰·奥斯本，他们对英国现代主义文学时期的戏剧发展也做出了巨大的贡献。

英国现代主义文学时期的小说创作方面的作家有很多，如詹姆斯、沃尔夫、劳伦斯、乔伊斯等。这些作家不仅是英国优秀的作家，同时在世界文坛上也具有举足轻重的地位，他们在作品创作中所运用的意识流手法具有重要的意义。从根源上来讲，意识流小说的产生源于现代心理学。随着世界的发展，人和事物逐渐复杂化，为此一些作家认为如果还按照传统的小说写实手法和叙事结构，将很难满足当前社会的需求，无法揭示世界的复杂性，只有借用一些新的表达方式才有可能将这个复杂的社会呈现出来。从某种意义上来讲，意识流小说已经打破了传统小说的叙事结构，它借助描写人的意识活动来组织、推动故事情节的发展，所以在这样的创作手法下，小说的故事情节不再受时间、空间的限制。同时小说的故事情节也将会摆脱逻辑、因果关系的制约，给人一种全新的体验。意识流小说一直到21世纪20年代才真正占据西方现代主义文学的制高点，成为最有影响力的小说流派之一。

（五）当代英国文学

当代英国文学具有较高的历史感和时代感，想要对其有一个深入的了解，我们可以从当代英国戏剧、小说、诗歌三个方面出发。

第一，当代英国戏剧创作。20世纪在爱尔兰民族解放运动的影响下，爱尔兰文艺复兴的大门被正式打开，这在无形中也打开了英国文学的新局面，使戏剧在英国文坛中的地位得以提升，重获昔日荣光。此时期的英国戏剧不仅弘扬了当地的戏剧创作风格，同时也吸收了传统欧洲戏剧模式的精髓，从而形成了一种新型的戏剧，它给英国人民带来了全新的艺术审美和享受。这一时期出现了许多优秀的戏剧艺术家和戏剧作品，如萧伯纳的《华伦夫人的职业》、辛格的《西方世界的花花公子》，在这些作品中不仅描述了爱尔兰民族情节，同时也在极大程度上鼓舞了爱尔兰人民的热情，此外它在英国早期的戏剧文学中具有十分重要的意义。20世纪50年代后期，英国迎来了第二次戏剧高潮，它以新鲜活力的剧本在舞台上展现精神升华，这一时期的戏剧代表作有奥斯本的《愤怒的回顾》，此外还有贝克特的《等待戈多》等，戏剧艺术家们借助有限的对话和场景表现来反映当时的社会生活概况，此外，此时期英国戏剧内涵的完美呈现也离不开演员的搭配演出。

第二，当代英国小说创作。在这一时期，战争文学在英国文学史上占据十分重要的位置，受两次世界大战的影响，创伤文学的产量惊人。从某种意义上来讲，在英国战乱之前已经出现了一批现代派作家，他们以细微动机著称。但是在战后出现的新一代现实主义作家，他们更加深刻地描绘了都市人民的生活面貌，这在作家乔伊斯的《尤利西斯》一书中有具体的体现。《尤利西斯》一书不仅描写了当时英国都市人民的生活情况，同时也对都市人民的庸俗、猥琐作了深刻的描写。英国战后出现的这种新形式的小说创作模式，语言真挚、强烈，对英国小说的发展起到了重要作用。此外，英国老一辈的小说家运用现实主义的手法来揭示人们的感情生活，他们创作的作品具有强烈的现实主义色彩，老一辈作家的代表人物有威尔斯、福斯特、高尔斯华绥等。另外，战后英国文坛上涌现出一批批青年作家，他们将揭露人们内心的丑陋、追求美好生活以及英国各个阶层之间的明争暗斗作为小说创作的主题，如威廉·戈尔丁所著的《蝇王》。除此之外，该时期英国小说文坛上还出现了另一类作家，他们被称为"愤怒的青年"，这部分作家大部分都生活在工党执政之后的福利社会，同时他们当中的大部分人都接受过大学教育。但是在这个时期，英国的阶级制度依然明显，也正是由于这一方面的原因，此时期产生的作家也具有新的含义，如西利托的《长跑运动员的孤独》，作者运用诙谐的语言揭示了穷苦青年对当前统治阶级的不满与愤怒。在这一时期，英国小说文学史上也出现了一批优秀的女性小说家，她们所创作的作品主题主要是青年妇女，如青年妇女的恋爱、婚姻、职业等，她们的作品以内容细腻、丰富、动人著称，从某种意义上来讲，女性作家的出现标志着时代的进步，同时也是英国文学现代化发展的必然产物。

第三，英国当代诗歌创作。20世纪英国诗歌创作主要采用了特殊的形象描述和多变的韵律，同时艺术家在诗歌创作中也对各国的文化进行了对比，以此来彰显西方文明。这一时期的诗歌创作对英国社会产生了较大的影响，如哈代的《列王》等。从宏观角度来讲，这一时期的诗歌情感真挚，同时对历史和人生也有长久的深思。在第二次世界大战之后，英国诗人所创作的诗歌发生了一定的变化，诗句变得愈发质朴、素净，在表达内心情感时，诗人往往借助较为强烈的语言。同时，此时期的诗人也开始着手诗歌理论研究，并发表了一些文学理论以此来保证诗歌在英国文学中的地位。

二、美国文学

美国文学与英国文学虽然都是英语文学，但它仍有着自己的特点。玛西在《美国文学精神》一文中对美国文学与英国的关系做了一个总体上的概述。首先，美国文学出现的时间较晚，它几乎是伴随着美国的成立而诞生，为此美国文学与英国文学有一定的区别，美国文学极少受封建贵族文化的影响。其次，美国文学与英国文学各有自身的精神风貌，这是由于美国早期人口稀少，有大片未开发的土地，为个人理想的实现提供了很大的可能性，使美国人民有着不同于英国人民的性格特征。美国人民的这种性格主要体现在两个方面：一方面是美国人民的民主自由精神，他们具有较强的个人主义，强调个性的解放，这在美国文学作品中有明显的反映；一方面也体现在美国作家敏感、好奇，往往是一个浪潮未落，另一浪潮又起，日新月异，瞬息万变，作家们永远处在探索和试验的过程之中。虽然美国文学开始的时间较晚，但是在20世纪之后，美国文学对世界各国文学产生了巨大的影响，其中不仅包含积极的影响，同时也包含消极的影响。还体现在许多美国作家来自社会下层，这使得美国文学生活气息和平民色彩都比较浓厚，总的特点是开朗、豪放。再次，内容庞杂与色彩鲜明是美国文学的另一特点。众所周知，美国是一个由多民族构成的国家，在移民的过程中人们也将原居住地的文化带到美国，经过不断的融合与发展，最终使美国形成了多样化的文化，这也为美国文学多样性的特点形成奠定了基础。总的来说，美国文学的发展历程便是对各个民族文学特点的融合。同时，个性自由与自我克制、清教主义与实用主义、激进与反动、反叛和顺从、高雅与庸俗、高级趣味与低级趣味、深刻与肤浅、积极进取与玩世不恭、明快与晦涩、犀利的讽刺与阴郁的幽默、精心雕琢与粗制滥造、对人类命运的思考和探索与对性爱的病态追求等倾向，不仅可以同时并存，而且形成强烈的对照。从美国文学发展史上不难发现，没有任何一种文学潮流可以在一定时期内统一美国文学的天下。

（一）近代美国文学

1. 殖民地时期的文学

1607年至1776年的美国是欧洲各国的殖民地，在这个时期美国的文学呈多样、多元化的特点。美国这一时期的"文学"指的是广义上的文学，它不仅包含口头的文化形态，还包含书面语言方面的文化形态。

16世纪英国清教徒遭受迫害，他们中大部分人逃离英国，来到美国。同时英国清教徒也将其思想传入美国，他们提倡简化宗教仪式，在生活中不仅要禁欲，还要做到节俭，此外在经济上，他们重视商业和工业。英国清教徒将这些思想带到美国，并不断将其融入美国人民的日常生活之中，使美国人民逐渐形成辛勤劳作、生活俭朴的生活态度，这为美国早期美学作品的基调产生了重要影响。

早期的清教徒在美国移民区中实施政教合一的措施，为此该时期的文学、文化都是为宗教服务，具体来看此时期的文学形式主要有以下几种：神学研究、布道、日记、游记、移民历史等。殖民地时期的美国狭义文学也具有一定的特点：首先，从地域上来看，其创作地集中在新英格兰；其次，文学创作题材多以宗教为主；最后，文学出版形式多为说教文集。例如著名的教士葛顿·马瑟牧师一生之中共创作了400多部作品，其中《美洲之花上》是其一生中最为杰出的作品之一，但是由于篇幅过长，只能在伦敦印刷。葛顿·马瑟牧师在《美洲之花上》作品中，对新英格兰的辉煌历史进行了描绘。此外，迈克尔·威格尔斯沃思牧师也是殖民文学时期著名的诗人，他所创作的《审判日》尤为出名，该诗对审判日进行了详细的描述，其语句令人毛骨悚然。总之，这一时期的文学充满了宗教色彩。

殖民地时期，也有部分文学作品出版于北美洲，如迈克尔·威格尔斯沃思的《海湾圣诗》是以民歌的形式写成。从整体上来讲，迈克尔·威格尔斯沃思所创作的诗，主要是对达尔文教义的诠释，为此他所创作的文学作品成为宗教的普及性读物。在这一时期美国也诞生了一些女诗人，如安妮·布拉兹特里特，她创作的《肉体上的灵魂》主要运用了世俗的笔调，以此来描写妇女的心情。此外，这一时期还有专门创作挽诗的诗人，如牧师爱德华·泰勒，他所创作的诗在无形中反映了严格的清教主义的衰落。总的来讲，此时期的诗人受英国文学的影响较大，如安妮·布拉兹特里特受斯宾塞的影响，又如我们可以在牧师爱德华·泰勒所创作的诗中看到约翰·多思和乔治·赫伯特的身影。

2. 独立革命时期的文学

独立革命时期是美国民族文学开始形成的时期。独立革命期间，美国处于一个时局动荡的时期，正是在这种环境下，美国作家的文学创作形式也发生了一定的变化，政论、散文以及演讲等成为其主要的文学创作形式，此外作家为了更好地参与到战斗之中，需要不断锤炼自身的语言艺术。在独立革命时期，作家所创作的诗歌也具有强烈的政治性，且大部分革命歌谣源于民间。不过，在北美殖民地人民争取独立的岁月里，政治成为社会生活的中心，那些有影响的作者都不是专业作家，而是独立革命的战士和参加者。

独立革命时期的美国文学不同于殖民地时期处处反映清教精神，而具有浓烈的政治论辩风格，均带有强烈的政治色彩。独立时期在整个美国文学史上具有极为特殊的意义，在斗争过程中出现了大量的革命诗歌以及具有浓厚政治色彩的散文，与此同时美国独立革命也造就了一大批散文家和诗人，这为美国文学的快速发展奠定了基础。

有小说家和戏剧家们努力从历史和文化上说明美国的辉煌传统，与弗瑞诺等人在诗歌领域的爱国主义精神相呼应，力图缔造美国的民族文学。当然，这一时期的美国文学仍带有浓厚的欧洲风格，其完全"本土化"还有待于19世纪浪漫主义文学的发展。

（二）现代美国文学

1. 浪漫主义时期的文学

对于美国文学发展来讲，浪漫主义时期是一个十分重要的时期。在美国奋力建设的同时，美国文学家对欧洲同行的关注度提升，并意识到美国应当构建属于自己的文学模式。

美国浪漫主义时期的文学可谓是一个创造性发展时期，19世纪40年代美国浪漫主义发展至高潮，人们将此阶段称为"新英格兰超验主义"，抑或是"美国文艺复兴"。

欧文是美利坚合众国建立后的第一位美国职业作家，他的创作打破了美国对英国文化的依附，成为美国文学的先驱，开创了美国的浪漫主义文学运动，被称为"美国文学之父"。欧文熟知殖民地时期的逸闻掌故，虽然旅居欧洲多年，但其作品的场景都在美国，因此他的创作致力发掘北美早期移民的传说故事。在他的小说中，美国文学这一概念第一次浮出水面。欧文喜欢通过诗歌的方式表达自己的怀古之情，他不仅对欧洲遗留下来的典籍感兴趣，同时也对世界历史感兴趣。无论是现实生活，还是历史传说在他的笔下都形成了一幅幅不朽的图画，为其作品增添了魅力和光彩。欧文受英国作家司各特影响颇深。司各特作品中引人入胜的传奇精神以及他把当地所能提供的素材加工成艺术珍品的热情，都感染和激励着欧文。《纽约外史》是欧文所创作的一部散文巨著，该作品巧妙地将历史真实与艺术虚构融合在一起，作者名为写史，实则并非写纽约的历史，而是描写早期在纽约的荷兰移民的生活习俗。"尼克尔包克尔"业已成为纽约人的绰号。欧文的另一部重要作品《见闻札记》则是一部开创了美国短篇小说传统的散文、杂感、故事集。这是代表他的声誉之作，也是他的传世佳作，在短期内被译成多种文字。如他的《瑞普·凡·温克尔》和《睡谷的传说》都写得令人向往不已，已成为人们百读不厌之作。然而欧文虽然是美国文学史上第一位发掘与表现美国历史和风土人情的作家，他致力发掘北美早期移民的传说故事，开创了美国短篇小说的传统，但他却认为美国缺乏文学创作的素材，因而面向欧洲寻找他的写作灵感。这种观念在库珀那里也得到了印证。

库珀是美国文学的奠基人之一。库珀的散文作品也是关于英国田园式生活的，包括他的札记、政论。尤其是描写边疆生活、开创边疆传奇小说的《皮袜子五部曲》，包括《拓荒者》《探路者》《最后一个莫希干人》《草原》《杀鹿的人》五部长篇小说。作品以印第安人部落的灭亡为背景，写绰号为"皮袜子"的猎人纳蒂·班波在18世纪后半叶到19世纪初近60年内在边疆地区生活的故事，通过描绘开拓者形象，细腻而逼真地记录了美国向西部发展的历程，表现了勇敢、正直的移民怎样开辟美国文明的心路历程。作者以描写惊险场面和自然景物见称。

布莱恩特是一位浪漫主义民族诗人，是第一位赢得杰出诗人荣誉的美国人。他创作了大量象征美国独立和民主政治的诗歌，与欧文开创美国散文新时代一样，布莱恩特开创了美国诗歌的新时代。布莱恩特所描绘的景色是美国式的，他通过对美国本土花鸟鱼虫的描写来表达人与人之间的和谐。布莱恩特气质宁静，想象力丰富。评论家阿诺德称其诗作为"语言最完美、最简洁的诗歌"。他还有一重大贡献就是将《伊利亚特》和《奥德赛》翻译成英语无韵诗。

梭罗是一位先验论思想家、坚定的新教徒，他主张回到自然，曾在一片密林环绕的湖畔小木屋中独居两年，体验所谓的简单生活，并完成了散文集《瓦尔登湖》一书，是美国文学中的一本独特而卓越的名著，主要思想是反对组织严密的社会对人性的束缚，也是一本寂寞、恬静、智慧的书，以"深沉而敏感的抒情"和"超凡入圣"而著称。梭罗激进的思想对后世美国小说中人物的个人主义特性产生了深远影响。他还写过许多政论，反对美国对墨西哥的侵略，支持废奴运动。代表作还有《在康考德和梅里马克河上的一周》《郊游》《缅因森林》等。

迪金森是美国一名优秀的作家，他所创作的作品充满灵性与智慧，文章构思巧妙、扣人心弦，但其作品却与当时的美国社会格格不入，很多诗作都以死亡为主题，并带有揶揄的意味。迪金森与惠特曼被称为19世纪美国最伟大的两位诗人。主要作品是《艾米莉·迪金森诗集》。

麦尔维尔是美国浪漫主义时期的另一位优秀作家，同时他也是美国最著名的小说家之一，他的作品题材主要以异域风情、航海奇遇为主，此外他的小说中也融入了许多哲学道理。麦尔维尔的代表作是《白鲸》，该小说也成为美国最为杰出的小说之一，他笔下的白鲸是一种超自然的存在，它对人类充满了敌意，而人类又无法将其征服。

《泰比》和《奥穆》谴责以传教为名推行殖民政策，《玛地》用寓言形式批评资产阶级社会的道德法律，并描绘他心目中的乌托邦社会。麦尔维尔旨在于人的冒险中寻求人生与宇宙的意义。他本人在有生之年并没有获得应有的声誉，直到20世纪初期他的作品才被给予公正的评价。另有作品《雷德本》《白外衣》等。

霍桑也是超验主义代表人物，他的作品运用纯熟的象征手法，以人类的内疚、荣耀和情感上的压抑为主题，对"隐秘的恶"进行挖掘，反思清教会的虚伪和不公，对灵魂的内部世界进行深入的探讨。霍桑一生之中都在围绕"恶"进行创作，在他看来"恶"是人本性的一部分，它是一切不幸的根源，也正是由于这一原因，所以他所创作的作品体现出一种悲剧观和黑暗观。

他的《好小伙子布朗》《红字》《玉石雕像》《七个尖角阁的房子》《尽人皆知的故事》《古屋青苔》以及《福谷传奇》等，所描写的都是生活中存在的罪恶。《红字》是他的代表作，描写了一个不屈服于资产阶级社会迫害的妇女的故事，批评17世纪美国资产阶级的残酷的腐败，反对清教徒的虚伪的传统道德，但是深受宗教思想影响，认为人类具有罪恶的天性。霍桑所创作的作品不仅手法独特，同时文章结构也十分新颖，加之其作品内容深刻，使其在美国文坛上占据一席之地。他所创作的《红字》被誉为19世纪美国最优秀的长篇小说之一。此外，在霍桑所创作的作品前言中，我们也可以发现他的美学思想观点。美国与世界其他国家不同，它没有阴影，也没有文物古迹，同时美国也没有神秘的事物，有的仅仅是枯燥乏味的繁荣。所以美国作家没有很好的创作氛围，他们只能依靠自己的想象去寻找一些有价值的东西，从而创造出一个连接现实与虚幻的世界。霍桑之所以伟大，还在于他的文笔，他往往以看似温和实则犀利的笔锋来揭示真理。霍桑的作品有心理罗曼史之称，他的象征手法也运用得十分纯熟，并开美国象征小说传统之风气。

2. 现实主义时期的文学

1865年至1918年是美国文学史上的现实主义时期，这一时期的美国文学作家所创作的作品极力彰显了美国精神。从某种意义上来讲，现实主义是对浪漫主义的反叛，它推崇现实，抵制空想。从美国文学历史发展角度来看，现实主义的出现不仅取代了美国浪漫主义，成为美国文学的主流，同时也为后来的现代主义文学发展打下了坚实的基础。从思想意识角度来看，该时期美国人民处于一个动摇的状态，他们怀疑周围的一切，美国梦已经荡然无存，取而代之的是"镀金时代"。此时期美国著名的文学作家有豪威尔斯、马克·吐温、亨利·詹姆斯。此时期的美国文学作品主要记录了美国19世纪末20世纪初的生活状况。总而言之，现实主义时期的美国文学无论是在创作手法，还是创作题材方面都具有浓厚的现实主义色彩。

马克·吐温是美国19世纪现实主义文学的代表人物之一，他不仅是一名幽默大师，同时也是美国著名的小说家、演说家。《汤姆·索亚历险记》是他的代表作之一，作品描写了汤姆渴望建功立业，于是他冲破家庭、宗教的束缚，并从游戏中寻找自由与浪漫的故事。马克·吐温借助描写主人公的冒险经历来批判美国虚伪、庸俗的社会习俗，同时也深度批判了伪善的宗教仪式与陈腐的学校教育。马克·吐温作为美国批判现实主义文学的奠基人，他的文学创作与当时的美国现实有紧密的联系。受工业革命的影响，美国的社会生产力和消费力得到了全面提升，同时伴随工业革命的胜利，大机器工业逐渐取代传统工厂、作坊。此外，此时期美国的钢铁、铁路运输等行业也得到了快速的发展，这在极大程度上推动了美国社会经济的发展，使其成为19世纪的工业强国。但是在美国社会经济快速发展的过程中，也导致社会财富出现两极分化，社会上大部分的财富集中在少数人手中，美国社会贫富差距日益加剧。马克·吐温在他的作品中对美国的这些社会现象进行了猛烈的批判，这在他的作品中均有体现。他在《汤姆·索亚历险记》作品中，通过对描写汤姆与社会现实中的各种矛盾，来揭露美国繁荣背后的庸俗。此外，马克·吐温也对当时美国民主、自由背后的虚伪进行了批判，同时也深深地批判了美国资本主义社会的弊端，如种族歧视、扩张侵略、拜金主义等。

纵观20世纪美国文坛，该时期的现实主义共分为两支：一是新闻报道型文学，我们亦可称之为"揭丑类小说"。此类型文学作品的内容主要是揭露美国社会上的贪污腐败，将社会的阴暗面暴露在大庭广众之下，如厄普顿·辛克莱撰写的《屠场》，该书用"血泪"来表现美国底层人民生活的困苦，以此来解释美国资产阶级的堕落。二是写诗型文学，此分支的代表作家是德莱塞和杰克·伦敦，其中德莱塞也是美国现实主义小说的代表人物之一，他所创作的《欲望三部曲》《嘉莉妹妹》都对美国现实社会进行了深入的描述。杰克·伦敦一生之中也创作了很多的传世佳作，如《野性的呼唤》《马丁·伊登》。在他的作品中将美国资产阶级的虚伪、贪婪描写得淋漓尽致，同时在作品中也表达了对无产阶级的同情。

3. 现代主义文学

通常情况下来讲，现代主义文学主要指的是20世纪初期至20世纪中期的文学流派或者文学思想。在这个时期诞生了很多的文学流派，如象征主义、超现实主义、未来主义等等，这些都是现代主义文学的表现形式。从根本上来讲，现代主义文学是对传统文学的背弃，它是工业革命和垄断资本主义发展的必然结果，也是20世纪美国时代精神的反映。在工业革命的影响下，美国人民的意识形态以及社会生活受到巨大的冲击。美国现代主义文学经过不断的发展，逐渐形成了自己独有的特征，并在世界文坛上占据一席之地。从某种意义上来讲，现代主义不仅是某一时期文学作品的特点，同时它也是与传统文学决裂的标志。经过工业革命之后，美国社会经济得到快速发展，人们的生活水平也日益提升，但是人们的精神文化状态并不是很好，此时期人们在追求名利的环境下肆意挥霍人生。20世纪美国社会经济的飞速发展以及动荡的社会变革为美国文学多元化发展创造了条件。

从诗歌创作发展的角度来看，美国现代主义诗歌的起源是意象派诗歌。意象派诗歌是美国象征主义文学运动的一个分支，它要求诗人在创作时，运用含蓄的表达方式以及高度凝练的意向来展示事物，此外还要求诗人在创作时将自身的情感融入其中。从产生的原因上来看，美国意象派诗歌的产生主要是为了抨击当时美国诗坛浮夸的文风，其中埃兹拉·庞德和艾略特是美国意象派的代表人物。他们也创作了许多优秀诗歌，如埃兹拉·庞德的《在地铁站内》，在他创作的诗歌作品中可以看到丰富的意象表达，意象丰富性与意象单纯性的完美结合也体现了现代派诗的特点。《在地铁站内》的诗意模糊性在意象玄妙和句意悬隔表现下显得格外突出。虽然这首诗的每一个句子的意思看似模糊，但是短短的两句诗却组合出恰好相反的意义取向。此外，诗人通过构造不可捉摸的意境，为读者带来无限的思考。另外，诗人艾略特也是美国意象派诗歌的代表人物，他的诗歌创作受庞德的影响较大。他的著名长诗《荒原》的副标题就写着："献给埃兹拉·庞德，最卓越的匠人。"庞德在世界文坛上具有十分重要的地位，他是欧美现代主义文学的奠基人，无论是在艺术创作，还是在文艺批评方面都有十分杰出的贡献。

从整体上来讲，该时期美国文学的主流有三个方面，即象征主义、表现主义、超现实主义。尤金·奥尼尔不仅是美国表现主义文学的代表人物，同时他也是美国民族戏剧的奠基人。他一生之中创作了很多优秀的作品，如《毛猿》《悲悼》以及《天边外》等，由于他经历过两次世界大战，所以他的文学作品也与美国当时的社会现实有很大的关联，他的文学作品主要描绘了人们在社会大牢笼中挣扎喘息，从他的作品中我们可以看出，他试图通过物质繁荣与精神贫瘠的对比来引发人们的反思。威廉·福克纳不仅是美国意识流文学的代表人物，同时也是美国现代主义文学史上著名的作家，他所撰写的《喧哗与骚动》主要运用了多角度的叙事手法，通常情况下这样的写作方式可以延续第一人称写法的真实感，同时也可以克服第一人称叙事的局限性。

（三）当代美国文学

在二战后，有各种原因导致了美国现实主义文学走向下坡路。由于苏联在第二次世界大战期间与德国法西斯签订了苏德协定，人们对苏联产生了怀疑，对社会主义失去了信心。美国当局在40年代末期和50年代初期开始了对进步人士的政治迫害，麦卡锡主义在那时尤为猖獗，整个美国弥漫着白色恐怖。严重的政治迫害落到了许多进步作家的头上，不少人锒铛入狱。作家们在高压的政治形势下，不得不变得保守起来。他们刻意地在写作时将社会问题加以回避，出现了"沉默的一代"。另外，存在主义哲学思潮——这种在欧洲曾经颇为流行的理念，在美国当时的环境下乘虚而入，后现代派乘机崛起，从此奠定了美国文学多元化的发展趋势，一个崭新的发展时期即将到来。

一部分青年小说家和诗人在50至60年代，被称为"垮掉的一代"。因为他们沉湎于酗酒、吸毒、性爱等荒唐不羁的行为之中，丧失了思想信仰，厌倦了传统的社会价值和道德观念。他们以这种道德沉沦的生活状况来对众人的訾毁进行消极反抗。这些人的作品多用俚语，结构也较为松散，大多不是从理性的角度来写作。杰克·柯鲁克被称为垮掉的一代的代言人，他的长篇小说《在路上》仅仅花费了三个礼拜就完成了，可以说是他的自传。这本小说对一群漂泊在东海岸和西海岸之间的青年进行了生动的刻画，对这群青年在流浪生活中经历的吸毒、纵欲、酗酒进行了充分的描写，表达了作者对当时社会的不满与心中的郁闷。而作为著名小说家的诺曼·梅勒同时还是一名嬉皮士，这也是他受到了垮掉派的影响导致的。艾伦·金斯伯格——作为垮掉派中最重要的诗人，他常常在吸毒后进行创作，他的诗集《嚎叫》对吸毒进行了十分直接的描写，虽然内容不积极健康，但还是对美国社会当时的黑暗和腐朽进行了揭露。在写作的风格上，惠特曼和威廉斯对艾伦·金斯伯格影响是巨大的，并让他找到了新的诗风，这对美国诗坛产生了较大的影响。除此之外，垮掉派诗人还包括了劳伦斯·弗林盖蒂、加利·斯奈德等人。

然而到了20世纪的50至60年代，自白派诗歌则成为美国文坛的新宠儿，还出现了被称作"自白诗"的运动。这类诗人将自己的内心世界，即个人的隐私、欲望、痛苦、伤感、失望与愤怒等，以坦白方式展示出来。他们对"坦白"非常热衷，这种热情不是对创作的热情。他们虽然对自身的价值十分看重，但对于人生的真谛却不屑一顾。而自白诗歌的开拓者是罗伯特·洛威尔，他的诗集《人生研究》有着独一无二的风格，他开创了以宗教"坦白"的方式的诗风，企图在读者面前展示自己的内心世界。洛威尔甚至还被不少人模仿。但是这些人缺乏对社会的深刻理解，难以融入社会，只能将自己内心的痛苦通过诗歌发泄出来。但发泄过后，依然找不到出路，甚至幻想着死亡，认为死亡是美丽的，是一种艺术。他们不仅经常写自杀冲动，在自己陷入个人感情的漩涡中不能自拔的时候也常以自杀来结束人生。同样，洛威尔也曾想过自杀，而那些已然成名的自白派诗人——塞尔维亚·普拉斯、安妮·塞克斯顿、约翰·贝里曼等最终都选择自杀，他们有的是开煤气自杀的，贝里曼是跳入密西西比河自杀。他们在自我探讨中未能寻回自己的理智，钻了牛角尖，走上了绝路，这样的事应该被批判。因此在70年代里，自白派诗歌运动逐渐衰落了。

在20世纪60年代初期的美国文坛，流行着一个重要文学流派，它就是黑色幽默。这个流派因美国作家弗里德曼编辑出版的小说集《黑色幽默》而得名，这本书表达了从二战以来，一代美国人被资本主义的社会灾难折磨得充满了愤懑与绝望，却又要在幽默与讽刺中获得精神慰藉，又称"绞架下的幽默"。小说家对人物周围世界的荒谬和社会对个人的压迫进行了突出描写，并且运用扭曲夸张的描写手法对人与社会环境的不协调现象进行刻画，让小说看起来荒诞不经、滑稽可笑的同时，还能发人深省，将作者对社会的看法表达出来。黑色幽默作品的结构安排在创作方法上采取"给秩序以混乱"的手法，喜欢将滑稽幽默和崇高严肃、喜剧因素和悲剧因素以及时间顺序的交错穿插杂糅在一起，从强烈的对比中揭露现实，塑造的多是小人物，"反英雄"。约瑟夫·海勒的《第二十二条军规》是一众黑色幽默的小说中的代表作，该书以荒诞手法将美国军队中的不公平现象进行揭露和讽刺，对美国的荣辱观予以否定。例如，主人公尤索林在接受将军颁发的奖品时，赤身裸体走上领奖台，这里表现了作者对当权者的莫大的嘲讽。而黑色幽默的特色在库尔特·冯尼格、托马斯·品钦、约翰·巴思、詹姆斯·珀迪、唐纳德·巴塞姆等人的不少作品中都有运用。黑色幽默作品在进入70年代后声势锐减，但仍有新作断断续续问世，在美国文坛上产生了深远影响。在20世纪80年代初，黑色幽默被有的文学评论家归入了"荒诞文学"，并成为其中一个重要的组成部分。

在50年代初期，美国受到了在欧洲崛起的荒诞派戏剧的波及。荒诞戏剧的思想基础是萨特和加缪等人的存在主义哲学，这些作品探讨的重要主题是人生的荒诞性。荒诞派戏剧在艺术手法上摈弃了传统，这使得非现实主义形式成为荒诞派常用的艺术手法，但荒诞派戏剧仍有着连贯情节不足，时序发生颠倒，语言贬值的问题。第一个真正的荒诞剧是尤涅斯库的《秃头歌女》；而荒诞剧的代表作则是塞缪尔·贝克特的《等待戈多》。而被称为是"美国版《等待戈多》"的是一本名为《毒品贩子》的书，这本书是美国的剧作家杰克·盖尔伯所作。在爱德华·阿尔比的《动物园故事》和《美国之梦》、阿瑟·考皮特的《啊，爸爸，可怜的爸爸，妈妈把你挂在衣橱里，我是多么伤心呀》和肯尼思·布朗的《禁闭室》等剧本中，荒诞剧特征是十分明显的。美国荒诞派戏剧公认的作家代表是阿尔比，他的作品中有着浓郁的现实主义色彩。到了20世纪60年代初期，这时的欧洲荒诞派戏剧已经驻足不前，走向了下坡路，而美国的荒诞派戏剧则开始奋起直追。

第二章 文学翻译概述

本章内容是文学翻译概述,主要从四个方面进行了阐述,分别为文学翻译基础、文学翻译与文化的联系、不同翻译理论下的文学翻译、英美文学翻译的相关理论知识,共四小节。

第一节 文学翻译基础

一、文学的定义和基本属性

(一)文学的定义

古今中外,仁者见仁,智者见智。"文学即是语言"是一部分学者所推崇的理念。海德格尔的观点"语言是存在的家,人就居住在这个家中"是这一命题的基础。辞书学家认为,文字写下的作品的总称就是文学。他们还认为文学基本就是由作者的想象力所诞生的诗和散文,识别时可以按照作者的意图和写作的完美程度进行操作。而且在这些学者心中文学的分类法多种多样,可按语言和国别分,也可按历史时期、体裁和题材分。

文学在教科书上的定义一般是:"文学是显现在话语蕴藉中的审美意识形态",而更多的人认为,"文学是一种语言艺术,它以语言或其他的书面符号——文字为媒介来构成作用于读者想象中的形象和情绪状态,从而产生审美共鸣"。批评家与文学们的观点也不尽相同,韦勒克和沃伦认为文学是创造性的,是一种艺术。高尔基则提出了"文学是人学"的命题,他断言文学是社会诸阶级和集团的意识形态——感情、意见、企图和希望之形象化的表现。马克思主义认为,在整个人类生活中,劳动是首要的基本条件,正是因为发展到了这种程度,我们可以说,劳动创造了人本身。劳动不仅创造了人,而且还是文学活动发生的根本原因。鲁迅先生曾对此做过通俗化的解释，他说："人类在没有文学之前，就有了创作的，可惜没有人记下，也没有法子记下。我们的祖先原始人，原是连话也不会说的，为了共同劳作，必须发表意见，才渐渐地练出复杂的声音来。假如那时大家抬木头，都觉得吃力了，却想不到发表，其中，一个叫道'杭育杭育'，那么这就是创作……倘若用什么记号留存了下来，这就是文学。"①哲学家认为，人是具有七情六欲的自然存在物，与世界进行着物质交换。社会学家认为，人是具有规范能力的社会存在物，与人进行着道德交换。从现实意义上讲，人的本质是一切社会关系的总和，而非单个人所固有的抽象物。除了其生物属性外，人还具有社会属性，而后者是伴随其始终的重要属性。人与动物的区别在于，动物只要求它所必需的东西，反之，人的要求超过这个。神学家认为，人是具有超越能力的神性存在物，与世界发生着意义联系。人与世界万物的根本区别在于，水火有气而无生，草木有生而无知，禽兽有知而无义，人有气、有生、有知亦且有义。故最为天下贵也。气之动物，物之感人。文学作品作为物质感人的产物必然表现感人之物，如"感时花溅泪，恨别鸟惊心"；必然宣泄物之感人之情，如"小楼昨夜又东风，故国不堪回首月明中"。总之，作为人学的文学，必然要反映社会生活，要解读人的感性、理性和灵性。

其实，文学与人的密切关系可以通过文学活动的基本要素进行分析得出。文学创作的主体是作家、诗人，社会生活则是文学创作的客体。在经济和上层建筑各领域，人们结成的现实关系和全部活动的总和就是社会生活。文学创作不单单需要人这个主体，还需要社会生活这个客体。文学活动不仅包括了作者的创作活动，文学读者的阅读鉴赏活动也包含其中。作者的创作只是文学的一部分，必须还要有阅读的具体活动才能算是完整的作品。作者与读者和作品与读者的关系是不一样的，文学的阅读过程并不能简单地理解为作者向读者的叙述，而是读者与作者的对话交流，这个过程是双向的。文学作品是一种既是具体的又是想象出来的精神产品，它的实现需要作者和读者的共同努力。只有为了他人，才有艺术；只有通过他人，才有艺术。显然，只有作者与读者实现了相互交流、联合和作用，文学价值才能够达成。总之，文学是人学的命题从各种不同的角度都能得到证实。

---

① 卢艳阳. 从文化差异看英美文学翻译的理论与实践[M]. 成都：电子科技大学出版社，2019：18.

（二）文学的基本属性

文学具有以下基本属性，即虚构性、真实性、互文性、模糊性和审美性。

1. 虚构性

读者常见文学作品中的人物飞上天空，穿越时空，返老还童，长生不老，想出常人想不到之策，做到常人难以做到之事。如《西游记》中的孙悟空，变幻万千，无所不能；蒲松龄笔下的鬼女狐仙，神出鬼没，无影无踪；奥地利作家卡夫卡小说《变形记》中的主人公格里高尔甚至变化成甲壳虫。这些在科幻类小说中是司空见惯的寻常事。然而，在以史实为基本素材的历史小说中也不乏虚构的情节。文学是现实生活的一面镜子，它反映现实生活，但不是对现实生活的照抄照搬。基于对现实世界的认知与感悟，作家可对现实生活进行选择、提炼，通过现象与虚构使之升华为文学作品。故此可以说，虚构是作家、艺术家对其主观性的把握，是其主体性的具体体现。

2. 真实性

真实与虚构似乎是一对悖论。然而，两者却是文学的一对看似矛盾而实则不可或缺的属性。

人们常说，作家、艺术家需要深入人民群众，体验生活。体验生活为何？当然是为了获得真实感受。真情源于体验，没有真情便不会有真正的文学。古今中外文学家、艺术家都把真实性视为艺术的生命。屠格涅夫曾告诫年轻作家，在自己的感受方面，需要真实，严酷的真实。当然，就文学创作而言，这儿说的真实指的是艺术的真实，不是对现实生活的自然主义的描摹，而是对现实的反映。战场上的千军万马，展现在舞台上也许只有六七个人，地域时空的万水千山、日月经年，银屏上出现的仅是些许镜头；人们常见影剧院出现的楹联是："三五人千军万马，六七步四海九州"或者"能文能武能鬼神，可家可国可天下"，这便是艺术真实。艺术真实具有一定的假设性，它的艺术情境是假的，却又在反映和表现真实的社会生活。不单是文学创作，其他的艺术也是这样的规律——作家透过生活的表层对社会的内涵所作的概括、提炼、升华的结果，就算是报告文学也是如此。文学创作的真实性是对现实生活的超越与升华，作家只有深入体验社会生活，细细品味其内在的蕴涵，才能提炼出本质的精髓。

3. 互文性

这里的互文并不是汉语的互文修辞格，而是指两个或多个文本之间的相互关系，即文本间性。其实每一篇文本的写作都是一个对已有的言辞进行再组织、再引用的过程。你可以在任何一部文学作品中都能在某种程度上找到其他作品的影子。要是所有的作品都从这个意义上去评价，那么没有一部作品不是超文本的，只不过作品与作品相比，程度有所不同罢了。一篇文本的单独存在是不成立的，就好比一个人要和他人建立起广泛的联系一样，文本总是在有意无意中将他人的词语和思想融入自身，文本这种潜移默化的影响我们是能感受到的，我们总能从中发掘出一篇文下之文。故此，首先提出互文性概念的法国符号学家朱莉亚·克里斯托娃认定，古老的文本的遗迹或记忆是所有文本产生的基础，有时候也会吸收和转换其他文本形成自己的文本语言。因此可以认定，一部文学作品对其他文本的引用、参考、暗示、抄袭等关系以及所谓超文本的戏拟和仿作等手法都属于互文性应有之义。如果再深入地去理解互文关系，我们能够得出哪些改变和转换作为素材的文本，以及特定意识形态或者说是文学传统的继承和回忆的方式，统统包含在互文关系之中。文学界一致认同爱尔兰作家乔伊斯的小说《尤利西斯》就是对荷马史诗《奥德赛》情节的搬用和改造，荷马人物的影子以及乔伊斯天才般的创作与灵感，都能够从《尤利西斯》的人物造型中得到体现。这种借鉴与参考是文学创作中常见的传承性互文。有的作者则明白无误地点明了自己的作品与其他文本的关系，如毛泽东的《浣溪沙·和柳亚子先生》《蝶恋花·答李淑一》等。

4. 模糊性

世界上不存在能表达我们所有观念和所有感觉的完美的语言。模糊是自然语言的本质特征。语言是文学的载体，因此可以说，模糊亦是文学的基本属性。

什么是模糊？学者的释义也不尽相同。在1902年，美国哲学家、数学家兼文学家皮尔斯为模糊下了定义："当事物出现几种可能状态时，尽管说话者对这些状态进行了仔细的思考，实际上仍不能确定，是把这些状态排除出某个命题还是归属于这个命题。这时候，这个命题就是模糊的。"[①] 尽管学者们关于模糊的定义见仁见智，但模糊的以下几点特征是可以肯定的。

首先是不确定性。不确定性在语义、句法、形象、语用等方面表现得比较

---

① 陶源. 顺应论视角下的模糊语言翻译研究 [M]. 武汉：武汉大学出版社，2014：24-25.

充分。如"青年"一词的不确定性就体现在语义上。《现代汉语词典》的定义是：人十五六岁到三十岁左右的阶段。该定义本身就用了两个意义不确定词语——十五六岁和三十岁左右，而从青年一词在实际生活中的使用情况来看，具有更大的不确定性。通常情况下，高等学校的青年教师以及每年一度的青年语言学奖的评奖范围指的都是45岁以下者；而共青团员却是在28岁达到退团年龄。即便有一定的语境，其语义仍具有不确定性。汉语中许多时间概念词都具有语义不确定性。如早晨、上午、下午、傍晚、夜晚、凌晨等。表示判断性的形容词，加强、弱、胖、瘦、厚、薄、高、矮、大、小等也具有很大的语义不确定性，数量不胜枚举。

其次是相对性。模糊的相对性会因为地区、时间、文化习俗、主观好恶有所差异。如高楼一词在语义上就颇具模糊性，这种模糊性就是地区的不同导致的。纽约的高楼标准是40层起算，而在华盛顿的高楼标准是10层以上。而在语义上具有双重相对性的"老年"一词，则会因地区和时间产生模糊性。《管子》中认为的老男是60以上的男子，老女是50以上的女子。因此"人生70古来稀"成为过去的中国人的经典思维；而现在耄耋老人也已经变得不再罕见。另一方面，"老年"一词的语义在非洲与在欧洲和北美洲的内涵是不相同的。东西方人在文化传统和价值观上的差异体现在审美观上也有区别，以世界小姐为例，各国的佳丽汇聚一堂角逐世界小姐，甲国的美女之冠在乙国人看来可能算不上美，甚至还觉得很丑。即便是世界小姐也不会被各国人民都认可。臭豆腐虽臭，但许多人却吃得津津有味，完全是主观好恶和生活习惯使然。

最后是精确向模糊的转变。在文学作品中，数量词的翻译，尤其是概数的翻译，其译法是十分灵活的。有些时候需要翻译为确定的数量词，而多数情况是需要译成语义模糊的修饰语。关于文学模糊的翻译，我们将在以后的章节中进一步讨论。

文学模糊按其属性与功能可分为：语义模糊、意象模糊、句法模糊、语用模糊和主题模糊五种类型。

语义模糊是指语义不确定性在词语上的体现。许多语义模糊的词语充斥在英、汉两种语言中。彩虹由红、橙、黄、绿、青、蓝、紫七种颜色组成。但红与紫，橙与黄与绿，青与蓝之间的界线谁又分得清呢，各种颜色边缘的重叠度体现了颜色词的模糊性。例如，从在语义学上讲，红（red）这一词可以称为上义词，但在红的边缘以及在不同程度上与其他颜色发生重叠而产生的众多颜色，就是红的下义词，比如 pink（粉红）、scarlet（深红）、vermilion（朱红）、crimson（绯红）、ruby（宝石红）、mahogany（褐红）等。但即便有特定的语境，谁也不能说清因发怒而涨红的脸色究竟是红到了何种程度。即便有特定的上下文，译者也需格外小心，汉译英时很好处理，管它指叔叔、伯伯、姑父还是姨父，均可译成 uncle，但英译汉时就必须分出个子丑寅卯，因为在汉语中称谓的运用向来是含糊不得的。

意象模糊主要分为人物意象模糊和景物意象模糊，不仅为读者敞开了想象的大门，也激发了读者的想象。如《红楼梦》中对于宝黛的形象的描述，乍看细致而具体，然而仔细琢磨后我们能够发现，由于大量的模糊性语言被作者运用到作品中，读者始终不能探究出宝玉和黛玉的模样。景物意象模糊在中外文学作品中比比皆是。《红楼梦》中的大观园在读者的心目中只是奇花异草、佳木葱茏、楼台亭榭、曲径通幽的好去处，谁也说不上来其中佳木多少株，花草多少种，楼台多少座，曲径多少条；电视剧《红楼梦》中的怡红院、潇湘馆、蘅芜院、稻香村等的建筑模式也只是导演和编剧想象的结果，换一位导演和编剧，说不定又是另一番景象。

在汉语中，句法模糊是很常见的，但它却难在英语中见到，导致这种情况发生的原因是两种语言的句法结构有差异。英语的句法结构是形合结构，这种结构在句子间、短语间甚至词语之间表示彼此的组合或修饰关系时通常会使用连接词；汉语的句法结构是意合结构，在句子、短语、词语之间进行组合时会非常灵活和自由，也没有英语那么频繁地使用连接词。

只有在特定的时空环境下，人类的交际活动才能进行。而对话语在特定情境下的语义进行的研究就是语用学研究。然而，在实际生活中，话语意义即便是在特定的话语环境下，依然难以确定，语用模糊便是这样导致的。语用模糊有时是言者故意为之，有时是无意为之。如在旅游景点，常会遇到轿夫与乘轿人因乘轿费而争吵的情况。轿夫说乘轿上山每人 80 元，等到上山后轿夫向乘轿人要 160 元，因为他说的每人 80 元指的是抬轿的轿夫，每座两个轿夫，当然要付 160 元；而乘轿人则以为是指乘客自己。

在文学作品中，为了刺激读者的审美想象，把对作品的想象空间留给读者，经常用到的写作手法中就有语用模糊。

作品的主题也就是通常所说的作品的中心思想，是大多数的文学艺术作品都要体现出来的。虽然更多的是主题明晰的作品，但其实读者更感兴趣的是那些命题不确定的作品。马致远的《天净沙·秋思》，思念的是谁呢？是故人、是亲友、是恋人，还是妻儿父母？那些遭受了与家人骨肉分离之苦的读者认为《秋思》的主题与自己的经历相同；终日思念故友的读者会认为《秋思》的主题与自己的苦衷相似；天各一方，度日如年的恋人也许会认为马致远描写的就是自己的相思之苦。如此这般各种经历的读者都能在鉴赏《秋思》的过程中产生共鸣。通过以上的分析我们就能发现命意（也可以称主题）不确定性的意义了。在谈及《红楼梦》的命意时，鲁迅指出，仅仅是对命意的解读，就会因读者的眼光而产生不同的看法——经学家看见了《易》，道学家则会看见淫，才子会看见缠绵，革命家看见排满，流言家看见的是宫闱秘事。《红楼梦》问世数百年来，为其殚精竭虑、皓首穷经意欲穷尽原委者不乏其人。然而，《红楼梦》的内涵至今仍难以穷尽，恐怕与其模糊的主题不无关系。

虽然历经多少读者的解读仍然对其中的内涵难以穷尽，但是也正是这种文学不确定性，导致了文本信息呈现出开放性的结构，也成就了文学模糊的审美价值。而文本中超前的审美创造也对读者构成了强大的吸引力，将无限的想象空间留给读者想象。

5. 审美性

在讨论文学的审美属性之前，有必要讨论"什么是美"的问题。美是什么？美绝不单纯取决于物的自然属性，而取决于其自然属性与社会属性的融合，取决于两者的关系适应人类社会生活需要的程度与性质。不论是自然美、社会美还是艺术美都是审美者认知、体验和感受的结果。

可见美的存在与人的关系密不可分，因为认知体验与感受的主体是人，即审美者。没有审美者也就无所谓美。审美者通过观察、认知、体验，从而获得愉悦与快感。这与文学的作用与功能相一致。当文学作品让读者产生愉悦和快感时，文学作品的审美性就被成功发动了。但文学给人的快感与其他事物给人的快感是不同的。这种快感更为高级，因为这种快感的获得是通过无所需求的冥思默想中取得的，这是一种高级的活动。而文学的严肃性和教育意义也与我们平时感受的必须履行职责或必须吸取教训的严肃性有着很大的区别，这种严肃性是令人愉悦的。而这种给人快感的严肃性，我们将其称为审美严肃性或知觉严肃性。由此可见，文学作品是一种审美对象，它能激起审美经验。这是由其审美属性决定的。

什么是文学的审美属性？

文学审美的最高境界是"移情"。作家通过观察社会，体验生活，进而将感悟后的人生浓缩，升华，融入作品，从而使读者有亲临其境，亲历其事，亲睹其人，亲道其法，亲尝其甘，亲领其苦，亲享其福，亲受其祸，亲得其乐，亲感其悲的体验。移情的效应是共鸣。读者为作品中的人物而喜、而怒、而哀、而乐，这便是文学审美属性的作用与效应。

二、文学翻译行为中的主体与主体性

人是翻译的主体，其中作者、译者和读者是广义的翻译主体，而狭义的翻译主体则仅指译者。

译者主体性是近年来翻译界高度关注的一个问题，相关的研究成果也比较丰富。后现代主义翻译理论彰显译者的主体性，把翻译看作是一项创造性的活动。

（一）翻译的主体

世界是人的世界，社会也是人的社会，人又是社会的人。世界因为有了人而变得精彩，人是社会变得丰富多彩的主导因素。在认知人与世界以及人与社会的关系中，人与外部世界的关系总是处于一种既相互对立又相互依存的矛盾状态。在人对客观世界和社会进行认知的时候，人是参与的主体，客观世界和社会是参与的客体。在翻译源语文本的过程中，译者是主体。不同语言和不同文化间各种力量在翻译活动的各个环节中不断交互作用，而译者主体正是处于交互作用的交汇点上，他／她是译事的中介也是译事得以进行的基石。对于原文本来说，译者是读者；对于译文来说，译者是作者，译者决定了整个翻译过程。长久以来，译者被人们习惯性地当作翻译活动的唯一主体。尽管译者在翻译过程中发挥着举足轻重的作用，但是他并不是翻译活动的唯一主体。例如，从版权的角度来看，作者对自己的源语作品的版权是独立所有的，但原作者对他的源语作品的译文版权不是独立拥有的，而是和译者共享的。可见，尽管译者在翻译过程中起着十分重要的关键作用，但我们不能因此就认为翻译的主体就只有译者。

近年来,"翻译主体"这一问题在翻译界引发了越来越多、越来越深入的讨论,不同的学者也提出了不同的看法。杨武能先生是我国的德文翻译家,他认为文学翻译同其他文学活动的主体是一样的,同样都是作家、翻译家和读者。主体之间进行思想和感情交流的工具和载体就是这些原著和译本,这些原著和译本是作为创作的客体出现的。杨武能先生认为作家、翻译家和读者都可以成为文学翻译的主体,而不仅仅只有译者。当然,译者在翻译过程中是在这三者中间处于中心位置。此外,谢天振也指出,译者只是文学翻译的主体之一,"除译者外,读者和接受环境等同样是创造性叛逆的主体"。其实翻译就是谢先生在此处谈论的"创造性叛逆",而翻译主体就是所谓的"创造性叛逆的主体"。换一种说法,译者、读者和接受环境就是他所说的翻译主体。作者、译者、译文、原文读者和译文读者是翻译活动的主要涉及对象。李明因此认为这些人都属于翻译主体。他认为翻译是两种语言文化之间的对话、交流与协商的过程。在翻译的过程中,翻译活动会有原文、原文作者、(原)译者、读者,有时还有翻译发起人、出版商或赞助人等参与进来……而在文学作品的复译中,原文作者、(原)译者、复译者、读者、原文、(原)译文、复译文本都是参与的主体。但是这些参与实践活动的人才是真正的主体,翻译主体自然也包含在内,同时翻译主体还必须是人,因此原文文本、译文文本和接受环境等因素都不能成为翻译主体。[①]

国外也有不少学者认为,翻译的主体仅指译者。例如,法国的安托瓦纳·贝尔曼就认为,无论是研究翻译批评的理论,还是对翻译批评进行具体实施,只有译者才是出发点需要对标的主体。在翻译活动中,译者是最为积极的因素和主体,这是因译者的翻译动机、翻译目的,所采取的翻译立场、翻译方案和翻译方法等因素造成的。我国学者袁莉认为译者是翻译的主体,且是翻译过程中唯一主体性要素。对于翻译主体的认识,陈大亮也有相似的看法,他认为,虽然人是翻译的主体,但并非所有人都是适合的主体,即主体不等于人,要想成为实践、认识和审美的主体,就要让自己具备社会性和实践性。社会性和实践性是主体最本质的特性。翻译活动并不由原文作者和读者直接介入,在译者翻译时,原文作者和读者只是应该被考虑的对象,他们并不属于翻译主体。可见,持这种观点的学者几乎都认为,只有译者可以在翻译这种实践活动的过程中实现主体价值,从事翻译

---

① 李朝,李军. 译者——翻译过程的主体 [J]. 大学英语(学术版),2004(00): 195–197.

实践的人理所应当是翻译的主体。虽然可以把原文作者和读者当作广义上的翻译主体，但狭义上的翻译主体并不是他们。原文作者只是原文创作的主体，对于翻译活动，他并没有直接参与，所以不能成为翻译主体。读者也没有直接参与翻译活动，不是狭义上的翻译主体，他只是阅读活动的主体。所以说无论是从理论还是实践上讨论，只有译者才是翻译活动过程中的主体，只有他才是整个翻译活动的行为者和实践者。译者在翻译过程中的目的就是让译作在面对不同的主体（包括个人主体、群体主体、社会主体等）时能够最大程度地满足他们的需求。

翻译理论界只是讨论过翻译主体的范围，但没有对翻译主体的定义有一个确定的说法。许钧教授在研究归纳总结了对有关翻译主体的不同看法后，认为翻译活动的循环是理解、阐释和再创造共同构成的。作者、译者、读者在整个翻译活动中，既相互作用又相互独立，形成了一个活跃的活动场。在这个活动场中各种因素起着相互制约作用，作者、译者与读者之间能够实现积极的对话。译者作为这个活动场最中心的存在，发挥着对比作者和读者更加积极的作用。

许钧从广义与狭义的角度对翻译主体进行解释，而查明建、田雨对此又进行了深一层的理解。翻译行为本身是"翻译主体性"中的"翻译"所专指的。那么，无疑译者就是翻译行为的主体，译者翻译实践活动的对象就是原作、原作者和读者。"翻译"就可以这样理解——译者的主体性即是翻译主体性。如果把"翻译主体性"中的"翻译"理解为所有与翻译活动相关的因素，那么原作者和读者也就成了除译者外相关的主体。在这一"翻译"概念的定义下，翻译的主体就包含了译者、原作者和读者，译者、原作者和读者的主体性和主体间性就是翻译主体性。我们认为后一种理解更为合适，这是在对翻译活动的复杂性和各种因素间的相关性进行了充分考虑的基础上作出的结论。在翻译研究中，帮助我们对作者、译者与读者之间的关系进行正确认识，许钧和查明建、田雨的观点是有着重要作用的。当我们对翻译主体性下定义的时候，我们显然应当考虑到作者和读者的主体作用，同时更应关注译者主体性的中心作用。①

---

① 查明建，田雨. 论译者主体性——从译者文化地位的边缘化谈起 [J]. 中国翻译，2003（01）：21-26.

（二）译者的身份

1. 译者身份的传统定位

翻译是人类文明进程中历史悠久而意义深远的跨文化交流活动，在这种双语转换的交流过程中，译者无疑是最活跃的因素。因为翻译是一种涉及作者、译者、读者的工作，译者对于作者和译文读者来说是一个中介体，作者和译文读者之间的沟通需要译者作为媒介，这样就保证了作者和译文读者之间进行顺利的交流。近年来，专家学者越来越重视翻译过程中译者的地位和作用，对译者的主体性也开始进行研究。译者主体意识的能动作用是翻译活动从始到终都需要的，只有这样才能让跨文化的交流得以完成，也只有这样才能在研究译者主体地位时，始终保持其在翻译理论研究中的重要地位。

然而，人们对译者在翻译研究领域应发挥什么样的作用，产生了重大的分歧。一种观点认为，在翻译中译者仅是舌人或奴隶，他几乎根本谈不上是一个有主体性的个体，他的任务就是"忠实"传达原文，服务好"读者"。译者对于结构主义学者而言，如同一部机器，他们忽视了译者在翻译作品中的主体性、价值观，认为译者只是对两种语言进行表层与深层的转换，而这一切又都是在遵循语言规律与规则的基础上进行的。另一种观点却认为，在翻译过程中译者应发挥自己的主体性和创造性，他可以通过对原作进行"改写"，使其获得新生，产生新的价值。

翻译被认为是连接文化交际的桥梁，促进了世界文化的繁荣和发展，然而翻译虽然获得如此高的评价，但作为翻译活动的主导者的译者的文化地位却没有得到尊重。纵观中西翻译史，人们长期以来对译者在翻译中的地位和作用的定位形成了一种近似的观念。他们认为译者在翻译活动中处于"仆人"角色，忽视了译者的重要作用，只是对翻译的性质、标准和技巧等方面进行集中的研究。而译者这名"仆人"却在翻译过程中必须要面对原作作者与读者两个主人，形成了"一仆二主"的局面。当时的人们把译者当成不仅要成为发话者所说或作者话语意思的传声筒，同时还要使这些话语让听者、读者明白、理解。这就意味着在翻译过程中译者所处的是附庸、从属的地位，毫无主体性可言。

正是因为人们普遍认为译者的天职就是服务于作者和读者这两个主人，所以人们自然会进一步要求译者"隐身"、译作"透明"。译者"不可见"就是所谓的译者隐形或译作透明，即要译者作为仆人是缺乏自主权的，不能把个人的主观色彩掺加到翻译中，自己的个性不能表现在译文中，只能以原文为基准。对于原作作者和读者来说，译者的存在不会在译文中感觉到译者，而且还能把原著的精神与风韵在译文中不留痕迹地再现，这无疑是一种理想的境界。译本应当保证对原作的忠实，让读者察觉不到这是译本。可见，对于译者隐身或译作透明这一理想的境界，人们往往从积极的角度来理解。如果原作在译者的翻译下，从一种文字转换为另一种文字后，却又能没有任何翻译痕迹，保持了原作的风味、以依然故我的精神资质奉献给译人与读者，此种臻于化境的翻译自然会大受读者的欢迎。正是因为怀有这一理想，许多翻译家非常向往这一理想的境界。这样一来，译者只不过是原作者的投胎转世。译者披着作者的外衣在写作，其神情依然如故，但灵魂却不是自己的，因而失去了主体性。

这种将源语文本翻译成译文后读起来像原文的做法，长期以来也备受西方人的追捧。纵观西方翻译史，西方翻译界长期坚持主张译作应该明晰化、同化，也就是要求保持译文流畅性的翻译方法。因此，译者就不得不放弃自己的主体性，成为隐身人。其结果是，译义往往读起来流畅、通顺，译者只能反映原作者的个性、风格、意图以及原文的意义。译文的可读性取代了译者的创造性和主体性。可以说这种明晰化的控制法无视翻译主体的存在，进一步延续了翻译是赝品、是模仿的传统观念。译者只是替代作者出场，其地位从属于作者。即便承认译者的主体性，也只认为译者的主体作用在于认知过程：即将一种不同的语言符号系统转换成另一种语言符号系统。追求文本的等值就是译者的任务和天职，而译者的主观意向和解释则成为空中楼阁，可望而不可即。

2. 文学翻译中译者的身份

Identity（身份或身份认同）一词有多种含义。作为名词，它所表达的含义就是身份选择的结果，即个体所拥有的归属于某一群体的共同身份。它既概括个体的自我定位，也包括他人强加给个体的定位。其动词性含义则强调身份选择的过程，即"身份认同"。

身份概念可衍生出多种概念，如从群体成员视角产生的"族裔身份"或称族裔性和"国家民族身份"。"族裔身份"和"国家民族身份"分别对应的是建立在某一文化群体或与某一国家政权相关的共享历史、祖先、信念体系、社会行为、语言和宗教上的身份。抑或是从文化角度衍生出的"文化身份"概念，即个人、集体、民族在与其他人、其他群体、其他民族比较之下所认识到的自我形象，其核心是价值观念或价值体系。

建构身份的功能是语言所具备的，身份与翻译在涉及跨语言和跨文化的交际活动有着密切的关系，在这样的交际活动中，翻译中就会体现出身份形式。因此，关于身份的探讨对于翻译研究有着重大意义。

对译者身份的定位一直是国内外译学界颇为关注的一个焦点问题。受传统的对等翻译观的影响，译者普遍被定位于"仆人"的角色，他必须"伺候"好两个"主人"，即原文的作者和译入语的读者。具体而言，译者首先必须准确地理解原文并将原文的信息忠实地用译入语表达出来以"伺候"好原文的作者；其次，译者还必须使译入语读者能够理解原文作者所要表达的意图。这就要求译者要保持自己的绝对中立地位，不能展现自己的立场，只要求译者要对原文翻译保持绝对忠诚，他就必须将自己的主体性放弃。由于一味追求两种语言之间的等值，译者会机械地寻求在两种语言的表层之间进行对等的转换，从而会忽视两种文化之间的深层转换，最终可能会导致译文无法满足目的语读者的阅读习惯、审美期待和心理需求。实际上，因为原文作者和译文读者这两个主人身处两种不同的社会与文化语境之中，其思想和价值观念、风俗习惯、思维方式、审美情趣和意识形态以及自身的个性特征和语言能力等都不可能完全相同，因而在翻译中就无法避免两者之间的矛盾冲突。因此，我们必须对翻译中的译者的身份进行重新定位。

传统的翻译理论多注重原文作者与原文本身，如钱钟书的"化境论"及西方译者的"隐形论"强调译作必须传达原文的内涵，甚至要做到别无二致，在抬高原作的权威地位的同时弱化了翻译作品自身所具有的价值，更忽略了译者的主体性，人们常常把"舌人""仆人"和"翻译机器"等拿来比喻译者。但是到了20世纪80年代，译者伴随着翻译研究中"文化转向"的浪潮，一转成为学者们进行翻译研究的热点，大家也开始越来越多地讨论起译者的身份来。

译者的身份从翻译过程的角度来看，其身份转换伴随着翻译过程的逐步推进，且其相互融合不可分离。田德蓓将译者身份划分为研读原作的读者、再现原作的作者、传达原作的创造者以及理解原作的研究者四种身份，强调译者在翻译过程中的创造性，并呼吁译者要兼顾好自己的不同身份。[①]

---

① 田德蓓. 论译者的身份 [J]. 中国翻译，2000（06）：21—25.

随着女性主义的崛起，译者的性别身份也成为讨论的热门话题。译者性别身份是译者身份在性别层面的体现，既影响译者对原作中性别问题的理解，也影响着译者对原作中关于性别内容在译文中的再现与传达。随着"酷儿理论"的出现，学者马悦、穆雷进一步指出译者的性别身份是流动的、动态的，如女性译者在进行翻译时可以运用男性意识的翻译策略来修正原文过激的女性意识。[①]

20世纪末，"文化身份"概念被引入中国，对中国国内的文化和文学研究产生了巨大的影响。作为在跨文化交流中起到重要作用的译者，其文化身份也成为学界热烈探讨的焦点话题之一。张景华将译者的文化身份划分为国家身份、民族身份与地域身份三种。就国家身份而言，译者身份具有一定政治色彩，其翻译活动既受意识形态的影响，同时也可以通过译作对其国家的意识形态产生一定影响；就民族身份而言，译者处在强势文化或弱势文化之中时所选择的翻译策略不尽相同；就地域身份而言，译者所处的地域会对其译文的语言特色产生一定影响。[②] 张静认为政治、经济、宗教、意识形态等各种复杂的社会文化因素，都会对译者的文化身份产生影响，而译者的文化身份呈现出的显著特点也会影响其翻译目的、翻译策略和方法等。[③]

从宏观角度上来探讨译者在整个翻译环境之中的身份时，王姝婧通过对于诸多翻译流派对有关译者身份的阐述的共识分析，将译者身份分为了"操纵者"与"被操纵者"。她认为，在翻译目的论学派中，译文预期的目的和功能使得译者在翻译中成为"被操纵者"；在描写学派中，译入语文化的"规范"同样"操纵着"译者的翻译活动；而文化学派则不同，由于强调译文对于目的语文化所造成的影响，译者在翻译过程中则成为"操纵者"。通过总结，王姝婧认为：译者在翻译活动中是具有双重身份的，译者既是目的与文化的"操纵者"，同时也被多种因素所操纵。周领顺亦有相似观点，他强调译者既是翻译的主体，但与此同时，译

---

① 马悦，穆雷. 译者性别身份流动性：女性主义翻译研究的新视角 [J]. 解放军外国语学院学报，2010（06）：66-70.
② 张景华. 全球化语境下的译者文化身份与汉英翻译 [J]. 四川外语学院学报，2003（04）：126-129，147.
③ 张静. 译者的文化身份及其翻译行为——赛珍珠个案研究 [J]. 当代外语研究，2011（02）：49-53，62.

者也是各种动态环境的接受者，是"十足的双面人"。①

随着对于"身份"概念的多方位探讨，对于译者身份的探索也逐渐涉及多个方面：从具体的翻译活动中译者身份的变化，到聚焦于译者自身的性别、国家、民族、地域乃至政治和宗教等，再到从宏观角度探讨译者在翻译环境中的身份。这些研究所呈现出来的共同特点便是翻译活动和翻译结果必然会因为译者在认知自身身份时的变化而产生影响。

基于身份所产生的影响及其重要性，从多个角度来探讨译者的多重身份对译者翻译行为的影响，有助于全面与深入地解读译者身份对文学作品翻译的影响，从而正确认识文学翻译对于跨文化交际的作用。

（三）译者主体性的确立

作为一名作者与读者的"仆人"或"舌人"，译者要心甘情愿地恪守"隐形人"规则，对语言及文化的转换操作要不留痕迹，还要对原作的文本信息做到忠实的还原，这是传统的翻译观念下，对译者的要求。

但是译者在实际翻译过程中，会面临语言、文化等各个方面上的难题，想要达成理想的境界确实很难做到。所以说，传统翻译学对于译者是原文和译文的中介者的这一身份未曾重视，而译者作为翻译工作中最为活跃的因素，必然会在翻译时将个人的主体性加入其中。译者在翻译过程中也会有自己的思想，不可能完全抛弃翻译的个性化。人们在对翻译学进行不断研究的过程中，对译者"仆人"角色的理解，对绝对忠实于原作的认识，也产生了一定的质疑。人们发现了译者是不可能真正作为"隐形人"存在于作品中的，我们仍可以在译文中找到译者的一些痕迹。每个译者在进行翻译活动时都会留下自己的思想痕迹，而这些拥有一定知识结构，受到过文化熏陶，拥有一定生活和社会经历与经验以及审美能力和审美倾向的译者，对原作本身就会产生自己的理解，并在此基础上展开翻译工作。因此译者的主体性是不可避免的，它是客观存在而不以人的意志为转移的。

要确保翻译活动的顺利实施，就必须在译者进行翻译活动时，充分发挥自身的主观能动性。这是人们在参加所有实践活动时都必须达成的一步，翻译亦不能免俗。也只有这样才能保证译文的准确性。

---

① 王姝婧. 从幕后到幕前——译者身份的历时比较与共时分析 [J]. 外国语言文学, 2004(01): 57–61.

当然，原文文本是译者进行翻译的基础，但翻译过程中，译者对原文也进行不断的选择，有时甚至是取舍。译者作为一个独立的个体，在翻译过程中做出取舍时，不同的译者会根据自己的成长环境、教育背景、生活阅历以及性格爱好做出不同的选择，这些主观因素无一不对翻译活动产生着影响。可见，翻译不是在真空中进行的活动，译者的翻译行为受到了诸多因素的制约，同时他／她在从事翻译活动时又必须发挥其主观能动性。

翻译是两种语言文化之间的对话、交流与协商的过程。译者穿行在两个不同的文化之间，起着文化协调人的作用。史蒂芬·波克纳于1981年首次提出"文化中介者"这一术语。塔夫特给"文化中介者"下了一个完整的定义：文化中介者是促成不同语言、文化的人和群体进行交流、理解和行为的人。中介者把一方的表述、意愿、认识及期望向另一方阐释以履行自己的角色职责，也就是建立即协调双方的交流。从某种程度上说，为了起到纽带的作用，中介者必须能够参与两种文化。因此，中介者一定程度上必须是二元文化的。译者"调解"不同的文化，目的是寻求克服在翻译过程中的文化不相容性的方法。译者在翻译过程中，扮演着原文与译文、原文作者与译文读者的中介者的身份，在整个翻译活动中最为积极和关键，并最终对整个翻译过程发挥了指引和控制的作用。

一方面，译者在原文—译者—译文这个三元结构中处于中间位置，不仅需要尽最大努力理解原文，还要将原文转化为译文；另一方面，译者在作者—译者—读者这个三元结构中处于支点的位置，能够维持其他两个因素之间的平衡。通过译者自己的努力，原文作者和译文读者能够实现心灵的沟通，并在必要时做出相应的调整。由此可知，译者不仅是原作的接受者，又是译作的创造者，处于上情下达的中间、核心地位。

确保翻译工作的顺利进行，需要译者充分发挥自身的主观能动性，使两种文化的交流得以实现。这些都是译者的核心地位所决定的。

另外，"一本多译"，即一本原著可以有多种译本的存在，这种现象也有力地印证了译者主体性的存在。我们不难发现，一本原著尤其是文学名著的译本不止一种，往往存在多种译本，甚至同一个时代都会产生几种不同的译本。比如说英国作家夏洛蒂·勃朗特的名著《简·爱》，已经用多国文字来翻译，甚至还有不少于四种的汉语译本。据统计，《道德经》——这部在中国历史上有着十分重要影响的哲学著作,在全世界的外文译本种类可达250多种,其中甚至有45种英文版的译本。虽然译本的种类很多,但彼此之间又不存在完全一致的情况。而这一点也说明了,译者在翻译过程中所发挥的主体性的影响,译文并非对原文的完全复制。任何作品都是时代的产物,当一部作品的语言变得不再适应当前社会的潮流,不能被读者的审美习惯所接受,就会面临被淘汰的命运。此时就是新的译本出现的好机会。语言和人的理解能力都是具有历史性的。所以需要译者充分调动自身的主观能动性,让译文能够符合时代的潮流,使读者的要求得到满足。

解构主义学派的观点肯定了译者的能动性,在对结构主义学派理论进行反驳的过程中,将译者的主体性推向极致。作者的死刑被解构主义者率先判决,随即他们又把读者驱逐出去,将文本和语言彻底同质化了。除了语言,它什么都不是,它只能通过语言而存在,任凭语言符号在无限延宕、播撒中恣意狂欢,最终让翻译变成了一个语言游戏,无论怎么翻译都行。译者在翻译活动的中心位置更加不可动摇,甚至可以对原文进行改写,原文文本被忽视,原文作者的主体地位也不能确保,曾经以还原原著、忠实原著的翻译标准被抛弃。解构主义者与结构主义者是完全不同的,他们认为原文应当是开放的系统,虽然能指与所指之间的差异是客观存在的,并且原文的含义也被上下文暂时地确定了下来,但是原文的意义不做出改变是不可能的。但是由于尚不能确定原文的意义,译者就需要将自身的主观能动性进行充分调动,找到原文的意义,使原文与译文处于共生的状态下。原文会在翻译的过程中,被不断修改、重组,而译者的体验,也就是译者的主体性,将会成为不同译文产生的决定性因素。

很多后现代主义大家也认为,在人文主义科学中,阐释者或对话的参与者(即翻译中的译者)被贬损其主体地位,这样的做法是片面和荒谬的。反之,那些从哲学的角度对主体性进行大力的宣扬,把译者的理解认为是自我理解的人,是真正把译者推到了文本操控者的地位的一批人。这批人以德里达等为代表的一批后结构主义学者为主。制约主体性的社会因素也被一些学者从社会学的角度进行了论证,他们认为阐释者(译者)的文本翻译受到了各种社会权力话语的压制和制约,译者在纷繁交织的权力话语之网中其主体性受到了各种束缚,当下的权力话语会对阐释者的任何阐释不可避免地造成影响。

译者主体中的这种"受动性"因素我们可以理解为它蕴含在两种语言在转换时体现在二者特点、习惯，语言转换的客观规律中，蕴含在文本的语言、文化和审美的特征中，蕴含在译者身处的时代背景，以及那个时期特有的翻译观中等。译者主体性中的"受动性"从另一个侧面体现出，译者不可以将自己的主观能动性毫无约束地发挥出来。这样也把那些不负责任的胡译乱译从严肃认真负责的译文作品中剔除出来。

主体性从哲学的角度来说当人作为主体时的规定性，主体的本质特性就是主体性，在主体的对象性活动中表现出来的本质特性就是主体性。人的实践能力和创造力是主体性最根本的内容，简单来说，就是目的性、自主性、主动性、创造性等这些人所特有的主观能动性。因此，主体性最为突出的特征就是能动性。

译者的主体性体现在尊重翻译对象的前提下，作为翻译主体的译者通过其表现出来的主观能动性来实现其翻译目的。翻译主体自觉的文化意识、人文品格和文化、审美创造性都是译者的主体性的基本特征。译者自己的主体意识，利用在翻译活动中，进行创新和发挥，从而把译者的独特个性，在翻译策略和翻译方法上凸显出来。译者主体性主要包括两方面的内容：第一，体现在接受原著过程中的主体性；第二，体现审美在创造过程中的主体性。在整个翻译过程中，二者的融合是一直在持续着。译者只有充分发挥自己的主观能动性，才能将翻译的任务完成，可见，翻译活动的全过程都体现着译者的主体性。

译者的主体性的特点会从以下四个方面来体现，即译者的主体性意识、译者的意向性与选择性、译者的主体创造性和译者的操纵或抵抗。首先，译者的主体意识或潜意识，或者译者通过凝缩、改装、改写等方式，在翻译过程中把译者的个人风格、能力和素养甚至观点在译文中表现出来。其次，翻译是译者主体积极的创造性活动，文本通过译者的翻译和阐释在译入语中生存下来。原文的桎梏制约着译者，译者只有通过自己的努力尝试去打破这限制，将新的惊喜带给译文文学。对源语文本进行取舍的这份叛逆和创新充分体现了译者的主体性和创造性。原作者原先所没有预料到的情况，经过译者的引入，把原作带到了一个陌生的接受环境。这就是译者主体创造性的叛逆的体现。这样的变化使原作赋予作品的形式被打破。

原作在这样一个崭新的参照体系下，通过译文语言获得了新的生命。译者的主体性地位也因为其创造性,确立了在原作者、原作、译者和译文读者这四元关系之间的中心地位。再次,译者的主体性体现在译者的意向性与选择性上。译者的意向性指在特定的情况下他/她的意图行为。每当作者企图将自己的意向通过创作文本的途径进行传递,文本的交际功能就开始持续发挥作用。在一个文本中,译者需要从具有一种或多种的意向决定出所要传递的某一种意向。在对这些意向进行选择时,译者不仅要直面原作者的意图,还要考虑读者,这种情况下,译者也是在某种程度上在进行创作。译者的选择性还体现在译者对所译文本的精心选择上。鲁迅和茅盾选择东欧被侵略国家的小说来翻译,也体现了译者较强的选择性。此外,译著的主体性表现为译者对译文进行的操纵或抵抗。改写是译者对译文进行操纵的主要方式。翻译其实是对原文的一种改写,这种观点在翻译研究领域里的文化学派大有市场。译者的意图、意识形态和诗学也会通过这样改写表现出来。译者主体要想表达自己对原文的顺从,就要保持对原文语言和文化的忠实还原,让译文更为明晰且具备可读性。而当译者的翻译表现出对原文"不忠"的时候,这时异国情调和文化他者才是译者所追求的,表现出来的是译者作为翻译主体的干预和抵抗。也正是由于这样的抵抗,强权话语和文化霸权主义才没有在文化领域一统江山,文化的多样性得以持续。同时,这样的抵抗也让译著的主体性被充分发挥出来。

总之,译者主体性在当今的翻译研究中,已经逐渐成为一个重要的议题。这样一个议题的提出,是企图从本质上对长久以来的"忠实""对等"的这一作者主体性表征进行讨论。翻译文本在传统翻译理论中,其地位是源语的"副本",译文要对原文绝对地服从;同理,原文作者的地位远高于译者的地位,译者是原文作者的"仆人"。翻译主体性的研究,尤其是对译者主体性和包括读者在内的译入语文化主体性的研究和强调,颠覆了长期以来作者高高凌驾于三者之上的绝对权威,直接动摇了几千年以来传统翻译理论的理论基础,瓦解了"忠实、对等"等一系列源于作者主体论的翻译理论和标准,从而使译者主体性得以彰显。但是我们必须要对此具备清晰的认识,当我们在关注翻译是重写、操纵、叛逆、征服等等这些论点时,不只是要对译者主体地位加以强调,还应当避免我们走向过于强调译者主体性的另一个极端。而那些打着译者也可以进行创作的旗号的人,却在实行背叛原文作品的行径,将原文作品边缘化,使翻译变得随心所欲,毫无规矩，是应当被抵制的。译者的主体作用要与原文作者和读者紧密相连，才能充分地发挥。

三、文学翻译的标准和原则

（一）文学翻译的标准

在中国，影响最深、流传最广的翻译标准是严复的"信、达、雅"。所谓"信"，即忠实，也就是英文原文所要表达的意思，在翻译成汉语时，要保持文意不发生大的改变，且在文体风格、语言风格、修辞风格等方面译文也要与原文保持一致。"达"即通顺，译文语言能够使读者读起来通顺易懂，且符合规范就达到了所谓的通顺。所谓"雅"，即优雅，译文在行文时保持文章形式美、结构美和韵律美，把汉语言文字在表达时具备的独一无二的魅力与特色尽情展示。而译者在翻译文学评论集时，就应当把"忠实"于原文作为翻译工作的第一大要义。同时译文的意义和风格也要与原文相符合，并在此基础上达到流畅达意、生动传神的境界。

"信"虽然要求译文要忠于原文来表达，但不是要死译。这里的忠实不仅包括了对原文内容的忠实，还包括了对句式结构、语言风韵方面的还原。如果在翻译时纠结于一字一句的得失，就会落于死译的窠臼，不但难以表达出原文的意义，译文也会变得生硬晦涩。对于翻译来说，要在大的背景中去理解小的意义单位。所以，翻译作品时从词典中直接取义的行为是万万不可的，而通过原文的语言风格以及上下文的语境来进行翻译，并对原文的语言风格反复琢磨，在适当的地方作出引申，才是正确的忠实于原作的做法。

译文的通顺流畅就是"达"所要达到的效果。从语言上来说，译文的表达要规范、地道。傅雷对"达"的标准表达过看法，他认为理想的译文就像是原作者用中文写出了原作。如果读者在读译文时，感觉像是在读原文，那么译文就是好译文。英语在语系上与汉语是不同的，在词汇和句法结构上的差异是巨大的。

"美"是"雅"的内涵，而"雅"之美的构成包括了音美、形美、韵美。而音美、形美、韵美的另一层含义就是结构匀称，音韵典雅，语言地道。在严复提出"雅"的内涵后，傅雷与钱钟书又分别提出了"神似"与"化境"的观点，这二人的观点与严复的观点有着异曲同工之处。在进行文学翻译的时候，译者要对整篇文章的格调和境界正确地传达给读者，运用恰当的笔墨，使译著符合原作的精神和韵味。汉语的对偶句、排比句或四字成语的运用能够使译著的风韵和神采获得质的提升。而能够在合适的时机使用四字格，这将会让译者在英汉翻译实践中获得许多助益，译文读起来也会更加流畅舒服，更好地将原文的内涵表达出来，引起读者心灵的共鸣。

"信、达、雅"的翻译标准是严复提出的，经过历史和实践的检验，成为指导翻译工作的基本原则。然而，要想成就符合"信、达、雅"的译著绝非易事，译者只能靠自己勤劳的双手，善于思考的大脑，以及长期的艰苦训练方能实现。

（二）文学翻译的原则

1. 等值原则

在思想艺术领域，进行等值的文字转换，就是让译文与原文进行内容上等值的必需步骤，只有这样才能让内容与形式的辩证统一在文学翻译中实现。而要实现言语的等值转换，就必须找到实现转换的核心和基础，而这就需要译者对原作的思想、意象、感情做到准确的把控，并在译文中再现。换言之，就是如果言语实现了等值转换，那么思想艺术内容的等值转换。原文和译文同为文学作品，而想要译文的作品水准与原文相当，那么就要合乎"雅"的标准。将原文使用的语言用译入语的言语系统进行翻译，在这过程中的信息对比和文字转换就是翻译的本质。好的翻译能够将原文中的表层结构逻辑式和语音式中带共性的因素进行最大限度的保留，并能够把原文中的各种信息使用地道的译入语传达给读者。

对于语符表层等值来说，其最低限度就是要求文学译作能够展示出规范地道的文字作品。语言的语符表层、语用修辞层、语义深层这三个层次在进行相应的等值转换时，译者在翻译过程中要做到三者兼顾。如果三个层次没有发生全等的情况，那么就需要语符表层对语用修辞层进行服从（"雅"），语用修辞层要对语义深层进行服从（"信""达"）。而翻译等值的最低限度就是语义的深层等值，当译文突破了这个限度，就不能实现等值了。可是如果一定要实现等值原则，那么保存原文形式所传递的意义就必须在翻译中使语符表层保持对等的状态。然而语符表层的对等，在语言、文化不同的前提下，是没有实现的可能的。也就是说，译者是无法从文字的角度来进行直译的。那么，只有当语符表层对语用修辞层进行服从，才可以做到从文化角度的异化处理。如果做不到就只能退而求其次。异化译法是文学翻译采用的主要翻译方法。采用这样的方法能够让语符表层实现对等。而内容是形式服务的对象，在翻译过程中将原文意思准确、充分地传递给读者，才是翻译所追求的。那么，采用源语的表达方式，就可以解决这一难题。对比来看，如果都是用译入语的文化特征和表达方式来传递作品的信息，原文的意思有时会被损害。如果不能实现译文语符表层的规范性，那么就至少让语用修辞层保持规范性。这样读者与译者就都能够接受译文的言语，使译文在文字形式上达到"雅"的标准。

2. 等效原则

对于读者来说，原作与译作的阅读效果价值是一样的。马克思说："价值这个普遍概念是从人们对待满足他们需要的外界物的关系中产生的。"马克思所说的价值关系是指在客体满足主体需要的过程中所产生的关系。而在满足主体需要时客体所具备的各种性质，就是客体的价值。原作具备的客体价值，译作也能够达到，但这就需要让文学译作产生的艺术效果和阅读效果与原作最接近。这里用了"最接近"而不是"相等"，是因为在语言、文化、历史、宗教等方面，原作与译作之间的差异可能会给读者造成一定的困扰，因此才提出了这样的概念。同时，文学翻译还有等效原则，等效原则是指凭借取舍、调整、修辞等手段，在文学译作中去还原原作的神韵、艺术效果，让读者在阅读译文时能够体验到最接近原文读者的感受。这项原则强调了译作与原作在达意传神方面、艺术效果方面以及读者接受方面传达效果的近似或对等。严复所提"雅"，与上述的等效原则在本质上有着异曲同工之处，规定了文学翻译的正确规范。等效原则的价值基础是实现译作对原作的达意传神。而要做到这一点，就需要译者对原作的语义、精神实质、情感、意境等信息有着精准的把控和领悟，让原作的各种信息能够在译作中获得完整的呈现。对原作的机械翻译不能算是好的翻译。要符合"雅"的标准，就必须让译作与原作在艺术效果、读者接受效果上产生对等。完全相等的阅读效果的实现是不太现实的，所以译者要做的就是让生活地域、历史文化、风俗民情、宗教信仰等方面均有差异的两种语言的读者，在阅读时获得最接近的阅读效果。要达成这样的效果还需要做到文化传递中的变通处理，让译文读者能够在相当大的程度上实现获得原作创作文化环境的体验。同时，自身的语言文化系统仍不受到大的影响。这种情况下,译者所做的就是自己要率先体验到原作的精神与艺术价值。如果能够实现对原作的成功分析,就能够符合严复提出的"雅"。

译者只有分析了原作的神韵、艺术效果,才能在等效原则下,实现对原作精神实质和内涵的还原,而且还能按照译入语读者的阅读习惯做好对原作的变通,让读者能够体验到接近原作的阅读体验,使译作的客体价值与原作最为接近。

3. 语域语体相符原则

原文的语域语体与文学译作的风格十分接近,是语域语体相符原则的体现。按照《语言与语言学词典》的定义,语域是"具有某种具体用途的语言变体"[①]。语域是一种功能变体,它的使用一般是在特定的交际场合,并且还会伴随着为了实现某一交际目的。语体是一种语言运用体式,它能够综合体现语篇方式变体的多种参数。它能够适应题旨和语境的需要,最终实现作品的交际功能。人们在语言交际中,会因为交际领域、交际对象、交际内容、交际方式的改变,而有意识地选择安排自身拥有的语言材料,以达到不同的交际功能的实现。而当语言材料的功能出现了分化,语用特征就会产生不同的体系和方式。因而,语域是一种语言风格基调,它的确定是按照特定语篇的题旨和语境要求进行的,而具体应用形式就是语体。

在文学翻译实践中,译者要对原文的语言风格基调做出准确判断,这是在阅读理解阶段需要做好的准备。而到了表达阶段时,译文的语言运用体式就要依靠原文各部分的语体来确定。在翻译过程中,语言运用的特征体系、方式或约定的程式都是特定的,在这一特征形成以后,就会产生相应的约束,译者就必须在译文中体现原文作品的语体,这样才能使原文包含的信息不会在翻译过程中有所遗漏。在文学作品中,口头语体通俗生动,充分利用语音手段,抑扬顿挫,语气词多,富有感情、自然、活泼;书面语体则句子结构比较完整,话题集中,中心突出,表现出明显的连贯性、逻辑性,有的还节奏分明,富有音乐感。这些特征如果能够在译文中充分表现出来,才能合乎"雅"的翻译规范。

四、文学翻译的地位

自从有了翻译实践活动以来,古今中外地研究学者们就一直在对"翻译"这

[①] 吴建,张韵菲. 汉译英小说词汇文体研究[M]. 合肥:安徽大学出版社,2022:6.

一人类生活中不可或缺但又不确定的语言现象从语言学、文学、哲学、心理学、人类学、历史学、经济学和社会学等多个不同的理论维度来进行描写、分析与阐释。但是，不可否认的是，在翻译研究史上，在过去相当长的一段时间内，人们对于这一核心问题的探讨始终局限在原文与译文的"对等"问题上。原文一直被视为评判译文质量的唯一标准，而译文只能是对原文的机械模仿；但是，在实际的翻译过程中，当译者试图使得译文与原文对等时，却往往会不得不失去原文中的一些东西，包括形式与内容。所以，人们常常认为文学作品是不可翻译的，尤其是诗歌这一文学体裁，因为它在语言形式上具有独特性，内容表达上具有象征性与含蓄性，所以更被认为是不可译的。上述的那些对文学翻译的偏见，其实也是长期以来都存在的，这些偏见导致了即使文学翻译的翻译过程其实是一个复杂的再创造，但人们不愿承认这一事实，从而文学翻译作品的相对独立的艺术价值也难以被人们所承认，那么对文学翻译在文学和文化的发展以及跨文化交流中的重要作用，也不可能给予客观的认识与公允的评价。

20世纪80年代以来，随着翻译理论研究发生"文化转向"，国内外的翻译研究学者们越来越深刻地认识到了文化因素在翻译中的作用，于是在广阔的跨文化交流的语境之中，翻译研究工作开始了。译者现在是翻译的主体，再也不会被当作对原文与译文的"仆人"那样去伺候那两个"主人"了。人们也越来越重视译者的重要作用，其对原文本的理解与解释也愈发受到重视。曾经认为翻译工作是单纯的语言转换行为的观点，也已经被翻译能够反映现有的文化以及对新的文化和新的文学进行塑造的观点替代。译者在译入语的社会和文化等诸多因素的影响下，创作出了译文。这样的译文会在译入语社会的政治、经济、文化乃至人们的日常生活中都扮演举足轻重的角色。

因此，面对当今全球化不断发展的时代浪潮，以及在这浪潮之下产生的新的社会与文化语境，对翻译尤其是文学翻译的地位重新进行一番审视，才能让文学翻译拥有更多的自主性，不再成为原文的附庸。并且，还要对文学译本的价值与作用加以充分的肯定，将文学翻译中出现的各种关系进行合理化处理，是当今翻译研究的主要内容与任务之一。

德里达作为西方解构主义的代表人物以及20世纪后半叶法国最重要的思想家之一，他从本雅明撰写的《译者的任务》中获得了灵感。本雅明是解构主义思想的最早倡导者、20世纪德国著名的语言哲学家和翻译理论家。德里达认为译文能够赋予已经死掉的原文以新的生命，这是因为原文先于译文产生，译者不可能在这些重要的世界文学作品刚刚问世的时候就进行翻译，而译者的译文就是对原文生命的延续。

不同文化之间之所以能够实现不断交流，翻译是推进交流的重要途径与载体。翻译的最根本任务还是对外来文化与文学的介绍和引进。

翻译对于世界文学的发展历史而言，发挥着巨大的作用。大量优秀的外国文学作品要想能够在不同的文化区域进行传播并产生影响，进而实现跨区域的文化交流，都需要通过翻译来帮助实现。

在西方，《圣经》的英译活动在9世纪就已经开始了。《圣经》的翻译活动促进了整个英语世界的文学、文化和艺术等意识形态领域的发展，中世纪时期许多戏剧、小说、诗歌、绘画和雕刻等艺术创作都是从《圣经》中获得了创作的题材和灵感。而在中国，第一所译经的寺院便是在东汉（68年）建立的河南洛阳的白马寺。中国的佛经翻译事业便由此开启，并日益繁盛起来。随着大量的佛经涌入，中国的佛教文化以及中国文学的发展也受到了深远的影响。

清末到五四运动前后这段历史时期，在中国翻译史上是一段重要的时期。在这段时期，外国文学的翻译活动掀起了高潮。据1908年《小说林》刊登的《丁未年（1907年）小说界发行书目调查表》显示，在中国出版的小说仅仅在1907年这一年的时间，就出版了120多种，其中外国小说更是多达80种。这中间更是有一人，翻译的不同语种的外国文学作品多达180多部，他就是林纾。虽然林纾的翻译因为他本人并不懂外文而存在着各种问题，出现了很多瑕疵，至今仍然存在很大的争议，但通过林纾对这些外国文学作品的选择性翻译，中国当时的知识分子有了进一步接近和了解外国文学与文化的机会。中国本土文学与文化也能通过这些学习了外国文学的知识分子们获得发展的可能。林纾的译作对这些知识分子的影响是很大的，其早期译作鲁迅是每本必读的，郭沫若也承认自己后来的文学倾向受到了林译小说的巨大影响。一言以蔽之，这一时期我国本土文学的创作，受到了外国文学的翻译作品的巨大影响。

20世纪50年代初期，我国积极开展外交交流，与当时社会主义阵营内的一些国家建立了多个方面的良好合作关系，其中自然也包括了文化与文学领域的交流与合作。例如我国对苏俄文学作品的翻译出版，在中华人民共和国成立初期的头17年中，其数量就占了翻译出版的外国文学作品总量的一半以上。在当时，人们通过这些汉译作品，接受了共产主义思想教育，也推动了中苏之间的友好文化交流。

20世纪80年代以来，随着改革开放的不断深入与发展，外国文学作品的汉译和中国文学作品的英译对中国与世界的文化交流发挥着越来越重要的作用。

20世纪80年代到新世纪来临的前夕，随着中国改革与对外开放的进一步深入，大量的西方经典名著也随之通过翻译被引入国内，如林疑今翻译的《永别了，武器》；罗念生等人合译的《伊索寓言》；朱维之翻译的《失乐园》；江枫翻译的《狄金森诗选》；方平翻译的《呼啸山庄》；林桦翻译的《安徒生童话故事精选》；张谷若翻译的《德伯家的苔丝》《无名的裘德》；屠岸翻译的《一个孩子的诗园》《我在梦里梦见》；李文俊、曹庸合译的《审判：卡夫卡中短篇小说选》；金隄翻译的《尤利西斯》；陈良廷等再译的《乱世佳人》以及袁可嘉翻译的《叶芝抒情诗精选》等。通过这些作品，西方开放的婚恋观、平等教育思想及自由主义政治和经济思潮等，抵达中国人的内心，通过潜移默化的方式影响了中国人的思想和价值观念以及日常生活方式。

21世纪以来，一大批现当代外国名作家的文学经典也在中国翻译出版。如美国著名短篇小说家安·比蒂、意识流代表人物威廉·福克纳、小说界"简约主义"的大师雷蒙德·卡佛、传奇作家西德尼·谢尔顿、英国当代著名作家朱利安·巴恩斯、德国诺贝尔文学奖得主赫尔曼·黑塞、意大利短篇小说家伊塔罗·卡尔维诺、加拿大女作家艾丽丝·门罗等人的作品，都先后经过翻译、重译到出版，其中不乏许多诺贝尔文学奖级别的优秀经典作品。诺奖得主门罗的译作在国内掀起一股热浪的同时，也启发了国内对于女性视角创作的追求。

中国的翻译家不仅对西方文学作品进行积极的引进，而且还把我国大量的优秀文学作品翻译成不同语种，向全世界传播，让全世界更好地了解中国文化，比如中国诗词、古典名著的翻译。许渊冲从事文学翻译实践长达60余年，译作使用的语言有中、英、法等多个外文语种，在国内外出版著译达60余本，包括《许译中国经典诗词》《汉英对照古典名著》《许译中国经典诗文集》《许渊冲经典英译古代诗歌1000首》等译丛，涵盖了《诗经》《楚辞》《论语》《道德经》到汉魏六朝诗、唐诗、宋词、元曲等千余首诗文。这对于传播中国古典文化产生了深远的影响。此外，许多中国的现当代文学作品，如鲁迅、老舍、巴金、钱钟书、沈从文、萧红、张洁、余华、王安忆、苏童、韩少功等人的文学作品，尤其是小说也被翻译成英文，成为介绍中国现代社会变迁的重要窗口。

近年来随着中国国际影响力的增强，中国加大了文化输出。中国国际出版工程、"一带一路"文化建设，都大力弘扬中国经典"走出去"，推动了中国文学经典的翻译热潮。比如《大中华文库》已推出经典名著50余本，几乎涵盖了中国五千年文化的精华。《狼图腾》英文版在全球广泛传播，900多家图书馆收藏此书，位居近年中国文学译作在世界图书馆收藏第一名，有效地传播了中国文化。2012年莫言获诺贝尔文学奖，引起了国际对中国文学的研究热，莫言的多部小说，如《红高粱》《酒国》《师傅越来越幽默》《檀香刑》《生死疲劳》等，在国际上引起了轰动，把中国黄土地上的文化、历史推向了世界，使越来越多的外国人了解了中国特有的乡土文学。

除了文学经典外，中国通俗文学作品也越来越多地被英译传向世界，最具有代表性的是金庸的作品，他的《射雕英雄传》《雪山飞狐》《书剑恩仇录》和《鹿鼎记》等都已有英文版，并且在国外受到了热捧。另一方面，随着网络平台的发展，中国的网络小说也越来越受到外国人的青睐，甚至有人将中国的网文小说与美国好莱坞的大片、日本的动漫相提并论。网文小说的传播，使更多的外国人通过网络传播这一媒介更为快捷地了解了中国人所具有的侠肝义胆、铁骨铮铮的民族性格。

由此可见，翻译是进行跨文化交流的一扇重要窗口。无论是外国作品的汉译还是中国作品的外译，对于对外传播中国的思想文化和促进中西方思想的融合，都起到了不可或缺的先导与桥梁作用，对人类文化的多样性也产生了深远的影响，促进了世界文明的不断发展。

在中国特色社会主义进入新时代的特殊历史时期，在"中国文化走出去"战略的实施中，翻译更是起着越来越重要的作用。为了适应新时代的发展，在我国，文学翻译实践和文学翻译的理论研究也应该受到应有的重视。我们应该不断提高文学翻译的质量，不断探索文学翻译研究的新视野与新方法，以促进翻译学科的发展，使翻译更好地服务于中国与世界其他国家的跨文化交际，从而推动世界文学的继续发展与世界文明的不断进步。

五、文学翻译中的各种关系

内格尔认为科学活动的主要任务是判断和解释不同事物间的关系，而事物之间的关系主要分为因果关系和相关关系两种。从逻辑上来讲，因果关系只存在于两者之间，其中之一为因，另一则为果；而相关关系可以同时存在于两者以上之间，其中每一个自变量的改变都可能会影响对应的唯一的函数。翻译研究是探讨翻译现象的科学，因此，在翻译研究中也存在着对各种关系的探讨。鉴于翻译涉及行为人、文本和语境，所以翻译研究中的关系研究主要表现为两个方面：译文和原文的关系；翻译和语境的关系。虽然它们均涉及行为人（译者），但二者的区别在于：前者主要是在译者是否具备主体性的讨论中判断译文和原文的关系，而后者则是在译者具备主体性的前提下探讨翻译和语境的关系。对于前者的关系研究属于因果关系研究，而对于后者的关系研究属于相关关系研究。下面分别加以阐述。

（一）译文与原文的关系

长期以来，无论是翻译学者、译者还是译文读者都把原文当作译文的因，译文当作原文的果。因为他们对"没有原文，何来译文"一说如此笃定，原文在译文面前便享有崇高的地位，译文因此被视作原文的翻版。由于这种因果关系显而易见，所以并没有受到学界细致与深入的探讨，但由此而产生的对等论却在翻译研究中长期占据着重要的地位，即要求译文向原文看齐，要达到信达雅、神韵、神似、化境、三美；对等、忠实。而在这一原文向译文搬运的过程中，译者要保持沉默、要隐身。

但是，没有译文，何来原文，没有译文，原文何以在译入语文化中得以重生，于是译文成为因，"重生"后的原文成为果。本雅明在《译者的任务》一文中提到，译文让原文的生命得以延续，它确保了原文的生存，使原文一旦在译入语里问世便享有了荣誉。[①] 但是，这种再生的语言是"纯语言"，不是原来的语言。而德里达在对本雅明的观点进行解读和评注时指出，意义是"延异"的过程，翻译是另一个有关翻译文本的再翻译，一旦翻译行为产生，译文和原文就相互依赖。有关

---

① 沃尔特·本雅明. 翻译者的任务 [J]. 中国比较文学, 1999（1）：13.

译文与原文的互为因果的关系主要是基于哲学层面来进行的探讨，并由此展开了对译者主体性的讨论。罗宾逊认为，译者在翻译时，不仅受到个体自身的身心感受和个人情感的引导，还因受到意识形态的调控而在翻译中出现本能反应，这些都源于译者自身的思考。

哲学层面上对原文和译文的关系的本质讨论从单向因果关系变为互为因果关系，也对翻译现象的产生带来了形而下的思考，即翻译与语境的关系。

（二）翻译与语境的关系

翻译与语境（译入语境）的关系为相关关系，因为翻译语境中的因素太多，难以确定译者的"决定"。这里的相关关系可以用具有宽泛界限的"影响"来指代，而两者之间的影响可以用"制约和促进"来表示。翻译研究中的语境大致可分为三种语境：文化语境、政治语境和社会语境。事实上，当以勒菲弗尔为主的操纵学派掀起翻译研究中的"文化转向"时，这里的文化语境也包含着政治和社会语境的内涵，只是在后来的翻译研究中，政治和社会因素的讨论逐渐成为专门和特殊的视角，以至于有学者提出了翻译研究中的政治转向和社会转向。

翻译和语境存在双向制约和促进的关系。谢尔盖认为社会是一个系统，由各种子系统构成；子系统保持其各自独特的社会功能，并彼此相互联系，共同促进社会系统的平衡和发展。据此，翻译与语境的关系可被视为系统与环境间的关系。通过系统与环境之间的互动，可以使环境中存在的一些可能性成为系统运作的组成部分，同时也可以使系统的产物成为环境的选择。系统还能够通过环境进一步对世界有所了解，以求扩大自身的互动场域和运作的可能性参照。由此可见，翻译与语境间的关系可以视为双向制约或者促进的关系。我们主要以翻译和政治语境的关系来举例探讨。

翻译是一种政治行为。随着翻译研究的扩展和发展，翻译与政治之间的关系研究在20世纪80年代末至90年代初得到了迅猛发展，主要涉及三类主题：意识形态、后殖民主义和少数族裔语言，当然这三者之间也存在彼此的关联。勒菲弗尔也曾讨论过赞助人、意识形态立场等外部因素如何对译者的翻译行为和翻译产生影响。韦努蒂也曾经论及性别、后殖民性、他者性等意识形态观念如何影响译者和译本的讨论。他们的研究思路的倾向大抵可视为政治系统对翻译系统的影响，主要表现为对译者的翻译行为的制约或引导。但如前文所讨论，翻译系统并非决然处于受制状态。只要翻译系统在社会系统中还占据独特的地位，且被其他系统所"需要"，翻译系统就可能对其他子系统也产生影响，包括政治系统。在这一关系链上，女性主义翻译研究和后殖民主义翻译研究表现得较为明显。

不同历史条件下的翻译活动是后殖民翻译理论的关注点。该理论对隐藏在译作背后的权力运作十分感兴趣，并针对权利与话语的不平等关系开展考察工作。该理论企图对因权利差异导致的译者的价值取向和翻译策略取向的不同进行描写和解释，并对在什么样的政治条件、暴力因素下可以推进译本的生成以及翻译所产生的颠覆性作用进行揭示。但由于后殖民主义与权力诉求联系紧密，翻译也成为不少国家、民族、群体来完成独立的民族叙事、去殖民化等政治诉求的手段。比如，有人认为译者，尤其是第三世界的译者应该使异质语言不断朝主流话语渗透，以此来抵抗"文化帝国主义"的渗透；译者应该揭开帝国主义的认知裂缝，对西方意识形态的传统观点及其霸权话语进行批评和抵抗。还有人认为翻译作为文化活动可以构建"想象的共同体"，构造民族身份和认同。比如，引入宗主国文化时，或传递本国文化时，既带有被殖民的痕迹，又掺杂本土文化话语。这种杂糅，既是对原文，又是对目的语的模拟，掺杂着两种语言文化的异质成分。但正是这种混杂，解构了权威的权利话语，凸显了文化矛盾，挑战了主流权利话语。以西蒙为代表的女性主义翻译研究者发现，女权主义译者试图在翻译中发展一套女性翻译策略，展现女性体验和意识，以此来提高女性译者的政治文化地位和女性译者的主体地位。

随着社会学理论，尤其是布迪厄的实践理论在人文学科中的广泛运用，翻译研究者们也逐渐意识到翻译的社会属性，认识到翻译是一种社会行为。同理，社会学翻译研究的研究重点也是翻译与社会间的双向制约和促进关系。社会行为是指行为人有目的性地、有决心地与社会规则和资源进行反思性对抗的结果，即他的社会行为虽会受到如社会中政治、经济、法律、宗教、伦理等社会因素的影响，但他内化的"无意识"习性（惯习）和自身携带的资本（经济资本、文化资本、社会资本和象征资本）也会影响其实践行为。翻译对社会的影响同样也是重要的课题。社会学视域下的翻译研究也越来越注意到翻译的社会功能，主要探索的是译者、译者的翻译活动以及作为翻译活动的载体的译作对整个社会和社会的某些方面所产生的影响。比如，中国五四时期的外国文学译介在白话文运动中所发挥的作用。

社会、文化、政治的内涵彼此关联，不同学科、不同学者对三者间的上下关系有不同的看法。但在社会学的视角下，文化、政治属于社会的子系统。社会学科的本质就是解释社会行为发生的关系以及由此产生的影响。同理可见，翻译与语境互相影响；两者之间的关系，正如上文所言，是双向的制约和促进的关系。

第二节　文学翻译与文化的联系

现实生活可以被文学投射，通过文学翻译，既可以对异域的生活习惯和当地人民的愿望进行了解，还可以推动本国文学创作的发展，激发本土作家的创作欲望。作家可以通过对翻译作品的阅读，了解和学习作品的表现生活、文化的方法，透过自身的文化语境的局限性，找到自己的不足。通过翻译来获取其他文化的精华，来促进自身文化不断补充和发展。文化与翻译之间的互动，证明了二者存在着紧密的关系。

本节首先介绍了文化的定义和基本特征，又从英美文化中的西方文化渗透的角度来阐述文化对于翻译的影响，最后从语境文化和风俗文化与文学翻译之间的联系两个方面展开叙述。

一、文化的定义和基本特征

（一）文化的定义

在世界各国正式出版物中，有关文化定义的说法众说纷纭、莫衷一是，有的说有160多种，有的学者认为有250种。其中，泰勒——一名英国杰出的人类文化学家，在1871年出版了一本名为《原始文化》的书，书中提出的关于文化的著名定义目前最具权威性，他提出：文化或文明，是作为一个社会成员所获得的知识、信仰、艺术、法律、道德习俗及其他能力与习惯的一种综合体。人们在理解和叙述事物的时候利用的各种模式就是文化，它是知识的总和。然而，泰勒对文化的定义仍是不完全的，他只注重了精神层面的文化定义，忽视了对物质层面的文化定义。于是，又有学者提出了新的文化定义：文化是人类社会的精神财富和物质财富的总和。我国的学者也对文化的定义提出了自己的看法：文化是人类社会所特有的现象，是以人的活动方式以及由人的活动所创造的物质产品和精神产品为其内容的系统。而戴维·波普的观点在美国大学中获得了许多人的认同，他认为有三个主要元素构成了文化：第一，符号、意义和价值观——这些都是用来解释现实和确定好坏、正误标准的；第二，规范准则——对在一个特定的社会中人们应该怎样思维、感觉和行动的解释；第三，物质文化——实际的和人造的物体，它反映了非物质的文化意义。

现在，我们根据上述学者们的论述，做一个小小的总结，文化的定义有广义与狭义之分，其中物质文化（人类活动作用于自然界）、制度习俗文化（人类活动作用于社会）和精神文化（人类活动作用于人本身）组成了广义的文化。

各层次之间也存在交叉现象，如茶文化、酒文化、食文化之类，就介乎物质（实物）文化和制度习俗文化两个层次之间。这些文化的体现既涉及实物，又涉及习俗。而狭义文化则专指精神文化而言。

（二）文化的基本特征

文化有四点基本特征：首先，文化不是靠遗传获得的，而是由社会习得的；其次，文化并不是由一个人所独有的，而是由一个社团所共有的，换句话讲，文化以一定的体系范围，将人们的所作所为纳入其中，使之成为一种共同的行为，以便于人与人之间的合作的开展，使更多的事情可以完成；再次，文化具有象征性，语言是文化中十分重要的象征系统；最后，文化是作为一个统一的整体而出现的。据斯蒂芬·达尔的观点，它有三个层次，表层（人类的产品）、中层（规范与价值观）、深（内）层（基本判断）。三者的关系是：人类生产和制作的产品（包括人类的行为方式等）反映了人们的价值观，而其价值观的形成则依赖于他们对生活的基本判断。

二、英美文学中的西方文化渗透

对于英美文学作品，只有充分了解西方文化，才能在开展相关翻译工作时显得更加游刃有余，而西方文化的起点就是古希腊罗马神话。而对古希腊罗马文化中的各种典故进行充分的了解，能够为翻译工作者的翻译活动提供有效的帮助。充分了解古希腊罗马神话对研究英美文学有着十分密切的联系，尤其是对英美文学内容层面的影响最大。时至今日，我们仍旧可以在许多英美文学作品中看到古希腊罗马神话中的故事或者素材。那些小说、诗歌、话剧里存在着大量的古希腊罗马神话中的典故、人名、名言。如果不对古希腊罗马神话进行充分的掌握，就会在面对作者的创作目的和意图时变得无所适从，从而导致在开展翻译工作时，增加准确翻译的难度。这种现象在实际的翻译活动中大量存在，究其本质是翻译者对英美文学作品中原文所承载的文化信息，在传递的过程中出现了阻碍。

综合来看，对一个地区甚至一个时代的风土人情、宗教文化、政治经济等社会方面进行反映，这种反映是文学作品所包含的功能。这样就进一步提高了对译者的要求。译者基本的双语翻译能力不仅要具备，还要对原作的相关创作背景和文化知识加以掌握。然而在英汉翻译过程中，文化背景、语用习惯的差异性是译者进行翻译活动时必须面对的困难和挑战。因此，想要从根本上解决这一问题，译者就必须对西方文化知识进行充分的了解和掌握，这样才能保证译文对原文信息传达的准确性。

三、文学翻译与语境文化的联系

现代科学文化、传统生活习俗、宗教信仰和价值观念都是语境文化包含的内容，这些内容与民族起源文化观念有着较大的差别。语言的运用规范和技能，都属于语言文化的涉及范围，属于其组成部分，一些学者在对跨文化交际能力与语言学习的关系进行研究时，认为能够对选词造句进行灵活运用，就能学好语言。此外，这些人还具备将这些知识灵活运用到交际语言环境中的能力。

语境作为研究翻译的前提条件，把人际交流的方式作为翻译人员完成翻译任务的必要途径，使自己能够掌握语言中的社会语境因素。文化因素在英美文学的翻译活动中，有着不可忽视的重要性。通常我们对文学作品的语言、艺术手法和形象意境等内容进行再现的工作，就是所谓的文学翻译。文学作品中表现出来的文化，能够反映一个国家和地区的文化。因此，当翻译者在具备了创造性和审美性的同时，翻译质量便能获得极大的提高。

在对英美文学作品进行翻译的过程中，翻译者要对翻译的质量加以保障，而要保证翻译质量，就需要译者对源语地文化有着较为充分的了解，并以此切入，开展对文学作品的研究。不仅如此，译者还要增加自己对英美文化的了解程度，以这些国家的人的价值观、信仰、生活方式以及思维习惯为基础，对原作作者的思维习惯和句子使用结构做出相应的判断，从而对原文所承载的思想和信息在译文中进行准确的还原。

第三节 不同翻译理论下的文学翻译

一、中西方翻译理论概述

（一）翻译的本质

经常有人提出这样的问题：翻译的本质究竟是艺术、科学、技巧还是文化活动？可以说：翻译既是艺术，也是科学，又是技巧，更是一种文化活动。说翻译是一门科学，是因为翻译本身具有独特规律和方法，并且可以与各门不同的学科进行富有意义的联系。译者必须严格遵循一定的科学程序，字斟句酌地进行推敲琢磨，才能保全原作的精髓与要义。关于翻译的本质问题，下面通过几位学者的定义进行分析和研究。

1. 对翻译本质的认识

对于人类而言，翻译活动是非常古老的活动。而翻译学是一门复杂的、综合性的学科，其内容跨越了语言学、符号学、文化学、语用学等多种学科，因此也产生了多角度的定义。正因为这些定义的存在，人们对翻译本质的认识才一步步地加深。

英国著名的翻译理论家彼得·纽马克在对翻译进行界定时运用了比喻手法。他指出："许多翻译往往是两种方案间的妥协。翻译这一活动往往是在变戏法，是一种靠运气、走钢丝的活动。因此，无论是对译者、翻译批评者还是对读者而言，只要时间充裕，他们必然会对已经翻译出来的成品进行改变和提出自己的看法。"[①]翻译不仅仅体现为一个艰难的历程，需要进行反复权衡，还体现为源语与译入语

[①] 李清华. 医学英语实用翻译教程[M]. 北京：世界图书出版公司，2012：6-7.

之间的相互让步。这种妥协有可能是积极的，也有可能是消极的，积极的妥协往往会使译文体现出源语的意蕴与译入语的通达；消极的妥协往往会使译文为了迎合读者的需要而丧失其"信"与"达"。

美国著名的翻译理论家尤金·奈达这样定义翻译，他认为："翻译就是运用最贴近、最自然的等值体来复制源语信息的过程，在复制的过程中，语义居于第一位，而文体居于第二位。"[1] 奈达从语义的层面对翻译进行了界定，即认为语义就是翻译的对象。他指出翻译的本质一方面要达到与源语效果贴近，另一方面还需要采用最自然的语言。

学者伽达默尔将翻译定义为："一种解释，即是对一个视域融合进行解释的过程。"[2] 所谓翻译的视域融合，指的是源语文本的视域与译入语文本的视域跨越出各自的界限，从而实现双方的融合，构建成一个新视域的过程。译者在进行翻译时，使自己的视域与源语文本的视域相遇，二者就会发生视域融合。但是，这一视域的融合并不是发生在某一文化范围内，而是发生在跨文化语境的范围内。因此，伽达默尔认为翻译是具有历史性与动态性的，他强调情景的概念，且翻译所处的跨文化情景并不是一成不变的，而是不断发展和变化的。

18世纪著名的学者、作家约翰逊指出："翻译就是在尽量保存原意的基础上将一种语言转换成另一种语言。"[3] 约翰逊的定义是从语用的角度来考虑的，认为翻译要尽量保证原义，因此在一定程度上将翻译活动的本质揭示出来。但是，这一定义并没有将翻译与其他活动的根本区别体现出来。

我国著名学者陈宏薇教授等人对翻译的界定是这样的，他们认为："翻译是将一种语言文化中所承载的意义用另一种语言转换出来的交际活动，这一活动是跨语言、跨文化的。"[4] 在陈宏薇教授看来，语言是意义交流的载体，每一种语言都能体现和反映一种独特文化的整体或部分。当译者在对一个文本的语言信息进行转换时，往往也会将其所负载的文化意义传达出来。因此，翻译的本质在于释义，即意义的转换。同时，陈宏薇教授还指出翻译活动往往会涉及原文、作者、译文、读者等要素。

---

[1] 高华丽. 翻译教学研究：理论与实践[M]. 杭州：浙江大学出版社，2008：4.
[2] Gadamer H. G. Truth and Method[J]. Boundary, 1993, 5（2）.
[3] 李建军. 新编英汉翻译[M]. 上海：东华大学出版社，2004：4.
[4] 陈宏薇，李亚丹. 新编汉英翻译教程[M]. 上海：上海外语教育出版社，2004：1.

我国著名翻译理论家张今教授也指出:"翻译是两种语言所在的社会之间的交际工具和过程,其目的是促进本语言社会的进步,包含政治进步、经济进步、文化进步等,其任务是将源语中显示的艺术映像或逻辑映像完好无损地转移到另外一种语言中去。"① 在张今看来,翻译的本质不仅是一种语言活动,还会涉及其他各种文化因素。

方梦之教授将翻译解释为以下五个义项:翻译者、翻译过程、翻译行为、翻译工作、译文或者译入语。

庄智象教授对方梦之的这几个义项进行了总结,认为翻译不仅是一个过程,更是一个职业或结果,同时他还兼职口译与笔译。②

随着时代的进步,人们对于翻译本质的认识也在不断深化。兰伯特和罗宾认为翻译是一种文化。两位学者的定义从翻译功能入手,将翻译与文化相联系,涉及了翻译的各种文化因素。这一定义是比较进步的,因为语言与文化密切相关,翻译必然会涉及风俗、道德、信仰等文化因素。

综合以上多种定义,作者认为翻译是在一定目的指导下,在目标语文化框架内将源语信息转化成译入语信息的过程,从而实现特定交际目的跨文化交际活动。但是不得不说的是,要想完全再现源语信息是不可能的,因此这样的翻译其实只是实现了部分翻译。

2. 对翻译本质的归纳

当我们对原文和译文进行对比解读时,就会发现原作作者与译者的视角是无法完全重合的。源语读者的文化联想与译者和译文读者的文化联想无法达成一致。这就意味着,需要对作品按照文化的需要进行筛选、过滤。

从上面对翻译定义的论述并与这一点再结合,针对翻译的本质问题,我们可以总结出下面三大方面的内容。

(1)跨语言、跨文化双重交际活动

众所周知,翻译主要是为了完成交际。译者以自身的知识为凭借,再现原作包含的信息和情感,在此基础上,令自己的思维世界得以形成,并将这一思维世界借助另一种语言传递出去,最终形成一种语言,使译者与读者都能接受。但是

---

① 张今. 文学翻译原理 [M]. 开封:河南大学出版社,1997:8.
② 庄智象. 我国翻译专业建设:问题与对策 [M]. 上海:上海外语教育出版社,2007:58.

需要注意的是，翻译与其他交际活动是存在着区别的，因为翻译并不仅仅是跨语言的活动，还是跨文化的活动，因此扮演了双重的身份。在跨语言层面上，翻译活动是非常复杂的，这从之前的定义中可以明显看出。在跨文化层面上，翻译活动发挥如下几项功能：

① 传播文化的桥梁

对于中西方人们而言，翻译是不同国家的人们进行沟通的第一步，通过翻译，人们可以将自己的文化传播出去，也可以将异质文化传播进来。可见，翻译起着传播文化的桥梁作用。随着国与国之间的交往日益紧密，经济一体化进程也在逐步加快，这就使翻译成为人们沟通的重要手段，当然对翻译的要求也在不断提高。

同时，由于社会在不断向前发展，交流与开放成了当前的一种重要姿态，这就要求国家与国家之间、人们与人们之间不能故步自封，应该走向世界。当然，要想走出封闭的世界，首先就需要进行交流，而不同语言之间进行交流的前提就在于翻译。不管从哪一点来说，翻译都是跨文化传播的桥梁。

② 促进文化积淀

翻译使得源语文化能够在译入语中进行传承，从而逐渐成为译入语文化中的一部分，这就是对该文化的积淀。也就是说，对该文化翻译的时间越长，积淀的时间也就越长；对该文化翻译的时间越短，积淀的时间也就越短。

③ 促进文化增值

文化增值是从质与量的层面上来说的，是对文化的扩大或膨胀，是对文化进行再创造的过程。

如前所述，翻译是将源语中文化意义与文化价值传播到另一种语言中，而文化增值就是在此基础上生成一种新的文化意义与文化价值。一般来说，封建的文化、保守的文化、落后的文化是很难实现文化增值或者文化再生的，因为这些文化会随着时间逐渐被淘汰；而那些先进的文化、进步的文化则被引入进来，从而实现文化的增值与再生，同时也能促进译入语文化的发展。

这里需要特别说明，将两种文化进行简单的叠加那不是翻译的跨文化功能，翻译的跨文化功能所产生的效应是能够超越两种文化的效应，在不同的民族文化碰撞中，使人们对不同文化知识的兴趣和热情被激发出来。

④推进文化变迁

时代在不断向前发展，文化也随着时代不断进步，如果有某种文化停滞了发展的脚步，就会处于落后的状态，面临被淘汰的危险，只有先进的文化才会被人们一代一代传承下来，所谓"文化变迁"就是如此。而翻译恰好是将这些不同的文化变成连续的过程，并不断随之发生改变。

⑤促进文化整合

翻译的功能不仅仅只有传播文化，对于文化的不断积淀、增值与变迁以及促进文化的整合方面也有着积极的作用。

文化整合并不是将文化中各个要素、各个成分进行拼凑，而是将文化中的各个要素、各个成分进行相互适应、相互磨合。翻译在文化整合的各项步骤中发挥着关键的作用，它促进着各种文化间的沟通与互动。所以，翻译的过程就是在对各种文化进行整合。

（2）间接认识和译入语表达的活动

翻译是间接认识和译入语表达的活动，这是对翻译本质的最好体现。翻译活动与创作活动相似，即都包含了认知与表达这两个过程。但是，对翻译活动进行深层次的挖掘可以看出，翻译活动与创作活动的区别也是非常明显的。具体来说，主要体现为以下两点：

①翻译活动的主体是译者，由于源语作者一般不会出现在翻译的现场，尤其是笔译活动，且很多时候翻译的文本可能经历了历史的变迁，因此译者对源语作者本身及源语作者想要表达的思想只能是一些客观的、基础的了解，这就导致对其认识也是间接的认识。

②创作活动与翻译活动有着明显的不同，即创作活动往往仅依靠一种语言即可，而翻译活动则需要两种语言，即源语与译入语，这就体现出翻译活动的特殊性。

（3）科学性和艺术性双重特性的活动

在翻译活动中，译者往往会受到翻译准则、翻译规律的影响，因此翻译活动具有明显的科学性特征。而译者所需要依据的翻译准则、翻译规律往往会表现为以下几点：

①要依据源语语言的准则进行翻译。

②要符合原文的逻辑，能够接受客观世界规律的检验。

③要依据译入语语言的准则进行表达。

另外，翻译活动除了具有科学性之外，还具有艺术性，即翻译活动不仅仅是进行转换，还要进行创造，这就需要译者发挥自己的主观能动作用，从而保证译入语更具有美感性。

（二）中国翻译理论研究

1. 中国古代翻译理论

我国历史上的翻译活动，最早可追溯至春秋战国时期。当时，诸侯国之间的相互交往是翻译活动主要发生的情景。当然，此时的翻译与语际翻译相比，还是有很大区别的。直到佛教传入中国，佛经翻译成为我国翻译史上真正的语际翻译。我国对佛经的翻译活动历经了两千年，其中，有大批杰出的翻译人员涌现出来。他们用数以万计的汉译佛经，推动了佛教在中国的传播，对中国的语言、文化的不断丰富做出了不可磨灭的贡献。同时，不少译经人在佛经翻译过程中总结出了翻译心得，其中有一些已具备理论的雏形，如支谦、释道安、鸠摩罗什、彦琮、玄奘、赞宁等。在这些人之后，明末清初也有一些翻译理论家提出了比较著名的翻译观点，如徐光启和魏象乾。下面进行具体介绍。

（1）支谦的翻译理论

支谦是三国时期主要的佛经翻译人，他的主要观点是：

"唯昔蓝调、安侯世高、都尉、佛调，译梵为秦，审得其体"这一句是支谦对前人翻译的客观总结。

"因循本旨，不加文饰"是支谦所倡导的一种翻译原则或翻译方法。

"译所不解，则阙不传"是支谦制订的一种权宜策略。

"然此虽辞朴而旨深，文约而义博，事钩众经，章有本故，句有义说"是支谦对译文结构进行的层次上的评析。

此外，支谦还提出了当时译者所面临的两大难题：一是"或得梵语，或以义出音"；二是"名物不同，传实不易"。前者是关于译音和译义的问题，后者则是关于名物概念的翻译问题。可见，支谦意识到了本质与现象、内容与形式的统一问题，而且他把"本旨""文饰"作为相对的概念来讨论翻译理论，加深了人们对翻译的认识。

（2）释道安的翻译理论

释道安是东晋、前秦时期主要的佛经翻译人，他在总结前人经验和同时代其他佛经翻译者见解的基础上，结合自己的翻译实践，在《摩诃钵罗若波罗蜜经钞序》中提出了著名的"五失本，三不易"理论。

五失本是指梵文佛经翻译时容易失去原文本来面目的五个方面，具体内容如下：

①"一失本"：梵文与汉文之间存在着词序上的巨大不同，在将梵文进行汉译的时候，原来的词序将会面临巨大的改动，导致译文与原文的内容不一致的情况。

②"二失本"：梵文的语言风格偏向质朴，而汉文则相对华美，为了满足本国读者的需要，就必须在原文的基础上增加一些语言的修饰。这就造成译文内容与原文不符的情况发生。

③"三失本"：梵语佛经中常会有反反复复出现同一个意思的词句的情况，在进行汉译的时候，就必须进行一些删减。这也会造成译文的内容与原文发生偏离。

④"四失本"：梵文佛经每每在结尾之处，都会做一个小结，对前面的话语作一个简单的总结陈述，但是在汉译的过程中，这一环节也会面临着删减的情况。这也会导致译文与原文在内容上不一样。

⑤"五失本"：梵文佛经每论全文之后，往往要纵横牵扯，汉译时必须删除，使译文失去了原文的一些内容。

释道安提出的"五失本"总结了译者在对梵语进行汉译时，面临的各种困难（内容形式、原文译文、文体类型、语言风格、文辞文法）。

至于这五对矛盾的解决方法，或者能不能解决，释道安则没有进一步阐述。

"三不易"是指翻译梵文佛经时有三种情况不容易处理。具体指：

①"一不易"：用现在的语言去翻译过去的情形，这样的翻译是较为困难的。

②"二不易"：后人要完全理解古代圣贤深邃的思想，不容易。

③"三不易"：普通人来译，不容易。

释道安的"三不易"表明他意识到了翻译所涉及的历史性的矛盾以及原著、译者和译文读者之间知识结构和认识水平之间的差距而产生翻译的矛盾问题。

结合上文，我们了解了释道安在汉、梵之间的翻译工作上进行了较为充分的比较研究,将原著、译者、译著、读者之间的关系进行了比对,系统性地总结了翻译实践的规律,并提出了翻译实践中面临的问题,为汉、梵翻译事业的未来发展指明了前进的方向,为后续的研究提供了宝贵的线索。

(3)鸠摩罗什的翻译理论

鸠摩罗什是天竺(印度)人,东晋后秦时来华,译经300多卷,一改过去音译的缺点,主张意译,并倡导译者署名,《天然西域之语趣》是他的翻译成果。他的翻译对原作的还原度高,译文也十分有趣,为我国的翻译文学奠定了基础。然而他并没有正面的译论留存于世,只有一些零散的观点见诸其论述之中。

鸠摩罗什的翻译思想是以佛经文体为基础,他认为,在对梵语进行汉译的时候,虽然可以保持大意,但是在文体上就显得稍逊一筹,而且原文的宫商体韵难以通过翻译向读者传达,原文的美感也难以保留。因此,他在进行翻译活动时,在译经文体上下足了功夫,希望其能够得到改善,以达成译文语言通俗且优美的效果,同时原文的风姿也能够得到保留。

在文质问题上,他主张只要不违背原意,则不必拘泥于原文形式,在存原则真的指导下可以"依实出华",达到辞旨婉约、自然流畅、声韵俱佳的效果。此外,对于译名的问题,他也提出了自己的观点,对于那些难以在汉语中找到对应梵语的可以采用音译法,例如人名、神名和一些不翻译的专用名词,他一般都采用音译。一方面,这避免了不同音译所造成的牵强附会,或由于音译过多使译文难懂的弊病;另一方面,汉语的词汇量也会因为恰当的音译而获得丰富和扩充,同时原文的异国韵味也得到了保留,译文文辞的美感进一步提升。

(4)彦琮的翻译理论

隋朝时期,在翻译界有一位非常有影响力的翻译家,他是彦琮。在佛经的翻译上,他提出了"八备"的观点。他认为,要翻译好佛经,就应当具备以下八项条件。

①诚心爱法,立志为人奉献,不怕耗时、费力。

②品行端正,忠实可信,不招别人讥笑、讨厌。

③博览佛经,通达义旨,不拖泥带水。

④涉猎中国经史,擅长文学,精于辞藻,笔锋达意。

⑤度量宽和,虚心求教,不武断固执。

⑥深爱道术,不喜名利,不出风头。

⑦精通梵语，熟悉译法，不失原意。

⑧兼通中国训诂，使译文不失准确。

上述条件中，第一点、第二点、第五点和第六点是关于翻译主体的人格修养，第三点、第四点、第七点和第八点是关于翻译主体的学识修养，即译者所具备的理解能力、表达能力以及掌握两种语言的水平在文与质的问题上，彦琮在《辩证论》中提出"宁贵朴而近理，不用巧而背源"的原则，坚持忠实第一。

（5）玄奘的翻译理论

玄奘是唐代佛经翻译的代表人物。他的翻译著作很多，但关于其译论的资料很少，后人总结出他的翻译思想为"既须求真，又须喻俗"玄奘的佛经译文既忠于原文，又注重文体风格，是文质结合的典范。

玄奘提出了"五不翻"原则，这里的"不翻"实际上就是采用音译。

①秘密故不翻。对于带有神秘色彩的词语直接音译而无需意译。

②多含故不翻。某些词语的含义有多重意思，此时就直接音译而无需意译。佛教经典中常常会出现一些含义非常丰富的词语，这些词语在汉译的过程中难以找到与之相对应的词语。而草率地使用某一词就会造成原文信息和意义的缺失。

③此无故不翻。意思是说，在目的语文化中，这些词语是不存在的，所以不必去意译，而直接进行音译。例如，在中国是没有"阎浮树"（又名"胜金树"）这个词的，这种树是印度独有的，中国没有这种树，所以采用音译最为恰当。

④顺古故不翻。意思是说，有一些音译词在之前就已经存在有了约定俗成的使用方法并且还在广泛地使用，此时就不需要意译，而直接遵循习惯的音译用法。

⑤生善故不翻。意思是说，有些词语为了让人产生尊重之念就需要采用音译，而采用意译则不易让人产生尊重之感。此时，对这类词语直接采用音译。

简而言之，这五种原则比较全面地回答了支谦的"名物不同，传实不易"的问题。

除此之外，在翻译实践中，玄奘主要运用了六种技巧。

①补充法（增词法）。

②省略法（减词法）。

③变位法（根据需要调整句序或词序）。

④分合法（分译法和合译法）。

⑤译名假借法（用另一种译名来改译常用的专门术语）。
⑥代词还原法（把原来的代名词译成代名词所代的名词）。

（6）赞宁的翻译理论

在宋初，有一位翻译家对千年以来的佛经翻译的实践进行了总结，他就是赞宁。在《译经篇》后附的"系"和"论"里，我们能够找到他在翻译领域的相关论述。他的观点对翻译的性质进行了较为系统的论述，对之前的翻译历史做了简要的回顾，对前辈进行的翻译活动留下的宝贵经验、方法和理论作了一定的总结，并发表了自己的一些见解。

赞宁在翻译方法上提出"六例"说：

①译字译音。赞宁提出了四种关于"译字和译音"的情况：译字不译音、译音不译字、音字俱译和音字俱不译。

②胡语梵言。赞宁对梵语与胡语之间的区别，从地理位置和语言构成两个方面进行了分析，他认为，在思想认识上，人们普遍存在着两大误区：一是自东汉以来，直到唐代，人们一直认为西天就是胡国，所以有"译胡为秦"的说法；二是，隋朝以后，人们又误以为西天为梵，佛经的译本在当时显得十分混乱，既有梵语版，又有胡语版，甚至还有胡梵夹杂的文本。这种情况要做到严格的区分。

③重译直译：直译即直接翻译，用汉语把梵文佛经直接翻译过来。在此，要特别说明，现在我们说的直译与这里的直译所包含的意义是不一样的。现在我们说的间接翻译或称"转译"，也就是将胡语的佛经文本翻译成汉语，这就是重译。

④粗言细语。根据赞宁的说法，佛经文辞有粗细之分。细语是典正言辞，粗言是"泛尔平语言辞"。赞宁区分了三种情况：一是粗言，是古印度世俗之言；二是细语，是译经大师们用汉语雅言译出的原文词语；三是亦粗亦细，是梵语佛经文本中既有粗言又有细语的混同状态。

⑤华言雅俗。具体指目的语——汉语的雅俗问题，即要译出原文的语言风格源语的俗语，不能译成目的语的雅言，反之亦然。

⑥直语密语。在日常生活中使用的白话，就是直语；而宗教中有着神秘含义的词语，就是所谓的密语。使用白话的直译就是"直"，使用隐秘的话的意译就是"密"。

赞宁认为，佛经译文应当是处于雅俗之间的语言风格，而不应当出现极端化的现象，折中适时的文体风格才最适合佛经译文。这里的"折中"，可以理解为要使用贴切、恰当的文字进行翻译；所谓适时，就是译者在翻译时，要符合当时流行的语言风格，这样才能让佛旨得到更为广泛的传播。

（7）徐光启的翻译理论

徐光启是明末著名的科学家、政治家、翻译家，他翻译过《几何原本》《泰西水法》《灵言蠡勺》等，是将我国翻译的范围从宗教以及文学等扩大到自然科学领域的第一人，徐光启没有留下系统的翻译理论，但其散见于译书序言中的翻译思想对当时士大夫和传教士翻译科技著作的工作产生了积极的影响，他的翻译思想集中体现在以下三个方面。

①认识到胁译的重要性，认为翻译是吸取他国长处的先决条件和手段。欲求超胜，必须会通；会通之前，必须翻译，这种拿来主义的翻译态度是十分宝贵的思想，放在当时的历史与文化语境下，显得弥足珍贵。

②提出翻译时要抓重点，抓"急需"。西方数学的严密理论和逻辑体系是其他学科的基础，因此应该将数学专著的翻译放在首位。

③在《几何原本》译序和杂议中谈到翻译的目的是"以裨益民用"，即通过翻译来造福人民。

（8）魏象乾的翻译理论

魏象乾，汉族，1739年被任命为"实录馆兼内翻书房纂修"（御用的专业翻译工作者），专门从事汉译满（清文）工作，是《清实录》名列第六位的满文翻译。他对翻译原则、标准和初学翻译如何入门等问题颇有见地，并将汉满文字翻译经验总结为《翻清说》一文。该文仅1600字，属于内府刻本，共6页，却字字珠玑、寓意深刻，是我国最早的内部出版的翻译研究单篇专著。

在这篇短文中，他首先提出翻译的标准问题，认为好的翻译应该了解原文的意思，表达原文的措辞，保留原文的风格，传达原文的神韵，既不要增译，也不要删减，更不要颠倒原文顺序或断章取义。其次，他认为当时汉译满诸书中，以《资治通鉴》和《四书注》最为妥当，可为初学者翻译之范本。他特别推崇《孟子》的满文译本。最后，他提出把汉语译成满文时要进行适当的增减。这篇短文既细致地谈论了翻译的技巧，又提出了关于翻译的宏观认识，是我国古代最为精辟的一篇翻译理论文章。

2. 中国近代翻译理论

近代翻译理论是指鸦片战争至五四运动时期形成的有关翻译的见解和理论。这一时期的翻译以西学翻译为主，涌现出一批优秀的翻译家，他们致力于翻译的实践研究，提出了独到的翻译见解和理论。可以说，这一时期是我国翻译理论自成体系的开创时期。

（1）徐寿、傅兰雅的翻译理论

徐寿是洋务运动时期著名的化学家、科技翻译家，他与傅兰雅合译或自译西方书籍13种，代表作有《化学鉴原》《化学术数》《化学考质》等，并首创了一套化学元素的中文名称。"不失原文要旨""易于领会"的翻译标准，是傅兰雅在自己丰富的翻译经验的基础上，不断总结分析提出的观点。这一时期的翻译家们对科学技术术语做出的统一，从译名统一的原则到科学术语词典的编纂，这些工作的完成对翻译理论发展做出巨大的贡献，这一贡献也是该时期的翻译事业取得的最大成就。

同时，傅兰雅、徐寿等人提出了著名的"译名七原则"。

①尽可能直译，而不意译。

②万一不能意译，则要用尽量适当的汉字音译，要建立音译体系，基本词素要固定，要用官话音译。

③新术语尽可能同汉语的固有形式构建相一致。

④译名要简练。

⑤译名要予以准确的定义。

⑥译名在各种场合都要符合原意，不致矛盾。

⑦译名要有灵活性。

"译名七原则"这一理念的提出，对科技名词的翻译提供了有力的帮助，为引进外来科学技术做出了巨大贡献，为翻译理论的形成添砖加瓦。同时也为汉语在翻译科技书籍时不太适宜的看法进行了驳斥，提出了中国人也可以创造新词汇；针对科技译名，提倡要进行统一规定，并对译名的具体规则加以规范，促使有关地理、物理、化学、医学、数学等科学书籍译成。

（2）马建忠的翻译理论

马建忠，作为一名洋务运动时期的语言学家，他在翻译事业上留下的主要论述大都记载在《拟设翻译书院议》这篇文章中。在这篇文章中，他认为在中国抗击外国侵略上，翻译有着重大的意义。并且中国亟须建设翻译书院、开翻译活动、培养翻译人才。此外，他还将自己"善译"的翻译观在文中提出。在他看来，翻译工作绝非易事，平时不仅要加强翻译训练，还要注意培养自身对两种语言的兴趣。在翻译的过程中，译者应当将原文与译文做好研究和比对，对两种语言文字产生的渊源进行考察，对两种语言之间出现共同点或不同点的原因加以把握和领悟，了解文体、词句、语调之间的细微差异。当译者拿到一本书时，要通过对原作的反复品鉴，对原作的精神实质进行把控，最终对原作的语言风格有一个较为清晰的认识，使译文能够与原文更为接近。这样的翻译才称得上好翻译。

马建忠认为源语言和文本在翻译过程中有着十分重要的作用，他希望译者在进行翻译活动时能够对文本做到细致地分析，他推崇翻译中的直译。他的"善译"理论与当代的翻译等值理论如出一辙，建构了中国近代重要译学理论的发展基础。

（3）梁启超的翻译理论

梁启超是我国近代史上著名的思想家和文学家，梁启超把翻译当作强国之道，目的在于推行维新变法。梁启超指出了译书的两个弊端，一是由于遵循汉语的表达习惯而失去了原文的文化内涵等，二是由于遵循英语的表达习惯而造成汉语译文的晦涩难懂。梁启超还指出翻译时无须多加润饰，只需记下来直接译成汉语即可，这是翻译的最佳方法，也值得其他译者效仿，梁启超认为翻译书籍务必要让读者深刻了解原文含义，如果原文含义有所靡失，只保留原文部分含义或增减原文内容、颠倒原文顺序等，都是有害的。另外，译者的学识专业必须和原作者接近，这样才能翻译出质量上乘的作品。

（4）林纾的翻译理论

林纾是一位翻译大师，在中国近代翻译史上作出了巨大贡献，他是中国文学翻译事业的先行者和奠基人，被公认为中国近代文学翻译的开山鼻祖。作为一名翻译家的林纾却不懂外语，然而这阻挡不了他的翻译事业。他和他的朋友们对十几个国家、几十位作家的外文作品翻译成了汉语。虽然受限于当时的水平，一些翻译错误难免发生，但是他对中国翻译事业所作出的贡献是难以磨灭的。林纾的翻译思想主要体现在以下几个方面。

①翻译不易。严谨、审慎是译者在参与翻译活动时应当具备的态度。想要翻译出质量优秀的译文作品，译者就必须要对源语作品的历史典故、风俗文化、古籍旧说等知识做到充分的了解。而且还要掌握源语和目的语的相同与差异，了解原作作者的语言习惯，使译文的翻译效果能够满足读者的要求。

②译文要忠实于原著。译者在翻译外国作品时难免会对书中的内容产生异议，但翻译时仍需忠实于原文，将原文的特征、思想表现出来。

③译名统一。在《中华大字典》的序言中，林纾对译名统一的问题阐述了自己的看法。他认为，汉语中的每个字都是与其含义一一对应的，文章就是要将一个一个的汉字连接起来。因此，会有大量的汉字运用在翻译的过程中，如果缺少一定的名词，就会出现与英文原作内容不一致的情况。对此，林纾提出，"由政府设局，制新名词，择其淳雅可与外国名词相通者，加以解说，以惠学者"。可惜最终当局并未采纳这个提议，但这仍是林纾对中国翻译的另一个重要贡献。

（5）鲁迅的翻译理论

鲁迅是中国著名的思想家、革命家、文学家、评论家，下面具体介绍鲁迅的翻译思想。

①翻译目的。鲁迅认为，为革命服务和供大家参考是翻译的两个目的。鲁迅认为只有有用有益的翻译，才是好翻译。

②以信为主，以顺为辅。鲁迅认为"信"和"顺"在翻译中起着重要的作用，并认为翻译工作中最重要的就是做到"信"。译者不仅应当在进行翻译活动时，落实"信"的要求，而且还要尽可能创作出流畅通顺的译文作品。对此，人们常常误解鲁迅只追求信而不追求顺。但"信而不顺"的观点是在相互比较的情况下提出的，是相对的而非绝对的，事实上，鲁迅并未把"信"和"顺"对立起来，并不认为取"信"就要放弃"顺"，而是持"以信为主，以顺为辅"的观点。

③以直译为主，以意译为辅。对于翻译的策略，鲁迅明确提出直译的主张，这是针对翻译多随意删减、颠倒、附益的不良风气而提出的。需要指出的是，鲁迅所提倡的直译并非死译，也不是逐字翻译，而是既要保存原文全部的思想内容，又要尽量保留原文的语言形式、风格等。

④复译有必要。由于很多学者乱译、硬译，致使很多读者都不愿意看翻译的作品，并且严重影响了中国读者对原作的认识。鲁迅认为，要改变这种情况需要

对那些已有翻译版本的原作进行复译。这一思想对我国翻译事业的健康发展做出了不可磨灭的贡献。

⑤提倡翻译批评。对于当时国内盛行的乱译、硬译现象，鲁迅提出了翻译批评，他不仅指出了以前的翻译批评的不当之处，还对翻译批评该如何开展提出了很多独到的见解，为后来翻译批评的健康发展起到了促进作用。

鲁迅指出，翻译作品不好的主要责任虽在于译者，但读书界、出版界、批评家也有一定的责任。要改变、整顿现在翻译的恶劣风气，正确的翻译批评是必须得通过翻译批评指出坏的，奖励好的；如果没有好的，则较好地也可以；如果连较好的也没有，则要在指出译本坏的地方之余还要指出其好的地方。

由上述可知，鲁迅对翻译批评的态度十分宽容。他鼓励和支持翻译，并提倡区分译文质量的好坏，为读者选出好的或者较好的译文，即使没有这样的译本，也要从不完全坏的译本中找出好的方面，从而尽可能地让读者受益。这种翻译批评法对端正翻译批评之风无疑是极为有利的，而鲁迅的这种辩证唯物主义思想也成为中国翻译批评日后进一步发展的基石，有助于将中国的翻译批评引入一条正确的道路上。

（6）严复的翻译理论

在我国近代史上，有一名翻译大家，他学贯中西，对中国的翻译史有着划时代的意义，他就是严复——一名我国翻译史上的先驱者。他在翻译事业上作出了巨大的贡献，他首创了我国完整的翻译标准，提出了"信、达、雅"的翻译原则。这一标准的提出，是严复把自己的翻译实践与中国古代佛经翻译思想的精髓相结合的产物。

"信"是指对原文的内容要做到忠实准确地传达。

"达"指在对外国文学作品进行翻译时，要保持译文的通顺流畅。

"雅"可解为译文有文采，文字典雅。

后世的翻译理论和实践，受到这条著名的"三字经"的指引，对20世纪的中国翻译事业有着极强的指导意义。

3. 中国现代翻译理论

（1）胡适的翻译理论

胡适是我国现代著名学者、诗人、历史学家、文学家和哲学家。从1919年起，胡适陆续翻译了都德、莫泊桑、契诃夫等人的短篇小说，拜伦的长诗《哀希腊》，易卜生的剧本《娜拉》（与罗家伦合译）等西方著作。

胡适也是中国白话新诗翻译的领军人物。他认为，用文言文字译诗，无论做得怎样好，究竟只够供少数人的赏玩，不能行远，不能普及。诗歌必须为贫民大众所理解和接受，因此翻译应该做到明白流畅。胡适的诗歌翻译无论在语言、格律还是意境上，都极大地促进了白话的开创和发展。

胡适用十分严肃认真的态度对待翻译，提出了"三负责"之说。他认为写文章有两种责任：一是向自己负责；二是向读者负责。翻译文章有三种责任：一是要对原作者负责任，求不失原；二是要对读者负责任，求他们读懂；三是要对自己负责任，求不致自欺欺人。

他还提出翻译西洋文学名著时只译名家著作，不译第二流以下著作的看法。他还主张全用白话进行翻译。他的这两个观点在当时很有影响力，大大推动了白话文翻译的发展。

（2）郭沫若的翻译理论

郭沫若是中国现代著名的诗人、文学家、戏剧家和翻译家，其翻译理论主要表现在以下几个方面。

①风韵译理论。"风韵译"理论不赞同移植或逐字逐句地翻译，而是强调"以诗译诗"，认为翻译的过程是两种文化融合的过程，不仅是两种语言的转换，更是译者对原文审美风格的再创造。

②生活体验论。对于译者的素质，郭沫若认为主体性、责任心是译者必须具备的。他认为，翻译工作要求译者具有正确的出发点和高度的责任感，一方面要慎重选择作品，另一方面要以严肃的态度进行翻译。除了责任心以外，郭沫若认为译者主观感情的投入对翻译工作也十分重要。翻译之前，译者先要深入了解原文作家和作品，只有这样才能更深刻地了解原文和作者的思想。郭沫若曾说自己在翻译别人的作品时常常和原作者"合而为一"，使自己变成作者，融入作品中，体会原作的情感与内涵。这种"合而为一"的翻译思想对翻译理论的发展同样作出了重要的贡献。

③好的翻译等于创作。郭沫若早期将原作与翻译之间的关系比作处女和媒婆，认为翻译是一种附属事业，贬低了翻译的作用。而随着文学思想的转变，郭沫若

端正了对翻译的态度，认识到了翻译的重要作用，并指出好的翻译等于创作，甚至可以超过创作。翻译有时比创作还困难，因为创作需要一定的生活体验，而翻译需要体验别人体验的生活。另外，翻译要求译者不仅有很高的英文功底，还要有扎实的汉语功底。由此可见，翻译其实并不比创作容易。

翻译不是一个简单的工作，而是一种需要创造力的，艺术好的翻译和创作无异，甚至会超过创作。郭沫若本人在翻译过程中无不关注原作的艺术风格和精神思想，并将其融入笔端，进行艺术的再创作。只有这样的创造性翻译才是真正高质量的翻译。

（3）茅盾的翻译理论

茅盾是中国现代著名小说家、文学评论家、文化活动家。在文学翻译批评理论方面，他提出了"神韵"与"形貌"辩证统一的观点，这一观点对中国文学翻译批评领域的发展作出了巨大的贡献。

当时的中国文学翻译批评界，对"直译"和"意译"的问题争执不下，茅盾就是在这样的背景下提出了符合中国传统文化思想的文学翻译批评主张，即"神韵"与"形貌"相结合的辩证统一的翻译批评理论：

对于直译和意译，茅盾曾表示，由于英汉文字不同，对所有文本一律采取直译法很难。译者往往照顾了语言的形式就会导致神韵不足，而照顾了神韵，语言形式又会和原文不同，即"形貌"与"神韵"无法同时保留。尽管如此，"形貌"与"神韵"却又是相反相成的，"单字""句调"不仅构成了语言的"形貌"，也构成了语篇的"神韵"。

茅盾通过中国文论中的"形貌""神韵""单字""句调"概念打破了晚清以来文学翻译批评的限制，他所倡导的"形貌"与"神韵"辩证统一的翻译批评理论也是对当时争论已久的直译和"意译"问题的一个最佳解决办法，这使中国的翻译批评摆脱了传统束缚，产生了新的生机，极大地促进了中国传统文学翻译批评向现代文学翻译批评的转换。

（4）叶君健的翻译理论

叶君健是著名翻译家、儿童文学家，擅长用世界语、英语写作。叶君健通晓英文、法文、丹麦文、瑞典文等多种语言文字，一生翻译了大量外国文学著作，尤以翻译安徒生的童话而闻名于世。其他主要译著有爱斯古里斯的《亚格曼农王》、麦特林克的《乔娜娜》、易卜生的《总建筑师》、托尔斯泰的《幸福的家庭》、梅里美的《卡尔曼》、贝洛奇等的《南斯拉夫当代童话选》等，主要论著有《读书与欣赏》《两楼集》等。

叶君健自1958年翻译《安徒生童话全集》以来，一向关注译者在翻译中的主体性和创造性。传统翻译观念认为，译者应充当"隐形人"，彻底"隐身"，完全忽略了译者客观存在的介入行为。叶君健认为，文学翻译不是简单的符码转化，不是单纯的翻译技巧问题，翻译有再创造的一面，因而也是一种文学创作。译作的倾向和功能要受到译者的文化、身份、修养、意识形态、立场等因素的影响。

1997年，叶君健发表了《翻译也要出"精品"》一文，将自己总结的"精品"理论进行了系统的阐述。所谓的"精品"理论就是指，如果能够有足够的翻译能力，就可以把外国作品翻译到中国来的基础上，进一步使其向着我们的本土文学转化。在文中，他强调了"译者的个性"和"个性的译作"。他的精品论具有鲜明的学术个性，是他毕生翻译经验的精华，也是他留给译界后人的最后一笔财富。

（5）傅雷的翻译理论

傅雷是中国著名的文学翻译家、文艺评论家，他在《高老头》译序中提出了"神似论"的翻译标准。具体来说，对翻译理论的贡献主要表现在两个方面。

①传神达意。傅雷曾说，领悟原文是一回事，而将原文含义用汉语表达出来又是另外一回事。他认为翻译时做到"传神达意"必须把握好以下三点。

第一，中文写作。傅雷认为，好的译文要给人一种原作者在用汉语写作的感觉，这样原文的精神、意义以及译文的完整性和流畅性都得以保全，也不会产生以辞害意或以意害辞的问题。

第二，反复修改。傅雷对待翻译的态度极其严肃，并以"文章千古事，得失寸心知"为座右铭。傅雷指出，好的翻译离不开反复的锤炼和修改，做文字工作不能只想着一劳永逸，而应该不断地推敲、完善。

第三，重视译文的附属部分。所谓译文的附属部分，即注解、索引、后记、译文序等内容，这些内容都对译文能否"传神达意"有着重大影响。妥善处理这些内容有助于读者更好地理解原文的形式和内容。

②神形和谐。傅雷认为，翻译要像临画，重点求神似，形似在其次。他将中国古典美学理论运用于翻译之中，用绘画中"形神论"的观点来对待翻译。傅雷指出，要做到传神达意，仅按照原文句法拼凑堆砌是不行的，更重要的是要和原文神似，但这并不是说译者可以抛弃原文的形式，而是要在和原文神似的基础上追求形似，不能求形而忘神，神和形是语篇的两个方面，二者紧密联系。神依附于形而存在，神又是形的根本意图。因此，二者是一个和谐的整体，其各自的轻重无法简单衡量。

形与神的和谐需要译者的创造。傅雷认为翻译的标准是，假设译文是原作者用汉语撰写的，提倡译文必须使用纯粹的、规范的中文，不能声音拗口。另外，为了再现原文的生动内容，体现出时空、语境的差异，傅雷还指出译者必须杂糅各地方言，也可以使用一些旧小说套语和文言。使用方言、旧小说套语和文言的关键在于适当调和各成分在语篇中的作用，避免导致译文风格支离破碎。傅雷这种将方言、行话、文言和旧小说套语等融入白话文中，从而竭尽所能地转达原文的"神韵"，不能不说是一个创造性之举。

（6）钱钟书的翻译理论

钱钟书是我国著名的作家、文学研究家，他对翻译也有很多发人深省的论述。"化境说"是钱钟书对翻译理论的主要观点，也是最大贡献。"化境"和中国传统文论一脉相承，原指艺术造诣达到精妙的境界，被钱钟书引入翻译领域中则指原作的"投胎转世"。钱钟书在《七缀集·林纾的翻译》中首次提出了"化境说"的翻译观。具体而言，"化"包括以下三个方面。

①转化，即将一国文字转换成另一国文字。

②归化，即能用汉语将外国文字准确、流畅、原汁原味地表现出来，读起来不像是译本，倒像是原作。

③化境，即原作的"投胎转世"，虽然语言表现变了，但精神资质如故。

此外，"化"还需注意以下两个方面。

①翻译时不能因为语言表达的差异而表现出生硬、牵强之感，否则须得"化"之。

"化"的时候不能随便去"化"，不能将原文文本中有的东西"化"没了，即虽然换了一个躯壳，译文仍要保留原文的风味、精神、韵味。

"化境"是钱钟书将原本用于中国古典美学的境界概念引入翻译领域中得出的一种翻译理论。他指出,"境界"是所有学科的共性,是相通的。钱钟书将文学翻译理论纳入文艺美学范畴的做法对中国文化而言意义深远。"化境说"不仅兼顾了翻译中的语言形式和神韵,还强调了译者的创造性。因此,化是翻译的最高境界。

(7) 王佐良的翻译理论

王佐良是我国著名的英美文学研究家和文学翻译家。在翻译领域,他是继承中国传统翻译思想和借鉴西方译论,探索我国现代翻译理论的先行者。20世纪50年代起,他以双向翻译从事文化交流和文学研究,把中国戏剧文学名著《雷雨》等作品译成英文,把多种英诗译为中文,主张以诗译诗,存原诗风貌。20世纪80年代,他在《新时期的翻译观》一文中提出在继承我国传统翻译思想的基础上对外开放的指导思想。他较早提出、引进西方现代语言学科理论,将其付诸中国的翻译理论研究,并提议建立翻译研究的跨学科、综合性途径。王佐良将自己的翻译观点在多篇论文中反复提及,他认为译文要保持对原作的忠实还原,同时原作的灵魂是译文。他的观点与西方当代翻译功能主义学派的目的论的观点十分接近。

(8) 焦菊隐的翻译理论

焦菊隐是我国著名的戏剧家、杰出的导演艺术家、卓越的文学翻译家和翻译理论家。他精通多种文字,译笔流畅自然,且具有独特的戏剧风格,其主要译作有波特莱尔的《月亮的恩惠》、莫里哀的《伪君子》、左拉的《娜娜》、高乃伊的《希德》、爱伦·坡的《海上历险记》《爱伦·坡故事集》、俄国契诃夫的《歌女》《樱桃园》、高尔基的《布雷乔夫》、丹钦柯的《文艺·戏剧·生活》、安徒生的《现代戏剧译丛》、迦梨陀娑的《失去当匀戒指》、贝拉·巴拉兹的《安魂曲》等。

焦菊隐发现,有的译文若是用原文去对照,可能任何一句都没有错,但全段或全篇读完反倒不知道说的是什么。产生这种现象的原因在于译者孤立地理解句子或段落,忽略了全文的整体思想与感情。因此,他发表了著名论文《论直译》,在翻译思想上,他提出了整体论的观点。他认为,整体观念的建立对译者十分重要。译者要先对整体的意义做好把控,然后再对每个细节部分的意义进行详细的考察,实现对各部分的对应。他的"整体论"思想,对篇章翻译理论的发展起到了推动作用，对我国的翻译理论和思想的丰富和扩充，有着十分重要的理论意义和实践价值。他从哲学的角度科学地论述了词的绝对价值和相对价值，指出一个词在篇章中的意义往往不是它的固有词义，而是它在特定环境（上下文）中的具体所指。他还提出翻译是"二度"创造的艺术。许多翻译工作者经过一二十年的努力，仍未能提升自己的水平，就是因为缺乏"翻译是二度创造艺术"的认识。

（三）西方翻译理论研究

1. 古代至中世纪翻译理论

（1）西塞罗的翻译理论

西塞罗是古罗马共和国末期的政治家、哲学家、演说家、散文家、律师和拉丁语言大师，是西方翻译史上最早的翻译理论家之一。西塞罗曾翻译过许多古希腊政治、哲学、文学等方面的名著，其中包括柏拉图的《蒂迈欧篇》和荷马的《奥德赛》。因此，他的译论深深植根于翻译实践的基础之上。西塞罗对翻译理论的观点和论述可从他的著作《论最优秀的演说家》和《论善与恶之定义》中查看。虽然这两部著作并非论述翻译的专著，但其中的精辟见解对后世的翻译理论与实践产生了深远的影响。

在《论最优秀的演说家》第5卷第14章中，西塞罗提出了两种主要翻译方法之间的区别，这两种方法分别是"解释员"式翻译与"演说家"式翻译，也就是我们常说的直译与意译两种基本译法的区分，是西方翻译理论起源的标志性语言。在《论善与恶之定义》中，西塞罗提出翻译必须采取灵活的方式，选词造句要符合自己的语言，以达到感动读者的目的。在此基础上，西塞罗强调翻译是一种文学创作。西塞罗是西方翻译史上正式提出翻译的两种基本方法、译作与原作的关系、形式与内容的关系及译者的权限和职责等问题的第一人。他打破了翻译只限于实践而脱离理论的状态，是西方翻译史上的第一位理论家。

（2）哲罗姆的翻译理论

哲罗姆是早期基督教的一位拉丁教父，是古代西方教会领导群伦的圣经学者，也被当时的人视作罗马神父中学识最为渊博的人，他曾经提出了一套兼具严谨性和系统性，且具有很强的可操作性的翻译原则，主要包括以下三个方面。

①不可以在翻译过程中一直坚持逐字相对的方法，应当适当调整措辞，体现灵活的翻译理念。

②"文学翻译"和"宗教翻译"是两个不同的概念,翻译者在实际操作中应当加以区分。

③正确的翻译一定是建立在正确的理解之上的。

(3) 贺拉斯的翻译理论

贺拉斯是古罗马时期的著名政治家、抒情和讽刺诗人、文艺批评家、翻译家。他的翻译思想集中体现于《诗艺》(又名《致皮索兄弟书简》)。该著作提出了一个为后世所有的翻译工作者所恪守的准则,那就是译者若要真正做到忠于原作,就不可以逐字逐词地刻板翻译,很多翻译家都借助贺拉斯的这一理论来批评直译、死译的现象。他受西塞罗的影响,认为翻译必须避免直译,应选择意译,但意译并不意味着翻译可以天马行空地任意发挥。同时,他根据自己的创作和翻译实践率先提出以希腊为典范的旗帜,制定出一套古典主义的文艺原则,提倡创新、平易、和谐、寓教于乐的风格,影响了文艺复兴以后的许多翻译家。

(4) 布鲁尼的翻译理论

布鲁尼是意大利著名的人文主义者、学者和政治家,是中世纪末期最著名的翻译理论家。他在《论正确的翻译方法》这篇论文中对翻译问题进行了专门论述,是西方翻译史上最早对翻译问题进行专题研究的学者。布鲁尼的翻译思想主要有以下三个方面的内容:

①译文需要最大程度地还原原作的行文风格。

②所有语言彼此之间都可以实现有效的互译。

③语言翻译的本质在于将一种语言里蕴含的意义转移到另外一种语言中,所以译者应当具有贯通多种语言环境和文化的广博知识。

(5) 昆体良的翻译理论

继西塞罗与贺拉斯之后,昆体良是又一位"活译"理论的代表人物,他是古罗马时期的著名律师、教育家和皇室委任的第一个修辞学教授,也是公元1世纪罗马最有成就的教育家,同时也以演说家和修辞学家的成就闻名于世。他一生写过三部著作,其中最有名也是唯一残存的作品就是《修辞学原理》。这部12卷本的《修辞学原理》讨论的是有关修辞学家一生的教育问题,但昆体良在第八、九、十卷阐述了自己的翻译思想,他不仅提出了翻译的分类,即一般普通材料的翻译和创造性转换性质的翻译,界定了"翻译"和"释义",还主张译者可以通过翻译改进写作风格与原文竞争，甚至可以通过改编翻译，用编译的语言提高原文的质量。《修辞学原理》是西方翻译理论著作中最早提出与原作竞争的论著。

（6）奥古斯汀的翻译理论

①译者必须了解互译中的原始语言和目标语言，对所翻译内容的题材足够熟悉，能够产生同理心，还必须具备足够的校勘能力。

②翻译的文字必须兼具三个特征，即朴实、典雅和庄重。

③翻译中存在一个最为基本的三角关系，这个关系由"所指""能指"和译者"判断"三方面共同构成。

④"词"乃是翻译中最为基本的语言单位。

奥古斯汀的翻译理论对后世影响巨大，他的符号理论被译学家和语言学家当作共同财产，直到今天仍在发挥作用。

2. 文艺复兴时期的翻译理论

（1）马丁·路德的翻译理论

马丁·路德是德国辩论家、社会学家和翻译家。他翻译的《伊索寓言》具有很高的文学价值。路德在翻译理论方面的主要贡献体现在以下几个方面。

①要实现翻译的大众化特征，译者就应当在译文中使用为广大民众所熟悉的、世俗化的语言。

②译文应当看重原文中语法和语义的关联。

③翻译要将原文的语言现象放在首位，要采用意译的方法帮助读者完全看懂译文。

④翻译必须集思广益。

（2）多雷的翻译理论

多雷是法国文艺复兴时期著名的人文主义者、学者和翻译家。多雷博学多才，思想解放，他因主张意译而被活活烧死在火刑柱上，时年37岁，是文艺复兴以来第一位因翻译而受难的翻译家。

在多雷看来，翻译是译意，而不是译字。为了表达作者意图，译者有调整、颠倒译文句式的权利。多雷在《论出色翻译的方法》一文中对翻译问题进行了系统的论述。他认为，要想翻译得出色，必须做到以下五点。

①译者必须完全了解自己所翻译的作者的旨趣和内容。

②译者应该精通原文语言和目的语言，不损害原文的优美。
③译者不应该亦步亦趋地逐字翻译。
④译者应该避免刻板的拉丁化味儿太浓的语言，使用通俗的语言表达。
⑤译者应该调整次序，重构语序，避免生硬的翻译。

多雷的翻译理论造诣很高，再加上他本人被神职人员迫害致死，所以他的"五原则"在西方翻译界极受珍视，《论出色翻译的方法》这篇论文可被视作西方最早的一篇系统论述翻译问题的文章，在西方翻译思想史上占有相当重要的地位。

3. 西方近代翻译理论

（1）巴特的翻译理论

巴特是18世纪法国乃至欧洲最富影响力的文学理论和翻译理论家之一，他的代表作有《论文学原则》和《纯文学教程》。巴特的主要翻译理念是，是语序而非语法构成了语言的普遍因素，句子的次序左右着语法的结构，所以，在翻译时，如果句子次序和语法结构之间产生了矛盾，则后者应当让位于前者。他在《论文学原则》的第五部分着重讨论了翻译的语序问题，并提出了12条规则，如应该保留原文思想出现的先后顺序，原作中所有的连接词都需要得到保留。译者必须尽可能将译文保持在与原文相同的篇幅内，这主要是为了保证译文能体现和原文等同的清晰程度，必须在译文中保留原作的修辞手段和形式等。

《论文学原则》集中体现了巴特对翻译这门学问的各种观点，这些观点皆见解独到、论述准确全面。该著作在18世纪西方的翻译理论发展史上有着里程碑式的意义。巴特既是一个翻译理论家，又是一位积极的翻译实践者，他所译的亚里士多德的《诗学》全篇都维系着原作的语序，不仅如此，连语句也安排成与原文接近的长短形式，极大地满足了译文同原文形式上的对等。

（2）歌德的翻译理论

歌德是享誉世界的文坛巨匠，是近代德国伟大的文学家、翻译家和翻译理论家。他所译的意大利雕刻家切里尼的《自传》、西班牙戏剧家卡尔德隆的戏剧和法国哲学家狄德罗的《拉摩的侄儿》等作品，在整个欧洲文学中都是最有影响的上乘之作。

在歌德看来，翻译是世界事务中最重要、最有价值的活动之一，译者是人民的先知，因此人民应该重视翻译。他认为，文学作品包括诗作的可译性之所以存在，是因为不同的语言在其意思和音韵的传译中有着彼此相通的共性。他把翻译分为三类：传递知识的翻译、按照译语文化规范的改编性翻译和逐字对照翻译。

歌德的翻译理论是建立在浪漫派的美学基础之上的，因此他认为第三类翻译最好，既能传递原文的信息，又可以体现译文的优美。同时，他提出不论外国名著是诗体还是散文体，都应使用平易明快的散文体来翻译。歌德的翻译理论，尤其是以散文译诗和三种翻译类型的主张，对德国以及其他欧洲国家的翻译理论和实践都有很大的影响。

（3）洪堡的翻译理论

洪堡是德国的哲学家、教育改革家和语言学家，对德国在18世纪末至19世纪初成为西欧翻译理论研究中心做出过特殊贡献。《按语言发展的不同时期论语言的比较研究》和《论人类语言结构的差异及其对于人类精神发展的影响》是他的两部代表性论著。此外，他为自己翻译的古希腊戏剧家埃斯库罗斯的《阿伽门农》写过一篇重要的序言。在这些论著中，他用崭新的观点对语言问题进行了深刻的讨论。

洪堡认为，语言与许多人文因素之间都存在无法分隔的关联，这些因素包括人类思维、民族精神、文化等，甚至可以说，一个民族的思想文化是由其语言决定的。他提出，可译性与不可译性是一种辩证关系。尽管各种语言之间的客观差异会使得翻译面临多种多样的困难，然而跨语言翻译依然是完全可行的。此外，翻译文学能够极大地丰富隶属目标语言的民族文学和语言，且这种正面影响是其他文学形式难以实现的。对于翻译的原则这一问题，洪堡的观点是，"忠实"应当被作为翻译的首要原则，但这种忠实必须指向原文真正的特点而不是其他旁枝末节。

洪堡的最大贡献在于他提出了一种两元论的语言观。尽管在19世纪这种语言观并没有引起重视，但在20世纪，现代语言学家斐迪南·德·索绪尔、帕尔西格、加丁姆等在洪堡两元论的影响下提出了二分法语言观，即语言可以从"语言系统"和"言语系统"两个方面进行分析，奠定了现当代翻译理论的基础。可见，没有洪堡的两元论就没有二分法语言观，也就没有了当今翻译理论的繁荣发展。

（4）施莱尔马赫的翻译理论

施莱尔马赫是一位颇有影响力的德国哲学家和古典语言学家。1813年6月

24日,他在柏林德国皇家科学院宣读了一篇长达30多页的论文——《论翻译的不同方法》,从理论上阐述了翻译的原则和方法问题。这篇论文至今仍是翻译研究领域具有标志性意义的重要文献,施莱尔马赫在《论翻译的不同方法》中表达了以下几个重要的思想。

①翻译可以分为"真正的翻译"和"纯粹的口译"。在西方翻译界,第一个明确地区别笔译和口译的人是18至19世纪德国的神学家和哲学家施莱尔马赫,他就这两者之间的区别进行了较为详细的阐述。施莱尔马赫的看法是,"纯粹的口译"是一种主要面向商业的翻译,其翻译风格较为机械,专业的翻译学者并不需要专门对其加以学术关注。

②"真正的翻译"可以分为"释义"和"模仿"。在这两者之中,"释义"指的主要是专业的翻译科学或学术类文本,"模仿"则主要意味着针对文学艺术作品进行翻译处理。"释义"和"模仿"的本质区分是,翻译者在进行"释义"性质的翻译时,必须克服原始语言和目标语言中的非理性因素,但可以达到原文和译文之间的等值,模仿可以利用语言的非理性却不可能在翻译的所有方面都实现和原文完全对应。

③译者一定要能够准确判断语言和思维之间的辩证联系。

④"让作者向读者接近"和"让读者向作者接近"是两种不同的翻译方式。当代美国翻译理论学家韦努蒂继承了这一思想,并在其基础之上进行衍生和发展,最终得出了翻译的归化和异化理论,在翻译界产生了巨大的影响。

4.西方现当代翻译理论

在现当代,国外涌现出了一大批翻译理论学家,他们对翻译的研究大大丰富了翻译理论的内容,拓展了翻译研究的方向,对世界翻译理论做出了巨大的贡献。这里以学派为分类标准,介绍一些具有代表性的学者的翻译理论。

(1)语言学派

奥古斯汀基于亚里士多德范畴理论中的符号指谓问题,提出了"三角关系"翻译理论,该理论的主要内容是,一门语言所拥有的符号之间存在着"能指""所指"和译者"判断"的三角关系。奥古斯汀在西方翻译理论界开拓了语言学的传统。至20世纪初,瑞士作家、语言学家斐迪南·德·索绪尔提出了普通语言学理论,对语言和言语、语言的历史和共识进行了区分,提炼出了语言符号有对立统一的性质，深深地影响了其他人文学科，如哲学、人类学、社会学、文化学、历史学、逻辑学、美学等，也极大地影响了西方翻译理论的发展，构筑了此后翻译学术中语言学派的基本构造，而当代翻译理论研究中的各种语言学方法也是建立在索绪尔的语言学理论基础之上的。索绪尔的语言哲学思想为翻译理论研究开辟了新的研究途径，西方翻译学者由此着手从现代语言学的科学角度来分析翻译问题，充分地借助语言理论来建立自己的翻译模式。翻译语言学派强调翻译过程中语言现象的研究与分析，着重从语音、词汇、句子、篇章等不同的语言结构层次出发来探讨翻译活动的普遍规律，此外，他们以"等值"为理论核心，认为语言和语言之间相互转换的等值方法是解决语言之间翻译问题的源头方案。

这种由翻译研究向语言学的过渡在西方翻译理论发展史上堪称一次开创性的突破，实现了翻译学术质的创新和跨越，翻译学也因此在20世纪40年代到70年代初被正式归入语言学范畴，并作为比较语言学、应用语言学以及语义学的一个分支学科。语言学派在地域上分布较广，代表性学者也很多，下面介绍其中几位学者的观点。

①奈达的翻译理论

著名语言学家和翻译理论家尤金·奈达是公认的现代翻译理论的奠基人，也是语言学派最重要的代表人物之一，从1945年开始，奈达共发表250多篇文章，著述40多部，其著述数量之多、质量水平之高、论述之详尽、系统之完备在西方翻译理论史上都是空前的。

他的代表性专著有《翻译科学探索》《翻译理论与实践》《语言结构与翻译》《从一种语言到另一种语言》《语言与文化：翻译中的语境》等。

奈达是第一个提出"翻译的科学"这一概念的语言学者，他大力倡导"翻译科学说"（所以后来学者们也将翻译语言学派称作翻译科学派）。奈达基于语言学的相关研究结果，将信息论应用在翻译研究当中，将"翻译"视作一个等同于"交际"的概念，并由此开创了翻译研究中的交际学派。另外，他还针对翻译的过程提出了"分析""转换""重组"和"检验"的四步模式，此外，他从社会符号学出发，论述了语言符号的相互依存性及对比意义，把符号的意义分解为"当下""分析"和"综合"三个层次，具有操作性。奈达最有影响力的贡献是确定了"动态对等"这一翻译原则，并且通过社会语言学和语言交际功能的学术理论提出了另一项重要原则，即"功能对等"。这一原则可谓奈达的翻译理论中的核心思想，在西方翻译理论发展史上占据了重要的地位。

理论与实践的相互结合确立了奈达的学术地位。但是，仍然应当承认的是，前文提到的奈达的两个主要原则都过于看重翻译的内容，而在一定程度上忽略了译文的形式，所以这种翻译方法仍然有其自身的局限性，假如有翻译工作者完全按照奈达的理论进行文学类翻译，则有可能使译文的风格与原文相差过大，导致作品文学性的流失。

②卡特福德的翻译理论

卡特福德在1965年发表的《翻译的语言学理论》一书中探讨了翻译的定义和基本类型、翻译等值、形式对应、意义和完全翻译、转移、翻译等值的条件、语法翻译和词汇翻译、翻译转换或翻译转位、翻译中的语言变体以及可译限度等内容，从现代语言学视角诠释翻译问题，是翻译理论史上的划时代著作，在世界翻译学界产生了很大影响。卡特福德的主要翻译理论包括以下几个方面。

A. 对等值做了较为深入的研究，认为确立语言之间的等值关系是翻译的本质和基础。

B. 将翻译定义为"借助一种等值的语言（即目标语言）的文本素材去对等地替代另一种语言（即原始语言）的文本素材"，并指出在这个过程中，"对等"是最为关键的条件。可以认为，翻译研究和实践的核心理念就是追求这种"对等"。

C. 独创了"转换"这一术语，并将"转换"区分为"层次转换"和"范畴转换"两种形式。

D. 建议采用系统地对比原文和译文，辨别两种语言的不同特征，观察两种语言的限制因素的方法来培训翻译人员。

卡特福德摆脱了传统的印象式翻译研究方法，详尽分析了翻译等值的本质和条件，对语言转换的规律进行了科学的阐述，是20世纪少有的有原创性的翻译理论家。

③雅各布逊的翻译理论

美国著名语言学家罗曼·雅各布逊于1959年发表的《论翻译的语言学问题》第一次将语言学、符号学引进了翻译学，并从语言学的视角出发，十分详细地分析和论述了语言学与翻译学之间存在的联系、翻译学的重大价值，以及翻译中普遍存在的种种问题，在译学界影响深远。此外，雅各布逊认为翻译必须考虑语言的认识、表达和工具等功能，还必须重视语言的比较，包括语义、语法、语音、语言风格及文学体裁的比较。

雅各布逊的研究领域十分广泛，这种多领域跨学科的研究使他在沟通欧美语言学的交会中起到了突出作用。其著作《语言学与诗学》入选100位哈佛大学教授推荐的最有影响的书。雅各布逊的语言功能理论给翻译研究提供了超越词汇、句子以外的语境模式，探讨了翻译中语言的意义等值、可译性和不可译性等翻译理论和实践中的根本问题。他对语言和翻译的新颖而全面的论述开启了20世纪翻译研究的语言学派的大门。

④纽马克的翻译理论

英国学者纽马克在奈达、卡特福德等人翻译思想的启迪下，在自己的翻译研究中广泛运用跨文化交际理论以及现代语言学的研究结论，其中包括传统语法、功能语法、符号学和交际理论等，并发展了自己在许多翻译理论问题上独树一帜的观念和理解方式。纽马克的主要翻译理论包括"交际翻译"和"语义翻译"，还提出自己的一套文本功能及其分类。

纽马克于1981年发表了他的重要著作《翻译问题探索》，"交际翻译"和"语义翻译"就是在此书中提出的，两个重要的翻译策略成为西方翻译研究史上的重要里程碑。纽马克的翻译观点是，交际翻译和语义翻译的根本区别在于译文还原的重点，语义翻译的译文标准是尽可能还原原文的文本，交际翻译则侧重于基于目标语结构许可的基础，最大程度地全面还原原文的涵义、语境与语言感情。然而，在真实的翻译中具体采用哪一种翻译方法还要考虑到不同的文本类型，这样才能达到效果等值。纽马克学术理论的精髓就在于这两种不同的翻译法，这也是他的翻译理论中最主要、最有特色的组成部分。1991年，针对原有理论中的不足，纽马克又提出了一个新的翻译概念，并于1994年将其正式定义为"关联翻译法"，也就是说，原作或目标语言文本的措辞越重要，就越是要还原原文的翻译。这标志着他的翻译理论渐趋系统和完善。

此外，他借鉴、修正和补充了雅各布逊的功能模式，将文本功能分为表情功能、信息功能、呼唤功能、审美功能、寒暄功能、元语言功能，使文本的功能分析更加系统和完备。在此基础上,他试图通过对源语和目的语系统的比较和描述来建立文本类型的样板。纽马克勤于著述,他的代表作有《翻译教程》《关于翻译》《翻译散论》等。

（2）功能学派

功能翻译理论于20世纪70年代到80年代在德国出现。在这一时段,德国翻译学界受到了结构主义语言学的冲击,由此形成的学术影响越发深入,最终使得翻译甚至变成了语言学的附属学科,这一现象对翻译作为一门独立学科的发展产生了严重的约束性影响。翻译理论和具体实践出现重大脱节,促使一些学者寻找新的途径,功能学派应运而生。

功能学派翻译理论认为,要想解决翻译研究中的所有问题,不能完全依靠纯语言学理论。所以,学者们广泛地吸收交际理论、行为理论、信息论、语篇语言学等学术成果,集中分析研究翻译语言学派中的薄弱部分。同时还受到了美学理论的深刻影响,把研究的集中点从原始语言文本转移到了目标语言的文本上。

在功能学派理论的影响下,原文的权威地位在学术界被逐渐消除,翻译工作者们也借此逐渐摆脱了以往较为刻板的对等、转换等语言学翻译方法的羁绊,转而运用功能和交际方法来分析、研究翻译,在翻译理论史上有着重要的意义,它的诞生标志着流行于20世纪50年代至70年代的结构主义语言学统治地位的结束。下面介绍功能学派中具有代表性的学者的翻译理论。

①莱斯

莱斯是早期德国翻译功能学派重要的开创者之一,其前期的理论研究主要在于对等概念。而当下的翻译理论界的普遍共识是,她的《翻译批评的可能性与限制》一书标志着功能学派的创立。

莱斯借鉴卡尔·比勒对语言功能的三分法,将语篇分为重内容文本、重形式文本和重感染文本三个类型。在安德鲁·切斯特曼的德文版本里,她将这三个类型分别称为信息文本、表情文本和感染文本,一些翻译理论书籍将这三个类型概括为信息型、表达型和操作型。莱斯认为,不同的文本类型决定不同的翻译方法。

莱斯的功能类型及其翻译方法超越了字、词、句的层面,力图再造适当的功能效果以达到交际目的。除此之外,这种分类将文本概念、翻译类型、翻译目的联系在一起,强调任何一种翻译类型都是在特定环境中为特定的翻译目的服务。这些观点为功能翻译理论的形成奠定了坚实的理论基础。然而,莱斯的理论也有其自身的缺陷,那就是它对文本类型的划分只在译文要实现的功能和原文功能对等的时候才有意义。正因为如此,莱斯的功能对等论不被视为常规标准,而只被当作特殊标准。

②弗米尔

弗米尔长期从事翻译教学研究工作,是杰出的语言学家。他在莱斯的指导下研究语言学和翻译理论,突破了莱斯的理论局限,创立了目的论。

作为一名有长期翻译实践经验的译者,弗米尔认为翻译活动有两个主要性质,它是一种非言语的行为,同时要完成不同语言符号之间的转化。人们通过利用翻译符号来达到某种指定的目的,这期间会涉及各种多样化的跨文化模式。因此,弗米尔受到现代语言学(此处的语言学包括语言行为论、实用语言学、话语语言学等)和美学的共同影响和启示,他提出的基本翻译理论是一种将翻译"目的论"作为核心的理论。这一学说对后来的翻译界产生了相当深远的影响。所以,功能学派还被学者们称为"目的学派"。

③曼塔里

曼塔里是德国籍翻译学者和翻译家,长期在荷兰工作。她的翻译理论主要的来源和基础是芬兰逻辑学家和哲学家冯·莱特的行为理论,以及里宾的功能语用学中包含的翻译行为论,对功能派翻译理论进行了更为深入的推动和发展。曼塔里的主要翻译理论是:在翻译过程中,目标语言并非从分析原文文本中自动获得文本功能,真正使其实现这一目的是跨文化交际,译文在语用层面上获得了目的文本的性质和作用。换句话说,译文功能与原文功能不同,根据语境作出"功能改变"是译者主体性的体现。功能改变不是例外,而是常态。

此外,曼塔里还对翻译活动中的行为参与者(包括译者、信息发出者、译文使用者以及信息接收者等角色)和环境条件(包括时间、地点、途径等因素)给予了极高的重视。她对自己理论模式中参与者的角色做了这样的分析:信息发起者可以是需要翻译的公司或个人,委托人是译者的联系人。原文文本的生成者是创作原文文本的人,但不一定与翻译有关,目的文本的生成者就是译者,而目的文本的使用者是具体使用译文的个人,目的语的接受者是目的语最终的受众。从一开始，译者就在翻译行为中扮演至关重要的角色，是跨语际转换的专家和任务的执行者。

④诺德

克里斯蒂安·诺德是德国功能翻译学派代表人物之一。她的学术思想受莱斯的文本类型学的影响非常深厚。另外，诺德大力倡导弗米尔的目的论和曼塔里的翻译行为理论，是功能学派目的论的第二代代表性人物。她是首先通过英语向学术界以及大众全面系统地介绍功能学派的各种学术成果的翻译学者，而且针对其理论缺陷提出了一些个人意见。

诺德的研究领域主要涉及功能主义目的论的哲学基础、语篇分析及翻译类型等。她尤其关注译文接受者的研究、双语能力与译者培训、翻译培训的过程、忠诚原则、决定忠诚原则的因素、译者的责任与地位等方面的问题，代表作有《翻译中的文本分析》和《目的性行为——析功能翻译理论》。

"功能加忠诚"的核心观点在于要求译者充分考虑翻译交际行为中每一个参与方的思虑和愿望。虽然该理论看上去没有明显漏洞，但事实上，它在运用中困难重重，再加上诺德使用的是语篇分析的模式，这使她最终不能走出对等的局限。

二、不同翻译理论视角下的文学翻译

（一）关联理论视角下的文学翻译

1. 明示推理交际模式

按照关联理论的观点，翻译应当是语言沟通的形式之一，是一个对原始语言文本实现阐述的明示推理过程。关联性是指交际双方的相互了解和最为理想的认知模式，它决定着交际的顺利程度和完成程度。一般来说，交际者的话语都要为交际对象提供关联性最强的信息和确实可信的示意，而对方则应当选择关联度最高的假设，也就是根据交际者以明示手法传达到位的信息来推测交际者的实际意图。人们往往就是通过这种推理来了解他人话语中的隐语，也就是常说的"隐喻"或"弦外之音"。

2. 信息意图和交际意图

关联理论的分析思路是：往往对话中交际者的明示行为会包含信息意图和交

际意图两层意图。这其中，信息意图的含义就是话语的字面内容，是交际者将某种信息表达给交际对象的意图；交际意图则是更深一步，指交际者达成信息意图的意图。信息意图和交际意图是两个彼此联系、互不分割的方面。

（二）会话含义理论视角的文学翻译

在翻译会话含义时，译者应该借助语用翻译的方法，不能单纯地遵循原文的字面意思来翻译，否则就可能使得译文失去原文的内涵，或者隐含错误的语义，这些都会影响翻译和交际的质量。译者在翻译时应当同时还原原文的深层暗喻，让读者在阅读译文时汲取与原文内容尽可能相近的信息，这样的译文才能说是合格的高质量翻译。

第四节 英美文学翻译的相关理论知识

一、修辞和意境

"修辞"和"意境"理论最初是衡量诗歌艺术的标准，用在散文领域，要求从"提炼诗意"最终达到很高的"意境"终点，就标志着散文的审美趋向是向诗歌吸取营养，也使散文艺术体现出"诗化"的特点。这样，在散文中，"诗化修辞"与"意境创造"便取得了一致。修辞与意境属于作品的内部研究。研究文章与文学作品翻译，首先应研究其内部构成，因为这种内部研究因其对文本空间的充实和对读者审美情趣的提升而具有极其独特的文学魅力。文学的内部研究不仅包含对修辞学（如作品的文体、叙事、意图、类别等）范畴格律的研究，结构分析、文本细读、审美评价，还包含对文学作品的"存在方式"的研究，也就是将艺术品视作一种服务于特定审美目的完整符号体系或者结构，除了形式、修辞因素外还包括"世界""思想"等方面的内容。作品需要有自身独立的主体身份。

（一）修辞

谈到修辞，进入人们思想视野的首先就是炼字、选词、调音、设格等古老传统。用现代的美学思维分析修辞，则可以将其视为一种通过选择和调整语言材料在特定语境中提升语言的表达能力、丰富表达效果的方式，所以修辞在文字中意味着塑造一种语言的美感。修辞学就是研究辞之所以成美之学，意即对词语的修饰和润色、选择和斟酌、加工和美化。揭示了修辞即创造语言美的实质。

我们详细地回忆中外人士对修辞的论述，原因即在于文人们注重修辞，是因为语言是思想的外衣，语言风格是作家整个风格的重要组成部分。优秀的作家总是在语言技巧上苦心经营而显示出鲜明的特色，因为词语的选择与锤炼，虽然需要考虑整个语篇的文体与风格，受到语篇的制约，但它主要靠的是译者的语言基本功，靠的是译者通过语法和修辞来细心琢磨。修辞探讨的是词语本身的审美意义，作为审美对象的艺术语言，它可以挣脱语法的羁绊，穿越文字符号，展示一片美的天空。

修辞的特性有三：一是综合性，即修辞现象不只表现在语言的某一个方面，而是表现在语音、文字、词汇、语法各个方面。二是具体性，即与思想内容有着具体的、直接的关系。三是文学性，即文学是语言的艺术，就是非文学作品，也要讲究语言的艺术。

用翻译的理论来分析修辞，就是借助译文的语言形式润色和加工原文的语言内容，适当地调节和补充、充实和加工译文语言，同时忠实地反映原文的审美品位，力求使译文呈现最理想的语言形式，提高译文的可读性和文学价值，追求译文的完善和优化。具体言之，翻译的修辞问题需要探讨以下理论问题。

1. 修辞的要素

清晰是思想和词义的清晰，也包括精确、特指和具体。统一是说在一个语篇之中，一语、一句、一段或整个语篇，应该围绕中心只讲一件事，只求一个效果，不容许节外生枝，加进题旨或情感以外的东西。集中是把所讲的内容聚集成一个整体，把力量集中在理想的要点上，强调理想中所要强调的东西，达到重点突出的效果，不可平分秋色。如在句、段、篇结构中，重点不在开头就在末尾，附属部分则在中间。句子及更大单位必须精心设计，以便强调重点。强调的手段有并列、倒装、悬念和重复等。其中的悬念就是圆周句，即把重点句子放在最后，它不仅发生在篇章的组织上，而且发生在句子的构建上。如果强调句首，用的就是松散句。有力是指既通过精心的人为设计，也不用人为的力量代替自然的力量。自然表达的力量来自深邃的思考。作家手中的笔应该是犁，只有犁才能在深深的土壤中耕耘。变化是指行文贵在变化。千篇一律写不出好文章，单调过余会破坏情感，分散读者注意力，变美好为可恶。修辞虽然要有规律、规则，但任何规律的遵循、任何规则的实施以及任何修辞成分的使用都必须是灵活的，都必须遵循变化律。悦耳是要求语言文字富有音乐性，讲究节奏，能够吸引读者。衔接是指文章在单词、短语、句子及段落各个平面上要紧凑、连贯、相互衔接，连成一体。

2. 诗化的语言

"诗化"是指散文的语言应体现出类似诗歌的文学审美效果。诗化的语言在"优美"这层含义上的表现手法和风格十分丰富，但必须符合同一个要求，也就是语言美，散文的语言必须有诗意的表达效果。"诗化"的内涵是：散文的语言要具有诗一样的优美典雅。在语言学的翻译理论中，语言的许多功能都得到过详细的论述，但这其中很少涉及语言的审美功能，这一点对散文作品的翻译会产生不利的影响。"语言的意义"，除了语言的符号意义，更重要的就是审美意义。这些都是语言逻辑背后的东西，是更重要的内容。尤其是在复杂的文艺作品中，那里往往有多重声音、广泛联想、曲折的暗示、形象的联系，离开了语言的审美功能是难以把握作品精神和作者意图的。

3. 语言的审美功能

我们都知道，语言的作用并不仅限于交际。但是，因为语言最初是以人类最首要直接的沟通交流形式的资格归入社会现象之列，并进入人们视野的，因此，语言学界反复研究的也就是语言的这一功能，而忽视了语言的另一功能——审美。一般地说，语言只能使人间接地和感觉世界联系起来，用语言去理解世界实际上是把他们与客观世界划分开来了。人们往往会设法借助表象还原自身对外在世界的这种直观体验。实际上，语言具有表达或体现形象思维包括感觉、知觉、表象等的作用。这种作用不但表现在布勒所说的拟声成分中，也表现在语言成分的意义色彩中。如语言中所用的比喻就是从意义的比拟中去引起说者和听者的形象思维的。语言中一般叙述具体形象的词语也有力地表达或体现说者和听者的形象思维，体现和表达自己所有的感觉，引起听话人的同样感觉。这些正是所谓"形象性语言"所有的特征。

4. 雅正

在汉语中，"雅"是与"正"联系在一起的，多数情况下"雅正"连用。其含义为：指语言文字在言语体制和文字的音形义方面的"规范"化。雅不排斥俗。单纯的雅，往往古奥、枯涩、壅滞，而缺乏明了性和群众性。如雅中含俗、寓俗于雅、由雅返俗，则无俗的痕迹，却有俗的滋味，没有俗的形状，而有俗的神韵，这种俗，是雅的极致，也是俗的极致。因为它已非纯粹的雅，而是含俗之雅，这就高于原来的雅；它也不是纯粹的俗，而是含雅之俗，这就高于原来的俗。因此，也就能获得雅俗共赏的审美效果。取得这样的效果，关键在于化俗为雅。化俗为雅关键在于一个"化"字。这种俗，要变化为美，且具有无可名状的魅力。它能渗透到人们的精神世界中，使人的情感得到陶冶、净化、提升。这种俗，就达到了"化"的境界，而入大雅之堂了。

5. 文眼

"文眼"是中国传统修辞学的一个重要原则，是对创作中的炼字所做的理论概括。古人写作，讲究锤炼字面。凡在节骨眼处炼得好字，使全句游龙飞动、令人刮目相看的，便是所谓"眼"。眼本指眼睛，画龙要点睛，所以"眼"是动物中最能表现其神采之处。对一篇文章来说，文眼是照应全文主旨的和新型词句，是文章主旨和思想的重心，读者可以从文眼中窥见全文的精粹。因此，我国修辞理论历来十分重视"文眼"的锤炼。文章写作和文学创作都讲究"点文眼"，也称"点睛"。点文眼会有效地突出主旨，使作品意味含蓄隽永。对于一个译者来说，只有抓住了原作的"文眼"，并竭力在译文中创造出与原文相当的"文眼"，才能忠实地传达出原文的意旨和精神，否则再流畅的译文也难以达到美学的效果。

6. 义法

"义法"是"桐城派"散文大师方苞继承归有光的"唐宋派"古文传统提出的散文创作理论。就"现实主义的艺术"这一主题，福楼拜也认为艺术要为内容寻求最完美的形式。可见，这也应作为我们散文翻译的重要原则，因为散文创作讲"义法"，散文翻译同样要讲"义法"。

7. 自然

自然具有这样一些特征：它是自由的，不拘一格；它是对必然的服从，反对矫饰；它天衣无缝，绝无斧凿痕迹；它真于性情，不务造作。这些审美特征极有利于散文翻译中作为措辞的指导原则。但是自然不等于粗疏，也不是不需要人工，而是要在苦思苦练的基础上，达到自然之境，也就是要人工而无人工痕迹。

8. 朴素

在中国古代文学、美学、修辞学的理论中，"素朴"作为一种语言风格，会在语言的表达和审美之中使人获得不同于典雅风格的美的体验。沈约提出"文章三易"，即易见事，易识字，易读诵，与韩愈的"文从字顺"相一致，都是追求朴素。中国诗学，一是尚简的原则，二是含蓄的原则，三是随象运思的原则。这三点都与朴素相联系。素朴，是一种美，是一种未加雕琢、纯真质朴的自然状态。它最突出的美学特质是语言的自然，用笔朴实无华、平静恬淡，并无盛大的辞藻堆砌和编排，然而会让读者获得极其深切的诗意体验，同时又呈现出清澄深远的意境。

素朴之美具有两个显著特点，一是"纯素"，二是"淡然"。就审美对象而言，它应当维系客观事物的本真面目，而不能掺杂其他的人为因素，否则就会失去其原有的自然风韵和天然灵性。所谓的"淡然"，指的是一种虚空状态。保持"淡然"状态的事物会给人以无穷无尽的天然美感。

9. 化境

化境不仅是创作的标准，也是翻译的标准，中外翻译理论都很重视这一理论。化境在翻译理论中是指译文的语言不会让读者产生任何生搬硬套的感觉，它虽然是经过译者精心刻画的语言，但仍有天然质朴的表达效果。要达到"化境"，译者不仅应有深厚的翻译功底，还应有浓厚的文学修养，使译文具有措辞简练、还原准确、天然成韵的特点。行文也符合"行当所行，而止于不可不止"的创作规律，显得清新自然。

（二）意境

1. 意境的特征

意境是作者将自身受到外在事物感触、由心而发的思想感情汇集在艺术形象中的结果，具有一种独特的意境美。情景浑融，物我两忘，不露痕迹，入乎化境，便是最高的艺术程度。作者把自己的情移进去，与自然景物相融合，从而产生出情景交融的新的意境。外在的"景"通过语言文字传达内心的"境"，构建起散文的艺术形象和艺术面貌，这就是散文意境的特征之一。其次，情景交融的散文艺术境界，应当是一个有机的生命的整体。亚里士多德和黑格尔都认为艺术之美的根源之一就在于它所构造的这一有机生命整体，其中包括三层意思：它是有生命的、有秩序的、和谐的，它是一个实现了多样统一的整体。此外，散文意境的美，注重韵外之意、味外之情。尽管这种"韵外之意、味外之情"无法言说，但却可以意会。实际上，这种意会本是通过已经言说的达到的。因此，归根到底，它又是可以言说的。只不过它不是通过言语直接讲出来，而是通过形象的描绘，来启示，来渲染。

2. 意境的层次与翻译的过程

从表层意境进入到深层意境的两个不同层次：表层意境和深层意境。表层意境就是言意之表，是借助语言文字的外在表达所直接反映的意境结构，是一些向作者或读者直观地呈现的"意象"。庄子提出的"得意妄言"即是更简要明确地指从语言表层进入深层，领悟表层意境背后的深层意境。王国维提出过意境"深浅"说，宗白华有意境"境层"论，他们的意境内涵结构分为三个层面：寓情于景、象外之象和"进乎道"。

依据意境理论的层次，译者在翻译时，必须给这表层意境赋予深一层的思想内容，让读者通过译文文字之表，进一步感受到深层的内容。译者在翻译的实践中应当充分地理解原文和还原译文，意境的层次理论要求译者做到以下几点：

（1）翻译必须尽力去感受原作的意境。

清楚明白地把握原文的措辞，感受原文的外在意境。

（2）深刻把握原文的意蕴，进入原文的深层意境。

要求译者完全沉浸到原作艺术意境中去，化入对象之中，与原作者达到心灵上的契合与审美上的共鸣。

（3）将原作的艺术意境化为我有。

第二点译者化入原作对象之中，主要是指译者与原作者一同悲，一同喜，与原作者的感情达到高度的一致，但并未将原作的形象、思想、感情和意境以有形的体式建构起来，这就需要经过从"化入对象之中"到"化为我有"的转换。在这个转换中，译者凭借自己的知识储备，把原作的审美意境融化在自己的大脑中，并重新转换为与原作大致相同的意境，把自己怀有的审美情趣同原作的艺术意境关联在一起，构建一种可体会、可接触的形象生动、感情浓烈、意境优美的艺术画面。

（4）运用原文同样的笔调，传达原文的意境。

意境创造和翻译的一般原则是：悲伤的心情配以凄凉的景色，欢乐的心情则配以美丽的景物。有时也用相反的原则，以乐景写哀，主要是通过乐景引起愁思，通过哀与乐的对比，达到以哀景写哀所达不到的艺术境地。意境的营造需要逼真的景物描写，力求生动形象，如同画面一样呈现在读者眼前，因为写景的文字大多是美文，写得清晰、美丽、饱含诗意，语言生动具体，具有形象性、直觉性和情感性，是一幅用语言勾勒出的画，具有无限的感染力。译文需要以同样的优美文笔，再现出一幅浓烈的诗情画意。

3. 境外之境

译文读者通过艺术的联想、想象的特殊功能以及艺术意境的含蓄、象征、暗示等作用，不仅可以获得译文意境本身的美感，还可以品鉴其"言外之意"。这是读者根据自己的生活经历和而后素养所进行的创造性审美活动，是一个再创造出来的新的意境。译文所呈现的意境是可以直接感受和直接把握的实境，而境外之境则是"可望而不可置于眉睫之前"的虚境。

4. 感情移植

翻译时，译者在深入领会原作之情后，只有通过蕴含着情愫的词语，饱含深情的文字将其传达给读者，感染读者，打动读者，才算真正完成翻译的任务。散文译作情感性的强弱，在一定程度上决定着译文感染力的强弱，只有充满译者强烈情感的译文，才能真正受到读者的喜爱。无论是情溢言表或情蓄言中，还是情隐言外或情融意境，都必须有"情"。

5. 思想与逻辑

思想是作者所感悟的情感内容，旨趣含义等。如果原文本有深刻而丰富的思想，而译者没有准确理解，也没有忠实地传达出来，即使译文有漂亮的语言，也不足为训。散文讲情景交融，创造出既优美而又深切动人的意境，最终还得看整个诗篇的立意，这"意"就是思想。在情景交融的经历当中，归纳应当具备的所有统摄功能。因此，寓情于景，情景交融，重在立意，立意越高远，意境越深。

逻辑是指作品的思维形式和文本结构，译文应当忠实反映出来。翻译过程是运用语言的过程，也是运用思维的过程。在翻译中，要准确地理解原文，忠实地再现原文，就离不开逻辑分析。如对长句进行有机的分割，理清其脉络。可见，逻辑在翻译中的作用体现在语法分析和思想内容的理解上。要真正译出原作的风格与文笔，传达原作的审美效果，时刻也离不开逻辑思维。要想抓住原作者的感情,透视其精神活动,如实译出原文的风貌,更须经过逻辑上的判断推理、演绎归纳、抽象升华等一系列再创造的思维过程。

二、句法和节奏

(一)句法

而至今人们衡量翻译中的某个译句能否为读者所接受,或曰不妥,或曰不合格,或曰生硬,或曰错误,基本上没有从这"三个平面"同时考虑。既然一个句子具有这样三个平面,那么在一个具体的句子里,这三个平面总是结合在一起的,其中任何一个平面都不能代表句子的全貌,都不能决定句子的对错和优劣。因此,译句的解释和衡量必须紧扣住句法表层,向隐层深究语义,向外层追求语用。用"三个平面"理论来研究句法,就是"句子的合格度"。例如 Colorless green ideas sleep furiously,译为"无色绿色的想法在狂怒地睡觉"不合语义,因为它违反词的语法特征制约着的词语搭配的选择规则,但并不违反语法,所以仍然是正确的译句。再如 Since it you bought the boy,译为"诚实买了这孩子",这一句虽然不合语法,因为"买"这个动词的语义特征是,它要求选择指人名词作主语,违反了句模的构造规则,但是词语搭配的选择限制只属于语义上的而不是语法上的,因此它虽然违反了语义上的选择限制,而并不违反语法,所以也是正确的译句。可见,译句的正确与否应该从"三个平面"出发。

(二)节奏

语音乃是构成语言的物质基础。如果从本质上来分析,语音的节奏形成了语言的节奏。语言学包括了这门研究,确切地说,语音学是语言学的一个专门分支。按照句法或意义的停顿为依据,有的停顿密,也就是两个停顿间的音节少,节奏便快;有的停顿长,亦即句子较长,音节较多,节奏便慢。文章所要体现的思想内容决定着语句的节奏。通常来讲,紧张不安、剧烈起伏的心境会用短小快速的节奏来体现;闲适自如、平和稳定的情绪则借助悠长舒缓的节奏来体现。同时,在同一篇章里,节奏还根据思想情绪的变化或修辞的需要而发生变化,在声律上产生强烈的节奏感。比如句短词精,结构均匀的句子,轻重音节相间,读上去铿锵悦耳,掷地有声。

凡是优美的文字，都会重视行文措辞对音美和乐感的塑造。普通的日常性或实用性语言只需要使内容和结构符合通顺的思维逻辑，但散文的语言因为追求审美享受，所以往往按照感情的变化来组织风格和结构。散文侧重于文字意境的塑造，其行文感情的结构会受到作者感情的变化而起伏不定。这种感情的节奏，就富有音乐性。译者在阅读原文时，应当充分体会和把握其节奏的变化，这样才能使译文表现原文的形式美和感情美，顺利地达成翻译的目的。

句子的长短，具有美学上的含义。句子长短交错排列，可以造成意念上的一种紧张中有松弛、松弛中有紧张的效果。而一连串的短句，造成一种不确定性和随意性的感觉。如勃朗特的《简·爱》中一系列短句的运用则充分体现了简在出走过程中行动上的急迫与急促（她希望能尽快离开桑费尔德庄园）和心理上的纷乱与无序（她对自己的出走痛苦又无奈）。

句子的重心也是与节奏相联系的。根据修辞学原则，句子的中间部分是最不突出的位置，用来表述最次要的内容；而句子末尾部分是最突出的位置，用来强调最重要的内容。这在英语中称为"掉尾句"。

三、笔法和风格

（一）笔法

"笔法"一词源自"春秋笔法"，意谓在看似平常的记事之中加入深刻的褒贬劝惩之意，这种主观意图被人称为"微言大义"。《春秋》记事极为简略，遣词造句十分审慎，往往一字之中尽含褒贬，在力求最简洁的基本构想之中，体现出有繁有简的选择。孔子修《春秋》，又把记史、评史、借史三者统一在一起，更加确立了这种文章写法和使用语言的艺术。这种"春秋笔法"极为深隐犀利，极大地增加了文字的信息含量，给人留下了非常广阔的思维空间。这种笔法最显著的特色是其"简而有法"的叙事，即用高简的手笔、平淡的语言，用寥寥几个字把历史的结论表达出来。

（二）风格

作家在写作时彰显的艺术特色就是作家的风格，是某一作家的作品之所区别于其他作家的特点和审美取向。艺术的独创性正是其生命之所在。因此，中外文士历来都十分关注风格的论述,中西诗学家都提出了许多很有价值的观点。

风格理论提出:译者不能让译文脱离原作的风格,更不能以自己的写作习惯取代原文的风格,要始终保持对原文风格的还原。如果某译者在进行翻译工作时,自始至终利用自己习惯的风格翻译,那么许多风格迥异的文学作品都会在其笔下变为一个模样,因此中外论者都极为重视风格问题在翻译活动中产生的影响。

翻译活动的本质决定了译文必须忠实地还原原作的措辞和行文风格,这一点是译者必须时刻遵守的原则,它决定着翻译的成败。原文朴实,不能译得华丽;原文简洁,不能译得细腻。译者也不能用自己一贯的风格,去翻译各家作品。世界名著《红与黑》就是比较朴实的语言,但许渊冲的译本却很华丽。

四、审美和视野

(一) 审美

1. 接受美学

接受美学的基本理论为:作品本身会反映作品的审美内容,可以通过接受者的审美反应来检验其表达效果,而作品的接受程度又会受到接受者的个人因素的影响。

接受美学的这一理论同样适用于译文(作品)与译文读者(接受者)的审美关系。虽然同一原作都拥有一篇篇独一无二的译文,但此处的"独一无二"仅是宏观一致的前提下的微观差距,也就是本质上的"大同小异"。这种"小异"体现在译者的接受目的、修辞情境及个人因素对译文的影响。这三个方面体现出翻译过程中的译者心理,反映出对译文的影响。其中修辞的修辞情境包括两个方面,即产生情境和接受情境,要想使修辞实现最为理想的接受效果,就要使这两种情境达成统一;否则,接受效果就会受到不利的影响。

在此理论基础之上,我们又可以将这两种情境详细划分为三种,即现实情境、个人情境、时代社会情境。在这三种情境当中,个人情境的影响在两个译本中的体现最为显著。个人情境主要由个人因素决定,其中包括性别、年龄、人生观、审美观、个人经历、职业身份、社会地位、爱好与取向、性格与气质、生活和发展的环境等。其中最重要的是文学和语言的修养,它直接影响母语的应用特点。

有的译文具有浓浓的诗味，有的译文含有深刻的哲思，这是译者语言功底和文学修养的反映。

人们欣赏艺术，实际上就是欣赏艺术之美。因此，读者是否获得"美"的感受便成了衡量艺术欣赏（接受）的标准。所以，关注读者，从读者角度衡量翻译的优劣成败，是翻译研究的必然结果。

当然，也不宜过于强调读者的作用，导致喧宾夺主。因为作者与读者之间存在的矛盾的决定性因素在实际的鉴赏活动中仍然在于作者个人的创作水平高低，在于其是否能够营造一种鲜活的艺术氛围并且将其成功地物化。美在其本质上是美的对象的一种关系型的属性，单一的对象，无所谓美与不美。事物对象有人们认可为好的认可为妙的特性，而人们正价值的意向有这种指向性，二者高度和合，美便在对象上客观形成了。遵循这些原理，注重读者的反映，能在一定程度上提高译文的质量。

2.审美的同等效应

从美学原理上看，美是对象上因有吻合人认可为美的特征而形成的关系属性。美在本质上并不是一种物质，也不是物质对象单方面的属性，而是对象特性与同样也是一种客体存在的人类的正价值指向性二者高度和合而形成的关系属性。在形成美和感受美的过程中，人类起到了一身而二任的作用。可以说，所有的美，都是关系属性。对象形成了美，人审美时这美存在，人不审美时这美也存在。而要形成人类所感受到的客体美，包括自然美和艺术美，人类认可为美的正价值指向性是不可或缺的。

正是由于艺术美是一种关系属性，而关系属性的反映均要反映关系相关的各方，故欣赏艺术美，主体人必须心目中留存或摄入或产生人类意念愿望的指向，这种价值指向必须与艺术品的艺术价值特性高度和合，人们才可判断并感知到艺术作品美。如果创作者融注到作品中的审美特性与鉴赏者的审美倾向不相符合，鉴赏者便感受不到作品之美。如果鉴赏者不具备鉴赏该项艺术的素养（感性感应能力和技巧知识等）——即心目中不具备相应的认可为美的正价值意向，那么也不能欣赏到作品的美。同时，在艺术欣赏中，人们的审美倾向具有民族的、时代的诸多差别，艺术品所融注的主体审美意识也有诸多差别。因此，处在不同时代的不同民族也会产生不同的审美取向和艺术喜好。不过，基于共同的生理特征和赖以生存的地球环境，人类也拥有一些具有共性的共同的审美心理，而艺术作品所体现的审美感受也应当与这种共性欣赏倾向相符合。这就是人们所说的"人同此心，心同此理"。

（二）视野

"视野"指由知识和经验构成的理解范围。按照阐释学原理，原文因作者的知识结构和经验内容有其固定的形式结构和较为稳定的思想内容，阐释者的理解必须限定在原作的这一范围之内，否则就是过度阐释或是欠额阐释。但另一方面，接受者也因自己的知识与经验使得阐释也不是被动的单纯性理解过程，而是一个积极的创造性过程。

按照这一原理来讨论翻译，翻译首先是理解原作。译者理解原作的过程，当然不能脱离原文所提供的基本范围，把自己的知识视野强加于原作，但又往往是一个根据原作的描述，印证自己的直接、间接的生活经验并唤起自己的形象记忆和情绪记忆的过程。也就是说，由于译者长期浸润于自己的母语文化，习惯自己的语言传统，他是带着一个有自己思想感情的，有自己生活经验的，有自己个性学养的，有自己精神气质的完整的人进入原作中去的。因此在这样一个过程中，译者总是要凭借自己的想象力、联想力、情感和理解力，去领会原作意图和意境，再重新创造出一个不同于原文的新的艺术作品。由此看来，理解既不是译者完全放弃自己的视野，进入原作的视野，也不是简单地把原作的视野纳入自己的视野，而是译者从自己已有的视野出发，不断地扩展自己的视野，与原作的视野互相融合，形成一个新的视野。这样的理解，就包含了原作者和译者的共同视野，是原作者审美经验和译者审美经验的融合，这在接受美学上称为"视野融合"。这样翻译出的译作，既是原作内容与形式的再现，也必然带有译者的精神，因此译文也就是原作者与译者的双重创作。

五、宏观语境和微观语境

语境包括宏观语境和微观语境两方面，其内涵在于语言应用和语义产生的环境。宏观语境涉及广阔的社会环境如大众的经济生活方式、社会政治体质、所处时代的特征，以及民族文化习俗、人文地理环境、思维方式、宗教信仰等；微观语境主要指语音、词汇、语法、语体、语篇等语言因素。这些都是译者要考虑的因素。维特根斯坦说过:"一个词的意义就是它在语言中的使用。"强调语义的形成与言语交际密切相关。现代语言学认为词语的意义只有在言语交际单位——语句中才获得真实的存在、发展和变化,并在交际中得到沟通、印证、修正。这种"交际"也就是语言的上下文或语境。

(一) 宏观语境

1. 原作社会政治制度

语言对人类来说是最为基础也最重要的交流工具之一,它既服务于人类,也服务于一个社会的经济、政治、文化等领域,尽管不能认为社会政治制度的改变必然代表着语言将会随之发生改头换面的变化,但它至少会使语言在某些表达方式上产生飞跃,语言使用者在这个"飞跃"中只有适应,才能在语言交际的领域里达到交际目的。

尽管不同的社会政治制度无法直接决定语言本身的差异,但它仍然促使各种语言在实际应用中产生不同的特点,并影响人们的语言表达思维和习惯、语言交流形式以及语言的组成要素。处于不同社会政治制度下的人,运用语言也会具有不同的特点,为了适应社会政治制度的需要和社会环境的变化制约,必然要采取不同的表达手段。因此,语言使用者必须对不同政治制度下所产生的不同的语言现象、特殊语言表达方式认识清楚。

2. 原作经济生活方式

从语境学的视角分析,约束和影响语言表达的语境主要来自和形成于社会经济生活自身。社会经济生活是与人们最贴近的,它是社会环境中与语言交际者息息相关的方面,它体现在日常生活中。人们会顺应自身所处的经济生活的特点发展出与之相匹配的、能够完整且真实地体现其面貌的词语、语句以及各种惯例表达方法,这些因素共同构成了人们的语言表达方式。因此,当社会经济生活发生变革时,语言表达必然会改变,以最恰当的表达方式适应新的经济生活。一个现代定义上的社会无论何时都会拥有与其当前的政治制度相辅相成的经济制度,而经济制度又决定了人们的经济生活方式。人们必然会在语言表达中衍生出一套与之相适应的表达方法和习惯,因为所有人皆无时无刻不存在于一定的经济生活中。通过这些手段,恰当地反映经济生活面貌、交流思想。

3. 原作时代背景

从翻译的角度看，适应时代背景，有这样几层含义：第一，在翻译过程中，译者对当代的社会应该是了如指掌的，作为现实的人，其语言表达也是现实的。从原作语言表达的内容上看，语言表达者的信息内容应该是当代社会里的活生生的东西，或者是当代社会所熟悉的东西，即与时代相吻合的东西。从语言表达者自身的特点看，必须符合时代的特征，从语言表达的形式看，表达者必须采取现实社会中鲜活的语言表达方式，因此译文也尽量摈弃与时代不合拍的、陈旧的表达法，在词汇、语法、修辞等方面保持着与时代同步前进的清醒的头脑。从语言风格特征看，语音成分、语汇成分、语法成分的构成及如何选取、如何表达是形成语言时代风格的条件，因此译文必须符合语言的时代风格，原因是语言的时代风格是与时代背景紧密联系在一起的。第二，对于译者而言，接受当代的语言成品比较容易，将自己所理解的意义与当代社会联系起来综合考虑，就能比较准确地理解语言的意义。困难的是接受非当代的或者说是另一时代背景下的语言成品。在这种情况下，译者对时代背景的适应就体现为他必须具备一定的历史知识，必须对语言成品形成的那一时代的面貌做系统的了解。第三，原作者有时会构拟一个时代背景（虚拟语境），并以这个时代背景为基点，展开语言活动。这种情况对于历史小说家、科幻小说家而言是常有的事。译者对这类语言成品的接受，也表现在对其虚拟的时代背景的接受上。翻译这类作品，也需要译者具有丰富的历史知识，具备较强的语境适应能力。

4. 原作自然地域环境

语言表达者会为了顺应不同的地域环境而采用不同的语言表达方式，居住在不同地区的人拥有不同的语言习惯，会在语言发音、词汇调度上以及语法规则上表现出许多或突出或微妙的差别。类似的差别使得人们在日常的语言表达中必须根据实际情况对语言进行恰当的调整，相互顺应。对自然地理环境的适应，就是要细心地去体味客观的实际情形，根据特殊的情境去交际。英国四面环海，早期的生活很大程度上依赖海，他们创造了"海的文化"。而汉民族生活在群山陆地间，创造的是"山的文化"。这些文化都会在各自的语言中体现出来，影响语言的表达。地理环境的不同，使语言表达中出现了一些只有熟悉地理环境才能够理解的表达方式。例如李白的"功名富贵若长在，汉水亦应西北流"一句，用汉水不可能向西北流来说明功名富贵不可能长在,这种表达符合中国的地理特征,但如果是在非洲,这种表达则与其地理环境不相符合,这里的尼罗河正是从东南向西北流去,那么这诗句恐怕要改译为"功名富贵若长在,尼罗亦应东南流",不然其语义内容读者无法理解。

5. 原作人文地理环境

人文地理环境是由社会的人文因素构成的地域性环境。文化的形成脱离不了人文环境的影响,独特的人文环境促生了独特的文化,独特的文化又使归属其下的群体逐渐演变出独特的表达习惯和表达方法。正是由于人文地域不同,语言形式上便有一定的差异,使各自的语言表达打上该地区的烙印。

6. 原作民族文化心理

每一个民族都具有自身独特的悠久演变历史,在这种演变历程中,该民族会逐渐形成自身特有的、作为心理定式的民族文化心理,这是每个民族区别于其他民族的主要特征之一。不同的民族传承着各自独到的文化心理。同样的,人们所拥有的语言行为和语言习惯也会受到这种文化心理的制约和影响。任何语言的使用者都会在实际的交际过程中从字里行间、言谈举止中体现出自己的民族文化心理,所以要想顺利地实现跨语言的交际,就需要适应民族文化心理。如表现在语言上的语言禁忌,就是一个民族的文化心理语言禁忌,它要求以不同的表达形式来传达各有差异的意象和内涵。

语言的民族文化心理表现形式很多,有表现于词义的褒贬的,如英语中的"homely"这个词在英国指女子很会管家,是褒义词,而在美国指女子的丑陋。又如西方成语"小虾引出乌龟",如果直译,会触犯汉民族文化心理,因为"乌龟"有它的负面文化意义,这时不妨译为"抛砖引玉"。有体现在词语联想上的,如对不同的现实事物,不同的民族会产生不同的观点和联想,在民族文化心理中通常导向不同的意境和含义。比如中国的许多古代文学创作里,蟋蟀的出现往往代表着孤寂伤感、悲凉忧愁的意象,因为在汉民族文化心理上,蟋蟀在秋天的夜里鸣叫非常凄凉哀伤,如元好问有"切切秋虫万古情"的诗句。而在英美人心目中,蟋蟀具有愉快的心理意象。

民族文化心理还有一种表现形式,就是各民族在不同的风俗规范、理念习惯影响下形成的心理特征。风俗习惯对语言有一定制约,可以形成一些特殊的语言表达方式，或使语言获得更加充实的内涵。此外，不同的民族会在各自的审美心理驱使下形成不同的审美观，这也是民族文化心理的表现之一，这种审美观在方方面面都影响和约束着人们的语言表达方式及习惯。如汉民族在漫长的历史发展中形成均衡、匀称的美学价值观，讲究对称和谐，因此行文习惯于运用整齐、均衡的"偶式"语言表达形式。仔细分析汉语言固有的语法结构就可认识到，对称均衡的规律在汉语的发音、措辞、语法及语义等诸多方面都有明显的体现。此外，汉语同样善于在语用、语句的安排上把单纯的句式和谐与对称推进到一个哲学的层次，长短句相间、整散词并举，这些措辞构句的习惯共同形成了汉语表达的和谐美和变化美。

汉民族文化心理的另一种表现在于追求语言的有序排列，顺应一定的规律性原则。反映在语言表达上，就是语言单位铺排的次序。汉语行文，贵循序，忌颠倒，讲究起承转合，立题、破题、解题、结题，这都是汉语语序原则的体现。

    7. 原作思维方式

一种内在的语境必须有其思维方式作为构成因素之一，思维方式对于外在的语言表达方式会产生不可忽略的制约作用。思维与语言的关系是"体"与"用"的关系，思维是体，语言是用。不同民族拥有各异的思维方式和习惯，正是这一事实在许多方面约束着人们的口头交流行为。而汉民族的思维方式则是以整体思维、辩证思维和具象思维为主。从整体思维的角度来看，对于语言表达，作者在写作之前，首先有一种整体布局观，文章的开始一句话，一个词，孤立地看，没有什么好坏，一旦与整体联系起来，其优劣自现，好坏自明。局部与整体是人们思维中经常考虑的一对矛盾。在处理这一对矛盾时，汉民族多从大处着笔，从总体上阐释，注重整体效果。这种"语境通观"思想体现出思维对语言表达的影响。整体思维制约语言表达的另一种表现就是在语言运用中讲求词、句、段、篇的有机联系。讲究前呼后应，首尾一致，前有伏笔，后有交代，前有悬念，后有解释。在大的段落中，多运用各种连词、副词等将全篇连为一体。整体思维还使得汉语母语者习惯借助"意合法"来联系分句，而不是像英语那样较为刻板地借助连词实现语句关联，汉语同其他形态更加丰富的语言之间的一个主要区别就体现于此。不仅句子内部用"意合法"，句子与句子之间的联系也用"意合法"。这种行文，句子之间并无逻辑形式上必然的因果联系，铺排零散句子向着一核心目标聚集而成,不仅具有言简意赅的修辞特征,而且不依靠由关联词语形成的句段。所以这样组织出来的每个句子都拥有独到的语义内容,同时还将预设的语义内容演绎成各种不同特点的句子,提高了句子的思想张力。这种预设本质上是一种语言的潜在表达方式,它的主要根据在于语言表达者具有的缜密、全面的逻辑思考能力以及对语段的整体语义内容的掌控和理解能力。语言表达者在完成预设之后,就可以再次演绎语段的整体语义内容,将其转化为语言的外在表现形式,这就是人们读到的各种句子。这一过程依靠的则是语言表达者精准的语言表达能力。就辩证思维言,这种思维方式把天地万物都看作对立的具有美感性质的统一体,对立互补,互相渗透,互相影响,相辅相成。体现在语言上就是用正反互证,词义互训的方法来解释外界客观事物,善于将相对的表面上是矛盾的而内在本质上又是和谐统一的语言形式巧妙地用于语言作品之中。

而具象思维的一个特点是在语言中大量地运用具体客观事物造词,构成形象逼真、具有描绘特点的词语。体现在音译外来词上,往往是习惯以直觉形象,在表音字上加上意符。在篇章营构中,多通过意象的并置,表达意境深远的语义内容。

英语是形态丰富的语言,往往用"形合法"的常见的句子结构,按照相关词语、语义内涵、语句结构以及逻辑关联等要素来完成。如果从语言线性序列的角度来分析,则大部分英语语句都是顺应语言的线性序列组织而成的,每个句子都拥有基本相同的结构性质,句式、句型以及每个句子的长短之间的差别并不十分明显。英语语句借助加合集中来传递语义内容,而这种内容会因为句群的扩展而更加充实。翻译工作者在进行英汉互译实践时尤其需要注意这一规律。

8. 原作宗教信仰

宗教是人类社会与客观世界交往的产物,是一种世界范围的现象,属于社会意识形态。人们通过对上帝、神道、精灵、祖先或某些被认为与自己相关的圣物的极度相信和尊敬,把希望寄托于天国或来世等虚幻的精神力量,形成宗教信仰,对人们的精神和日常生活有着重大影响。不同的民族、不同的社会群体或个人信仰的宗教不同,其语言表达方式也有所不同。在英美人心目中,世间万物都是上帝创造的,因此上帝是万能的,不仅主宰着世界而且主宰着每个人的命运。

(二)微观语境

微观语境主要指语言表达中属于篇内的上下文和前后语。它可以理解为一种语言氛围，是文章的作者在反复斟酌语言后，精心选择同文章所要表达的内容相匹配且紧密联系的指定措辞方式、文体风格以及行文结构等因素，最终呈现的书面表达效果，从一篇文章所营造的语境中，我们也可以看出其作者具体的文学素养和文学趣味究竟如何，以及读者在感受这种氛围时所经历的审美感受。顺应微观语境表现在对语言结构的各个要素（语音、词汇、语法、语义、语体、语篇等）的基本情况的了解，对篇章范围内的各级单位（词、句子、段落、语篇）的构成，对依赖篇内上下文的制约形成的词的语音形式、复杂的词义内容和词义关系、特殊的句式和特殊的表达方法都应十分清楚。

相对于宏观语境，微观语境具有如下几个特点：第一，具体性。微观语境中的各种语言的"变体"都是具体的，语言表达形式是具体的，所以表达的语义内容也是具体的，它依赖具体的语境而存在，不同的语境决定了它们的不同。第二，可操作性。微观语境中的各种语言变体都是可操作的，都可以通过一定的形式描写出来。我们可以把微观语境当作一个人为设置的阐释框架，进入了这个框架的语言单位都可以操作，从而使适应微观语境成为可能。第三，明确性。明确性是指微观语境中的各个语言单位从形式到内容都是明确的、可感知的，它不像宏观语境那样，有广阔的社会背景和复杂的潜在的因素，即使是与宏观联系紧密的一些语言单位，只要进入微观语境，语用者就可以判明其性质，明确其语义所指。

1. **语音语境**

一门完整意义上的语言必然有作为物质寄托的语音，不同的语音在语言中承载着不同的语义内容。语义内容的传达会直接受到语音形式改变的塑造和影响，而翻译的还原程度乃至整体质量也和这一规律密切相关。语流音变的发生，是由语音的上下文语境造成的。所谓语音的"上下文"，即相邻的语音形式构成的语境。语流音变是建立在相邻两个音的相互关系的基础之上的。此外，语音的上下文语境同样会影响甚至决定音节与音节之间的组合方式，其中涉及音节的数量、音节的响度等都依赖语境因素。音节内容对于音节数目而言存在着一种相互制约的内在力量，语言的音节受到这种内在动力的影响，通常会用规范、均匀的平衡形式来实现数目上的配合，而在实际的语言表达中，音节配合就会表现为一种单对单、双对双、多对多的均匀分布的结构（包括连词前后的结构、动宾搭配），显得和谐，富有韵律，如果在配合上失去这种规律，就会影响译语的美感。

2. 词汇语境

词是在语境中表达含义的，一个词的表意不仅与其运用的具体宏观语境有关系，还受到微观语境的方方面面的微妙影响。词的所谓上下文语境是由不同的词语组合在一起而构成的，并非由其自身的含义单独形成。我们能够借助词的上下文语境来分析它在语句和文章中究竟呈现出了什么样的面目，作者使用这个词的目的何在，不同词语的选择和安排遵循怎样的客观依据，语言使用者排列组合不同的词语是否有一般规律可以作为参考，词语在不同的语境下以怎样的形式相互交叉渗透，如何联系上下文语境来分析词语的使用是否合理等问题。当一个完整的语言体系中的词语进入言语中时，就可以说它处于一种"语境"之下。某个被应用着的词语在其所处的上下文语境中，本身已经成为建构语境要素的一部分。一个词在和其他更多的词语进行排列组合之后，这些词语相互之间就形成了一个作为参考系的语境，借助语段中的词语自身塑造起来的参考系，译者（以及读者）就可以推测一个词在语境中的含义以及作用。词语在词典中的原本释义和感情会在实际应用中受到词的上下文语境的影响而改变，甚至让整个句子在语言意义上的意义发生改变，并且在言语的联系中让不同的语言单位彼此之间建立起各种各样深入而微妙的关联。

3. 语义语境

上下文语境形成的词语之间的又一种关系是转化关系，从一个词语语义的感情色彩来看，很明显，它会受到上下文语境的影响，在不同的语境中具有不同的表达特点，甚至会让词语的语言表达与词汇意义呈现出与本意完全相反的特征或者状态。

4. 语法语境

译者如遇到难以理解的句子或单个词语，则可以联系上下文的语境进行分析，全面地分析该句子或词语的语法性质和含义，了解不同的语言条件对所用词语的各种变化形式产生的影响，熟练掌握不同语法单位之间的功能转换。

第三章 中西方语言翻译的差异分析

本章主要对中西方语言翻译的差异进行了分析，主要从三方面进行阐述，分别是中西方思维方式的差异、中西方语言逻辑的差异、中西方差异下的翻译比较。

第一节 中西方思维方式的差异

一个民族固有的思维方式受到其生活环境、历史经历、人口变迁等多种因素的影响，每个拥有特定语言的民族的思维差异都会体现在其多年的生息繁衍所形成的语言和心理习惯中。所以，任何一种为固定民族所使用的语言都会反映出该民族独特的思维和理念。在特定的历史条件和生存环境（包括地理条件、气候条件、自然环境）以及生活条件和经济社会制度等的制约下，历经数千年的发展，民族之间在思维模式上形成了一定差异，正是这种思维模式差异往往导致他们对同一事物有不同的语言描述方式和习惯。但是在英汉双语的翻译实践中，翻译工作者又往往容易忽略类似的差异，由此译出十分生硬、难以令读者理解的句子和文章，还有可能出现一些语意和概念上的错误。所以，翻译工作者尤其需要系统地研究源语言和目标语言各自使用民族的思维方式差异以及类似因素在语言上的表现形式与特征，并了解思维差异可能对翻译形成的影响，将翻译实践活动进行到更加深入的层面，从而最大程度地减少乃至避免出现因未能适当调整和转换思维模式而造成的负面结果，减少或避免误译现象的产生。

一、整体思维和个体思维

整体思维的主要内涵是：将所要认识和分析的对象的各个组成单位在思维上组合起来，视作一个整体，在这一认知过程中要联系并总和它的不同侧面、属性等构成要素。而与之相对应的个体思维则是在思考和分析事物时从一个完整的认知对象的各个方面入手，将其分解为若干组成部分，或者分别分析它的各种属性、特征、方面和内在联系。

在传统的中国思维与文化习惯中，一种突出且典型的逻辑模式就是人们自发的整体性思维；但西方的传统思维模式与之相反，它的突出特点就是在分析中将逻辑性放在首位。中国哲学的整体面貌是将人心的体验作为思维的出发点，由个人对人生和社会的体验和领悟一直延伸到对整个自然界的认知；西方的哲学观点最原始的出发点则是"本体论"，也就是把逻辑方法的完整结构作为哲学的第一原理，西方哲学将"理性地认知不以人的意志为转移的本质世界"视作人生的根本意义，人的思想和智慧都来自对世界的本质的认识和分析。

中国的传统自然哲学观点是：世界是一个完整的有机整体，这一整体囊括了人和自然、主体和客体的所有关系。整体能够包含所有彼此联系着的部分。因此，如果想了解任意一个部分，就一定要先对整体有一定的认识，实现整体的和谐与统一，将综合性的概括放在认识事物过程中的主要地位，突出"万众归一"的理念，而不是将某一个体单独地拿出来分析和讨论。所以，中国的传统语言习惯和思维模式都呈现出明显的"整体思维"的特征，倾向于追求事物的整体性和一致性，人在认识事物时的"悟性"非常重要。另外，汉语偏好骈偶式结构，从本质上来看，这也是偏重整体思维所致。

西方文化则有着基本相反的逻辑模式，秉承主客体相区分的哲学观点，把人与自然放在相互对立的地位上，并始终将人置于万物中心的地位，认为人应最终支配和改造自然万物。西方人有注重个体组成要素及其独立作用和内在联系、分析和研究细节、总结较为精准并且细致的思维模式，重视形式完整和规则约束的程度，体现出从微观到宏观、从局部到全局的构造，逻辑顺序是从一到多，总的来说是比较典型的"个体思维"。这种思维方式在语言上主要表现为不要求思维面面俱到，但必须符合具有严谨性的整体结构。此外，英语行文以散行为主，从本质上讲，这也是偏重个体思维的表达结果。

二、直觉经验性思维和逻辑实证性思维

中国人千百年来的思维理念都是注重实践经验和对事物整体的思考，所以在生活劳动的实践中比较依赖自身的直觉体悟，也就是从总体角度出发，借助人体

的知觉直观而模糊地分析所认知对象内在的实质特征和运行的规律。这样就形成了一种思维上的缺憾：中国人常常无法就一个问题进行深层次的思辨，而仅停留在对表现现象和实用经验的层面上，对事物的分析和认知更多地满足于对表面现象的陈述和对外在规律的总结归纳，而不会更进一步地基于感性认知来探求对观察和思考的对象更深入和实质层面的特征，也不会分析总结表象背后事物的哲学性逻辑。英美人的思维习惯就不同，西方人的思维传统一向看重从事物中总结和获取理性知识，并进行实证，推崇从大量实证的分析中汲取理性且客观的结论。换言之，西方思维的一大特征就在于其浓厚的实证色彩以及科学与思辨的形式，将形式分析和逻辑推理放在思维的首要地位，由此，西方人逐渐养成了一种更趋于理性的思维定式。

这种思维定式的差异同样影响了英汉两种语言，在其表达上主要体现为侧重形合的英语语法和侧重意合的汉语语法。这种说法的含义是，英语的表达比较看重借助不同的有形连接手段来实现语法结构的完整性，所以英语的表现形式会受到原逻辑形式的严格管理和支配，语句措辞组织严谨，层次有序、环环相扣，句法功能一目了然，语言中的某一概念指向的内容有着分明的界限；汉语语言的表现形式更加随性且抽象，受到说话者或书写者意念的暗示更明显，读起来概念、判定和语言逻辑都不够严密，句子的结构比较松散，包含较多的隐性句法功能。

举例说明："A qualified leader will not be a man who enjoys privileges but not take responsibility." 译成"合格的领袖绝不做只享利不担责的人"。可以看到，在汉译中，该句原有的"a""who""but"都省译了。

三、螺旋形思维和直线型思维

中国人的传统思维模式往往将思考对象的整体性作为基点，按照笼统的综合直觉思维，将所有的事物都视作一个有机整体来分析，思维侧重点在于对事物内核的精神领悟而非形式上的分析流程。中国人在观察某件事物时习惯借助"散点式"的思维方式，这种思维模式的最大特点是其螺旋式的结构。与之对应的，西方思维模式往往会将个人的感受和理念作为思考的基点，在面对复杂或庞大的事物时，将其分解为一个个相对独立的结构部分，再对其分别展开分析研究，所以西方人的语言思维更多地将重点放在逻辑分析和形式论证上。在观察事物时，西方人会借助"焦点式"的思维方式，而这是一种相对直观的线性思维模式。这一差异也相应地体现在汉英两种语言中，是口语和文字共同引导和塑造的结果。

我们都知道，汉字是一种典型的象形文字，因为在阅读时，它比较容易引起读者对现实世界中事物形态状况的设想或构思。所以，长期书写和阅读这种意象化的语言的中国人，在思考的过程中，思维线路逐渐发展成螺旋形即曲线型或圆形，且循环上升，具有明显的间接性。所以中国人在思考或运用语言时，经常不厌其烦地重复某些词语或句式；在行文方式上，汉语母语者通常并不习惯在其所编写的文章的开头直白地点明主题，而是以一种更加宽泛、更具概括性的陈述作为开篇。而且文章的每个部分都往往含有一些看起来和文章中的其他内容没有直接关系的信息，这是因为中国作者不习惯直白地展示自身的观念或意见，而是要么就用较为含蓄委婉的方式来表达，要么就不做通篇详细的论述，而是以一笔带过的留白方式呈现观点。可见，汉语母语者的语言表达方式比较内敛含蓄，表意相对委婉甚至模棱两可，态度不甚清晰。不管是在日常口头交流还是在书面表达中，中国人都习惯在扩散思维之后再将思路和观点收拢回来，使话语最终又回到最初的出发论点当中，形成一种螺旋形的思维结构。这样的思维也使得汉语语篇呈现出螺旋式的行文结构。也就是针对同一个主题，通过回旋而又前进的螺旋形式对其进行分析和讨论，而不是十分直接地切入主题。

西方语言的拼音文字则不易勾起人们对现实世界里事物形象的想象或联想，因此，西方人在长期应用和书写其固有的文字符号——具有明显的线型连接以及抽象化排列组合的特征——的历史中，一点点形成了直白明了的直线型思维线路。因此综合来讲，西方人在思考或运用语言时，往往不愿重复前面已使用过的词语或句式；在行文方式上，西方人在完成一篇完整的论文之前，必然会首先确定一个稳定的核心论点，在编排文章时，遵循这一论点安排和推敲所有的论证细节，按照论点的逻辑展开全文。而且一般会将作者的观点旗帜鲜明地放在文章的开头部分点明。可见，西方人语言表达直截了当、干脆利落、态度鲜明。西方人的观点是事物之间并非完全的整体关系，而是彼此独立的，所有的事物都会始终朝前演变发展。因此，西方人遵循直线型思维，认为不管是说话还是写文章，都应该优先考虑直接表达而非间接表达，并且说话人的立场应一贯保持，不能用无关的信息掩盖真实的观点，这样才能达到最理想的表达效果。所以，在阅读英语语篇时我们可以发现，文章的叙述往往是按照直线逻辑直截了当地展开，一篇文章一般可以分为四个部分：引入、主体、论据、结论。文章一旦切入主题，就可平铺直叙地首先展开陈述段落，表达全文的中心思想，也就是主题句，之后再从多个方面入手，分析和论证文章的主题，在文章结尾得出总的结论。这一点从语言表达上也可以看出来：英语一般采用重心前倾、头短尾长的句式结构；相比较而言，汉语句式结构的重心一般倾向句子的后半段，头长尾短。

举例说明："I met with the foreign teacher from Australia on the new campus at 7：30 yesterday evening, whom most of your classmates liked." 译成汉语为："昨晚7点半在新校区，我碰到了那位最受你们大多数同学喜爱的来自澳大利亚的外教。"

四、主体思维和客体思维

西方的物本文化核心在于将物本作为语言的主体，将自然放在本位上。西方人非常重视观察和探究外在的自然客体，比如说古希腊哲学家亚里士多德就曾在《形而上学》中提出："求知是人类的本性。"培根也在其著作《新工具》中说"人类知识和人类权力归于一。"（此句以及该著作后来被归纳为"知识就是力量"）西方人的思维和研究重心在于认识自然规律，尊崇自然、了解自然、深入自然，最终实现对自然的征服和利用，乃至延伸至整个宇宙，类似的物本文化的持久积淀不停地演变，最终使西方人形成了客体式的思维模式。

汉民族比较看重人与自然的统一与和谐，并不会十分正规地划分语言思维中的主体和客体，因此，汉语中经常出现一些没有明显主被动之分的句子。

举例说明："一间宿舍住六个人"同样可以说"六个人住一间宿舍"，类似的表达反映了汉语重视意合表达、主客体相互交融、合二为一的表达特点。西方民族则强调人与自然的对立，对思维的主体和客体有严格的区分，所以英语中的主动句和被动句有明显的标记特征。

汉民族较注重主体思维，而西方民族则较注重客体思维。两种语言的表达习惯也体现了这两种互不相同的思维模式：汉语语句的主语一般是"有灵"的，也就是只有有生命的人和动物才能作为句子的主语（起码是一种潜在的主语）；但是英语语句中的主语常常可以是"无灵"的，也就是将无生命的物体或某种非具体的概念作为句子的主语。汉语中的主动句更多，表述风格更趋于主观；而英语表达更习惯于使用被动句，表述更加客观。

第二节 中西方语言逻辑的差异

一、中西方语言语序的逻辑差异

语序指的是一门语言中语素和词在进行组合时遵循的顺序规律。汉语的主要语法手段就在于汉语的语序。根据语序的变动，词组和句子所表达的意义也各不相同。英语句子则一般遵循"主语+谓语"的基本排列顺序。不过仍然会在实际的应用过程中按照语法结构的需要或者其他的强调内容而发生变更。因为，翻译工作者应当充分了解英语母语者的语言习惯，从而更加深刻地理解、更加全面地还原英语的表达。

（一）中西方叙事的语序逻辑差异

在叙事的习惯中，英汉语言之间存在许多逻辑上的差异。按照英语的语言习惯，句子中先叙述的应该是发生时间更近的事情；但是在汉语里，先叙述的是以往发生时间更遥远的事。英汉语序逻辑的主要区别之一就在于此。

举例说明："你能取得这个奖项，我很欣慰。"

按照汉语的叙述逻辑来表达，说话者会先叙述之前发生的事，然后再说后面的情况，也就是遵循事件发生的顺序。在这个句子里，"我很欣慰"发生在"你取得这个奖项"之后。因此要先说"你能取得这个奖项"再说"我很欣慰。"但是英语的逻辑表达则完全相反。如果把这句话翻译成英语，则按照英语逻辑，其语序表达应该是：

"I am pleased that you have won this award."

也就是先说发生时间更近的"I am pleased"再说"you have won this award."

（二）信封书写的语序逻辑对比

假如给国外使用英语的人士写信，就应该先在信封上写上收信人的姓名，之后再写地址。写地址时要按照从小到大的顺序，也就是先写最具体的门牌号码，之后再写街道和城镇，然后是省或州，以及相对应的邮政编码，国家名称最后才写。中国人的信封格式则完全相反，地址要从国家开始写，最后写门牌号。仅仅从信封的书写格式，我们就可以看出中西思维方式的差异，中国人往往将整体放在首位，个体居于次要的地位；西方人则以个体作为一切行动的中心。

另外，类似的书写格式差别也体现在个人简历上。在写英语简历时，要按照从现在到过去的顺序描述个人情况，而在写汉语简历时则要按照"从小到大"的顺序，也就是从以往的经历写到当下的状况。在汉语表达中，人们习惯由大到小排列地名，英语则是习惯由小到大。类似的情况大家在生活和学习中已经有所了解，本书不再赘言。

（三）表述事物现象的语言逻辑对比

在分别使用英汉两种语言描述同一事件时，也会产生不同的逻辑顺序。举例说明，在共同进出某些场所或一起进餐之前，需要说一些诸如请对方先行的客套话，中国人这时一般会说你先走、你先吃等。但是在类似的场合中，汉语和英语的语言逻辑有着时间先后概念上的明显差异。

例："After you, sir."

这句话用汉语来表达应该是：先生，你先请。不过，英语的字面逻辑顺序和汉语完全不同。英语表达用表示"后"的"After"取代了汉语的"先"。

（四）语言重点的语序逻辑对比

英语母语者（以及其他许多西方语言的使用者）在说话时，一般会首先传达出语句中最为重要的部分，但汉语母语者的语言习惯则不如此，而是越重要的内容越在句尾。因此，在阅读英语语句时，可以通过语序来分析语意中的主次关系，但按照汉语的逻辑，越是得到强调的内容越是位于句子的最末尾。翻译理论的初学者往往会在这一方面产生一系列英汉语言逻辑上的错误。

举例说明："The prosperous foreign trade industry in Guangdong Province."

这句话中的逻辑重点应为"外贸业发达"。所以，按照英语的语言逻辑和措辞习惯，要将"The prosperous foreign trade"放在最开头的位置。然而这在汉语逻辑中是说不通的，不可能表达成"外贸业发达在广东。"，相反地，要把重点强调的部分放在句子的最后，也就是："广东的外贸业发达。"从这个例子中可以发现，英汉两种语言对于句子重点的表述顺序是相反的，这一点需要翻译工作者在转换语言时给予重视，并进行适当的调整。

二、中西方语言意合与形合的逻辑差异

英语翻译中有"形合"和"意合"的说法。"形合"字面意思是"形式的合拍"，指句子内部的连接或句子间的连接采用句法手段（syntactic devices）或词汇手段（lexical devices）；"意合"指句子内部的连接或句子间的连接采用语义手段（semantic connection），要求整合语言内涵即可，不需要具备十分严谨的字面逻辑。这两种方式在翻译中有着诸多方面的表现。这两种现象反映了英汉句法结构和语言逻辑上的区别，在翻译过程中是一个需要尤其注意的方面。

（一）意、形合的语言逻辑对比

显然，"形合"的情况在英语中更为常见，借助关系词、连接词、介词、形容词比较级等形式来体现；"意合"在汉语中更为常见，主要借助调整和紧凑语序的方法来实现。英语主要通过时态、标点符号、连接词等来反映句子之间的关系；而汉语句子的顺序与联系则往往借助其构成字词的含义来实现，侧重点在语意上。

举例说明："Another kilometer, and you will reach your destination."

本句中的连接词是 and，属于简单并列句，句子采用一般将来时态，非常直观地反映了两个句子间的动作联系。但是，如果用汉语来表达，则句子之间会通过语句含义而非连接词来反映关系，所以将对应的英语表达翻译成汉语时，关联词并不需要翻译。

所以，这句话用汉语来表达是："只要再走一公里，你就能达到目的地。"

（二）语言连接手段的逻辑对比

英语和汉语在借助词语进行句子之间的连接时，也会采用不尽相同的手法。通过观察分析可以发现，英语对于语句的细节相当看重，而且一定会通过表述反映出不同的细节之间存在着什么样的关系，维系着什么样的状态，每个细节之间都要建立起一定的逻辑关系，形成完整的语言结构，在此基础上实现句子之间的

连接；而汉语在语义表达上则更加看重所谓的"内聚"手法，并不会采用明显的衔接手段。

举例说明："Which is more suitable for sightseeing, the Tokyo Tower or the Burj Khalifa Tower?"

这个句子含有比较的意思，英语在表达这层含义时，需要把形容词（或副词）转化为比较级"more suitable"，句子也会采用比较格式；而在汉语中，并不存在固定的比较结构，可直接表达成"是东京塔更适合观景，还是迪拜塔？"从这个例子中不难发现英汉两种语言之间存在的逻辑差异。

三、中西方语言逻辑严密性差异

英语语句中的内在逻辑非常严谨，每个单词和语句之间都有着十分紧密的语法结构。连词（conjunction，这个词本身的意思就是"连接""同时发生"，可以说"连词"是一个衍生意）或介词（preposition）在英语中非常常见，用来连接不同的句子，反映其内容和主谓语之间的逻辑关系，使内容的表达和语言的组织更加有序。汉语则不然，汉语母语者习惯使用短句，各个句子之间并没有十分紧密的联系，呈现出相对松散的结构，在句子间充当衔接成分的并不是固定的词语或短语，而是各句自身的内在含义。

（一）严密性的逻辑对比

汉语的描述和表达习惯比较随性，并不绝对严谨。英语则有着十分严谨且不可随意违反的语法规则和逻辑。汉语中存在许多"歧义句"，同一句话可以同时表达几种不同的含义。下面将给出一个例子，帮助读者更好地理解这种语言现象。

例："我叫他去。"

此句既可以理解为"我让他去""我派他去"，也可以理解为"我去喊他"。两种含义对应的英语表述分别是"I set him go." "I'll call him."

再例："在艺术学院的时候，只有我和他学习过油画。"

此句既可以理解为"只有我向他学习画油画"，也可以理解为"只有我和他两个人学习过油画"。两种含义对应的英语表述分别是"When I was in the art school, I was the only one who learned oil painting from him." "In the art institute, only he and I studied oil painting."

从以上的两个例子中我们可以看出，汉语的表达更加灵活，但并不一定足够准确；而在英语的表达中，单词或词组会根据语法逻辑和规则进行排列，造成的歧义相对更少，在逻辑上比汉语要更加严谨，语义更加完整。

（二）主谓结构的逻辑对比

英语语法遵循一个非常重要的原则："主谓一致"；但是汉语并不强调主谓关系，语言逻辑和句子结构都比较松散，而且还有许多成立的无主句。举例说明："衣服洗完了"，这就是一个典型的无主句，在汉语母语者看起来非常自然，一眼就能看懂是什么意思，而且找不出什么语病。可是在英语里就不一样了，如果要把"衣服"作为句子的主语，就只有采用被动语态才能使逻辑成立。

此外，汉语的遣词造句顺序一般以时间先后、事物规律、因果关系为主要排列依据，语言的内容、感情和叙述流动性极强，逻辑散漫，句子中还包含许多隐性的主谓语。举例说明，"中国地大物博"在英语中的表达是"China is vast and abundant"，从中我们可以看出汉英两种语言在语句顺序上的区别。

例："明天要面对更复杂的情况。"

按照实际逻辑，要"面对更复杂的情况"的并不是"明天"，这可以看出汉语的表达重点在于"达意"，而不在于"通顺""符合逻辑"。而假如把这句话翻译成英语，就会得到一个逻辑上更加严谨、主谓一致的句子：

"We have to face more complicated situations tomorrow."

根据上面给出的实例对比，我们可以看出：英语语句往往有着相对紧凑且严谨的主、谓、宾结构，汉语在这方面则呈现出更为松散流动的语法结构；英语在语法形式上要遵循规范的逻辑，汉语的表述更加注重整体语义的直观传达而非字面逻辑。

（三）主、被动语态的逻辑对比

英语的表达具有较强的客观性，其构句方式往往会用一定的内在逻辑相对忠实地反映事物的真实面貌，这也是被动语态在英语中频繁出现的原因之一。而相比较而言，汉语的主体性则更强，这一点从说话人和听话人的主观感受上就可以感受得到，汉语并不强调遵循语言逻辑描述客观现实。举例说明："要做学问，不仅当有缜密严谨的思维，还当有广泛的见识和充足的经验。"这句话在汉语中的表达采用的是主动语态，其中"不仅……应该……"表示强调，突出说话者的主观观念。但是英语中对于这句话的表达是："Not only careful and rigorous thinking but extensive knowledge and sufficient experience are demanded in the scholarship." 此处的"are demanded"是被动语态，反映的是句子中行为的主体和客体之间的逻辑关系。

（四）抽象与具体的逻辑取向对比

汉语的语言逻辑相较其他语言来说更加看重直觉和具体事物。而汉字本身就是一种象形性较强的文字，以"羊"字为例，这个字本身的字形就很像一只顶着一对犄角的山羊。另外，汉语还有一个突出特征，就是习惯用具体的事物来形容和反映抽象的事物，比如：汉语中对"胃口极大、大量吞没（土地等）"的表达是"鲸吞"，以鲸口之巨极言胃口之大、贪欲之盛。英语的措辞习惯则相反，往往将许多抽象的概念作为具体的名词来使用，如 happiness，madness，hope，will，victory 等都可归于此类，这类单词将抽象概念视为具体事物，呈现出和汉语的逻辑完全相反的取向。

《列子·说符》中有"九方皋相马"的故事："秦穆公谓伯乐曰：'子之年长矣，子姓有可使求马者乎？'伯乐对曰：'良马可形容筋骨相也。天下之马，若灭若没，若亡若失。若此者绝尘弭辙。臣之子，皆下才也，可告以良马，不可告以天下之马也。臣有所与共担纆薪菜者，有九方皋，此其于马非臣之下也，请见之。'"穆公见之，使行求马。三月而反报曰：'已得之矣，在沙丘。'穆公曰：'何马也？'对曰：'牝而黄。'使人往取之，牡而骊。穆公不说，召伯乐而谓之曰：'败矣！子所使求马者，色物、牝牡尚弗能知，又何马之能知也？'伯乐喟然太息曰：'一至于此乎！是乃其所以千万臣而无数者也。若皋之所观，天机也。得其精而忘其粗，在其内而忘其外。见其所见，不见其所不见；视其所视，而遗其所不视。若皋之相者，乃有贵乎马者也。'马至，果天下之马也。"这则故事的寓意是：分析事物要把握内在的精髓，而不能拘泥于其表面现象。看问题时要有所舍弃才有所专注。庄子也在其著作中表达过类似的思想，他说："筌者所以在鱼，得鱼而忘筌；蹄者所以在兔，得兔而忘蹄。"（这就是成语"得鱼忘筌"的由来）。言透露道，是靠言的暗示，不是靠言的固定的外延和内涵。另外，这两则语言同样反映了上述的汉语措辞取向：用具体事物来比喻抽象的观念或规律。

这种哲学思想对于翻译理论同样有着深刻的启示作用。翻译工作者要想准确传达原文所蕴含的意义，就不能过分执着于词语和句子的字面意义，而要充分把握其内在思想内核。那么，如果要把"得鱼忘筌"翻译成英语，要怎么表达呢？按照本文的观点，很显然不能直白地按照字面意思译为"Forget the trap as soon as the fish is caught."而是应当分析原文语境中"鱼"和"筌"两个意象所指代的抽象事物，进行抽象与具象二者之间的适当转换。所以应当翻译为："To forget the means by which the end is attained."

第三节 中西方差异下的翻译比较

一、中西方思维方式差异下的翻译比较

（一）整体思维与个体思维翻译比较

对于英美人来说，在思维上注重个体，注重从局部出发，先部分后整体，形式程式优先。对于中国人来说，在思维上注重整体，先整体后部分，整体平衡、整体程式优先。由此可以看出，中西方在思维方式上存在巨大的差异，这种差异在语言方面表现为：汉语表示时间或空间，排列顺序为从大到小；英语则常常是从小到大。就拿时间来说，中国人的习惯是年、月、日、时、分；而英美人习惯表示为分、时、日、月、年。再比如表示空间，中国人的习惯是国家、省、市、街道；而英美人的习惯恰恰相反，表示顺序为街道、市、省、国家。在表示社会关系的属性方面也存在着差异，中国人习惯姓氏、辈分、本名的顺序，从整体入手再到个人；而英美人的习惯是先个体、再部分、最后再整体，也就是按本名、中名、姓氏的顺序表示。

汉语和英语在造句方面也存在差异，比如，汉语句子的时间状语和地点状语的排列顺序一般是从大到小的；而英语句子往往是从小到大的顺序。例如："上周

星期一每隔两个小时我就要在那儿坐一会."用英语来表达就是:"I sat there for a while every couple of hours on Monday last week." 再比如:"他在云南省昆明市郊的一个小厂里工作."用英语来表达就是:"He works in a small factory in the suburb of Kunming City, Yunnan Province."

个体思维的不同使得英语和汉语在语言组织方面存在差异,英语更加关注句子的形式,为了使句子更加完整,一般在句子中常常使用关系代词、关系副词、介词等连接词。汉语则对句子的形式不是很看重,在体现句子的完整和连贯方面,常常利用语句内隐含的逻辑关系。换句话说也就是,英语句法具有明显的外显型功能,汉语句法则具有典型的内隐性特点。

接下来通过具体的例句来进行详细的分析,例如, The percentage of using electricity for lighting, TV and radio is same as that for vacuum cleaners, food mixers and electric tools, 15%. 这句话可以根据字面意思进行理解,可以将其翻译为:用于照明、电视、广播的电量比例和用于真空吸尘器、食物混合器、电动工具的电量比例是相同的,为15%。然而,在中式思维的影响下,我们往往追求句子内在逻辑含义上的完整与连贯,没有意识到英语注重形合的特点。汉语里最后的15%很好理解,就是指前面所提到的电量比例,但在英语里就显得成分不明确。可以改为: The percentage of using electricity for lighting, TV and radio is same as that for vacuum cleaners, food mixers and electric tools, which is 15%. 这样改动的句子就更加符合英语的表达习惯。

(二)经验性思维和实证性思维翻译比较

前面已经介绍了经验性思维和实证性思维翻译的差异在语言上表现为英语注重形合而汉语注重意合,在篇章构成方面,经验性思维和实证性思维主要依靠内在含义实现思路的清晰与连贯,不注重形式上的连贯性。

例: Everyone dreams of gaining success in his career. However, the way to success is not a smooth one. It is always full of difficulties and obstacles. Facing the setbacks, those who have a strong ambition will hold on straight to the end, the people who have little ambition will be easy to give up.

这段话具有清晰的逻辑关系,但是也存在一个明显的问题,那就是行文不够连贯。可以将第二、三句合并为一个长句子,利用从句体现其逻辑关系,在最后一句上还可以使用连接词，能够体现出前后对比的关系。这样稍加修改就能使文章更加流畅和连贯。

修改后的句子如下：Everyone dreams of gaining success in his career. However, the way to success is not a smooth one which is always full of difficulties and obstacles. Facing the setbacks, those who have a strong ambition will hold on straight to the end while the people who have little ambition will be easy to give up.

（三）形象思维与抽象思维翻译比较

例1.Wisdom prepares for the worst; but folly leaves the worst for the day it comes.

聪明人防患于未然，愚蠢者临渴掘井。

例2.In line with latest trends in fashion, a few dress designer have been sacrificing elegance to audacity.

有些时装设计师为了赶时髦，舍弃了优雅别致的式样，而一味追求袒胸露体的奇装异服。

这两个例子中的抽象名词 wisdom，folly，elegance 和 audacity，都表示具有共相概念的一类人、物或现象，英美读者习惯于抽象思维，这句话对他们来说词义明确；而中国读者习惯于具象思维，只有让这些抽象名词所表达的抽象概念具体化，才符合汉语读者的思维习惯和汉语遣词造句的行文习惯。

具象思维注重取象和取义相结合，依靠具体的物象来寄托特定的思想，展开由此及彼的类别联系，利用具体物象叙事述理，由此来表达概念、情感和意向。抽象思维的主要思维形式是概念、判断和推理，注重对物象的统摄，利用严密的逻辑语句来叙事说理，表达思想感情。在东西方民族之间，具有具象和抽象思维的差别，这一差别对文学作品的艺术构思和表达形式也产生了影响，这一点从马致远的《秋思》与其译文的对比中得到证明。原文的前三行是：

枯藤老树昏鸦，

小桥流水人家，

古道西风瘦马，

在这三行诗句中，共出现了9个名词，使用了9种具象，这9种具象营造了一种萧瑟凄凉、空旷冷寂的氛围，作者当时的情绪和心境一目了然，不需要任何多余的话语。但看许渊冲先生的译文：

O'er old trees wreathed with rotten vine fly evening crows;

Neath tiny bridge beside a cot a clear stream flows;

On ancient road in western breeze a lean horse goes;

　　译文句式是比较工整的，语义贴切，语句流畅，韵律和谐自然，不仅如此，译文也尽可能地保留了原诗具象，并且还充分参考了英语句法结构，使用了冠词、介词和动词，将原句中的具象组合转变成了三个完整的逻辑语句，这是因为既要遵循英语遣词造句的语法要求，又要注重严密的抽象逻辑思维表达形式的需要。

（四）螺旋形思维和直线型思维翻译比较

　　螺旋形思维与直线思维具有明显的差异，主要体现在修饰语和中心词的位置上。一般来说，在汉语里面，修饰语都位于中心词的前面，不管修饰语是长还是短，是繁还是简。在英语中却并非如此，英语中的修饰语一般放在中心词的后面，比如介词短语、定语从句、现在分词、过去分词、动词不定式等。例如："The whole world scientists focus on finding an efficient way to make the air clean."这句话可以理解为："全世界的科学家致力于找到一种净化空气的有效方法。"英文原句中的主语是典型的汉语曲线思维模式——修饰语在前，中心词在后。根据英语语法习惯，中心词在前、修饰语在后的表达，应改为"the scientists all over the world"，英文原句中的宾语"an efficient way to make the air clean"就很好地按照英文直线思维模式进行了表达。

　　在螺旋形思维模式的影响下，汉语的句子成分排布顺序一般为逻辑关系和时间顺序，具体来讲就是先描述、再下结论，可以说句末就是整个句子的重心。在直线思维模式的影响下，英语句子注重主谓结构，一般是先下结论，再描述，句首是一个句子的重心所在。例如："We just have enough time to relax, then we can have a good mood, thus do things efficiently."这个句子体现了明显的汉语曲线思维模式，将所要表达的意思按照因果逻辑关系排布，句末成为句子的重心，即：我们有了足够的时间去放松，然后我们就有了好心情，这样可以高效率地做事。但是这不符合英语的直线思维，直线思维应先下结论再描述，句首是句子的重心，可以将其修改为："We can have a good mood, thus do things efficiently as long as we relax ourselves enough in the spare time."

二、中西方语言逻辑差异下的翻译比较

（一）语序逻辑翻译比较

对于时间的表达，英语句子中表示时间的状语位置相对灵活，汉语需要按照时间的先后顺序来叙述，也就是先发生的事情先叙述，后发生的事情后叙述。

例如：He had flown in just the day before from Georgia where he has spent his vacation basking in the Caucasian sun after the completion of the construction job he had been engaged in the South.

这句话的意思是：他本来在南方从事一项建筑工程；任务完成后，他就上格鲁吉亚去度假，享受高加索的阳光，昨天才坐飞机回来。

按照事情发生的先后顺序，在翻译过程中，先翻译在南方完成一项建筑工程，之后再叙述在格鲁吉亚度假，最后才叙述坐飞机回来。在英语句子中，表示时间、地点、原因、条件、让步、目的等的从句位置灵活多变，比如英语中表示原因的从句为主可以在主句的前面，也可以在主句的后面；在汉语中需要遵循"因"在前，"果"在后的规则。

例如：He had to stay at home yesterday because he was ill. 句中"he was ill"和"he had to stay at home"是因果关系，在英语句子中原因状语从句位于表示结果的主句之后。汉语中表示原因的句子需要前置，将表示结果的句子放在后边。所以，本句可以翻译为：因为他病了，昨天他不得不待在家里。

通常叙述一组空间上排列的事物时，是按照由近及远或由远及近的表达原则来进行的，根据文章中人物的视角来决定具体选择哪种顺序。对于描述心理事件，一般也是按照心理感触的过程来叙述。例如：The popular idea of an English village is of one an bally, where it can be overlooked from the hills, clustered about its ancient church;and similarly, the general conception of a farm in this country is of a more or less commodious homestead in a valley, sheltered by ample trees, with broad fields like open hands stretched out to receive the sun and a river flowing not far away.

这些句子描写了英国乡村风貌，从高空俯瞰的角度来观察和描写整个村子，可以翻译为：人们心中常有的英国乡村是在谷地里，从山上可以俯瞰它的全貌，房子簇拥在古老的教堂周围；同样，这个国家的人们对农场的普遍概念也是山谷地里

宽敞的家园，绿树成荫。广阔的田野延伸开去，就像张开的手掌接收普照的阳光，不远处还有潺潺的河流。

在汉语中，在对比若干事项时，往往先做铺垫，再表明主旨，一般会把要强调的事项放在后面，让读者能够有一个深刻的印象。例如：With the third party acting as an intermediary, to take the interest of the whole into account, we strongly demanded with frankness and sincerity many times at the end of the autumn of the same year that you should compensate all our losses. 这句话可以理解为：我们为顾全大局于同年秋末在第三方的调停下开诚布公地多次强烈要求贵方赔偿我们的一切损失。句子中"to take the interest of the whole into account"表示我方的立场和出发点，将它的译文放在前面作为铺叙，"you should compensate all our losses"是主旨，需要放在后面，前后形成对比，如此一来，逻辑关系也更加清晰。

在信息值的排列方面，英语在行文时往往遵照"高值信息在前，低值信息在后""新信息在前，已知信息在后""不确定信息在前，确定信息在后"的规则，来陈述逻辑关系。汉语却恰恰相反。例如：The policies open to developing countries are more limited than for industrialized nations because the poorer countries respond less to changing conditions and administrative control. 这句话可以理解为由于贫穷国家的经济对形势变化的适应能力差一些，政府对这种经济的控制作用也小一些，所以发展中国家所能采取的政策比起工业化国家来就更有局限性。句子中"the poorer countries respond less to changing conditions and administrative control the policies open to developing countries are more limited than for industrialized nations"是补充解释成分，信息价值较低，信息价值较高的部分为"the policies open to developing countries are more limited than for industrialized nations"，在组织译文时遵循"低值信息在前，高值信息在后"的原则，这样逻辑关系更加清晰，中心也更加明确。

在翻译时，还需要重视语篇的连贯与衔接问题，在翻译中尽可能地体现出两种语言不同的逻辑关系，这样才能使译文与原文在文体、功能、风格等方面保持一致，不仅能够忠实地传达原文的意思，还能够再现原文的风貌，使译文与原文具有相似的整体效果。例如：I can say to you, without any flattery, that the Chinese way of cooperation is more inventive and fruitful than others. 这句话的意思是：我可以对你说我这样说没有任何奉承之意，中国的合作方式比别国的合作方式更有特色，更有成效。在翻译过程中，先将 others 进行了补充，即 "the way of cooperation of others"，补充了信息才能确保句子的自然连贯，所以说必须要增加关键词"合作方式"这一隐含信息。

（二）意合与形合逻辑翻译比较

英语属于形态型语言，追求形合，英语句子会使用比较多的逻辑连接词，使得结构更加严谨。英语句子具有主次分明的结构。汉语属于语义型语言，一般不重视逻辑关系词的含义，常常利用上下文之间的关系传达其意思，汉语句子结构比较松散，但具有层次鲜明的语意。汉语的句式很灵活，没有固定的形式，可以随意变化，主谓结构也不突出。英语具有较多的语法，有主谓分明的结构，句子的结构比较复杂。

例如："夫战，勇气也。一鼓作气，再而衰，三而竭。"

译文：A battle is won by courage. At the first beat of drums the soldiers can muster up all their courage, which, at the second beat, begins to fade, and at the third beat will become exhausted.

通过分析例句，我们可以看出汉语原文中的逻辑词只有"而"这一词，我们可以从句子的隐含意思中理解这几个小句之间的关系。英语译文将汉语原句中隐藏的逻辑关系词翻译了出来，比如译文中出现的"which""and"等。这表明译者充分分析了汉语原句中的逻辑关系，并在此基础上选择合适的逻辑关系词，将其运用到翻译过程中，这样能够使英文读者更好地理解原文的意思。总而言之，英语是重形合的语言，而汉语是重意合的语言。

（三）逻辑严密性翻译比较

在汉语句子中，主语一般是人称，主谓结构不明确，动词的使用灵活多样；在英语句子中，主语多是事物，主谓结构比较明确。这就使得我们在面对比较长、比较复杂的句子时，最好先找到句子的主谓部分，这样就能找到句子的主干，再围绕这个主干对句子各成分进行相应的转换和填充以确定句子大意从而得到相应的译文。

例如：The main reason of environmental pollution and ecological damage rests that too much waste which is produced in people's daily life can not be properly treated, and harmful ingredients will enter the natural environment.

这段话可以翻译为：环境污染与生态破坏的主要原因在于人们日常生活中所产生的废弃物过多，这些废弃物无法得到恰当的处理，有害的成分就会进入自然环境。

对原句进行分析，可以明显看出"The main reason"是原句的主语，而"rests"是谓语动词，主谓确定之后，汉语译文的基本框架也就出来了，即"××的主要原因在于××"；"that"引导了宾语从句，这个从句中"too much waste"是主语，"be treated"是谓语，从句中主谓部分的意思是"废弃物得到处理"，主谓结构分析到此就很清晰了，之后需要把剩下的成分加到句子合适的位置，就能得到译文。由此看来，确定句子的主谓是应对长句翻译的必胜法宝，主谓确定好之后再构建好符合目的语逻辑的框架，由此就得出了译文。

在表达抽象内容时，英语常常会使用名词、介词等，并以名词为中心。而汉语常常使用动词，并以动词为中心。在英语和汉语表达中，都存在着一词多义、一词多用的现象，而且一个词的词性也会发生变化。译者在翻译过程中要注意把握逻辑关系，在转换源语中的一些词语时确定其准确的词义，便于读者更好地理解原文。

例如：The aborigines here are firmly opposed to the construction of building farm-land into factories, because the establishment of factories will damage the local good natural environment.

这段话的意思是：这里的原住民坚决反对将农田建成工厂，因为建立工厂会破坏当地良好的自然环境。

在英语句子中，动词"建立""construction"的词性是名词，在汉语句子中，被转换成"firmly"，原意是"坚定地"，但在译文中表示"坚决"，展现了原住民的决心。由此看来，在翻译长句的过程中，我们应仔细揣摩英文原文中的名词和介词在汉语表达中的词性，使翻译的句子与目的语的语言逻辑相符合。通过以上的例子，我们可以看出英汉翻译中的很多词语需要仔细揣摩，根据原文的语言环境、逻辑关系以及目的语的语言逻辑来翻译。

英汉语言的逻辑差异在句子结构方面也有明显的体现：英语句子具有主次分

明的特点，汉语句子结构由多个小节构成。一个长句往往能翻译成几个短的分句。英语是重形合的，句子的形态很严谨；而汉语则重意合，逻辑连接词少，句子的构造比较简单，经常使用短句。在翻译的过程中，整合英语的复杂结构，将英语复杂的句子进行分解，使其成为几个散句或简短的分句，符合汉语的表达习惯。

例如："We must also support the world's farmers by removing export restrictions and limits on food commodities, in particular those procured for humanitarian purposes and cut agricultural subsidies in developed countries to free new resources for agricultural investment in low income, food insecure countries."

这段话的意思是：我们必须取消对粮食，特别是用于人道主义援助而采购的粮食的出口限制和征税，还要减少发达国家的农业补贴，将更多的新资源作为农业投资，投入到低收入和粮食短缺的国家中去，以此来扶持全世界的农民。

通过观察中英文句子，我们可以看出英文原句中只断开两处，而汉语译文中整个句子有5个逗号。将第一个"and"之前的内容断开，将其拆分成另一个单独的小句。第二个"and"之后的句子略长，在汉语表达中可以把英语原句中状语、补语等成分作为短句或分句对原句子的主干进行补充。按照目的语的语言逻辑，我们需要对源语的逻辑进行转换，重新构建句子，也就是说在英译汉时，可以将一个长句拆分成多个分句或短句。

第四章 文化差异下的英美文学翻译分析

本章主要对文化差异下的英美文学翻译进行分析,主要从三方面来进行阐述,分别是英汉翻译中的文化差异、文化差异对英美文学翻译的影响、文化差异下英美文学翻译的比较,共三小节。

第一节 英汉翻译中的文化差异

一、思维模式差异

中西方思维模式存在着巨大的差异,会影响跨文化交际翻译的效果和质量。在中国思维模式中,比较看重"牺牲小我、成就大我";在西方思维模式中,对个体的自我感受更加侧重,追求个人利益的实现。在中国,感性角度往往是思维切入的关键点,注重构建经验直觉;而在西方国家,逻辑规律经常成为思维切入的关键点,注重办事严谨的态度和作风。在思考交流方面,中西方也存在差异。在中国,人们习惯先说重要事件的小事,然后再逐步靠近事件中心,方式是比较委婉的;在西方,人们在交流时往往直奔主题,按照事件的重要程度进行一次交谈。因此,在进行跨文化交际翻译工作时,应重视语句表达的顺序,科学调整相关语句顺序,与受众思考交流方式相贴合。

二、价值观差异

中西方所处的地理位置影响了其自然环境,使得中西方的文化发展进程出现了明显的区别。虽然人类对于世界的认知水平大体相同,但因为不同的地域、不同的生活习惯,使得中西方的人们具有不同的表达方式、对问题的不同看法以及不同的解决方式。例如,在数字理解方面,西方人普遍认为数字13不吉利,对其持忌讳厌恶的态度，而在中国人眼里，相比于13，中国人更加不喜欢数字14。因此，在进行英汉文学翻译时，应注重理解文学作品中的隐喻意味。这里特别强调的一点是，中西方个人价值观也存在比较大的区别，传统儒家封建文化对中国人影响比较深远，中国人形成了牺牲少数人利益保全多数人利益的集体主义价值观，追求和谐共处。在西方，人们追求个人主义和英雄主义，追求个性自由，习惯以自我为中心。由此可以看出，中西方在个人价值观、审美、情趣等方面都具有差异。

三、宗教信仰差异

西方的社会发展史相当于一部宗教思想的发展史，《圣经》中的宗教思想涉及多个领域，包括西方人文、科技、历史等。在西方国家发展的历史长河中，宗教信仰对西方文化产生了重要的影响，在很大程度上推动了西方文化的发展。在很多的英美文学作品中，常常会出现和宗教文化相关的词语，对英美文学作品有着深远的影响力。在西方，人们主要信奉基督耶稣，和其相关的词语包括"神父""修女""祷告"等，这些词语能够明显反映出西方的宗教信仰。此外，在西方，人们日常语言中经常出现的词语是"Oh, my god!"，这也有力地体现了西方的宗教文化。在中国，大部分人没有信奉的宗教，少部分人信奉佛教，经常出现的词语比如"老佛爷""临时抱佛脚"等词句就是很好的证明。除此之外，在中国人的日常生活中，还能经常听到的词语是"我的天哪！"这里需要注意的一点是，一些词在中西方文化中是比较忌讳的，比如，西方人忌讳"黑猫"，觉得黑猫象征着邪恶，但是在中国没有这种忌讳。还有一些词语在中西方文化中有着特殊的意义，比如，"枣"在中国象征着早生贵子，但西方国家则没有这种意思。

四、风俗习惯差异

首先，中西方价值观念不同。人们的行为规则、思维方式、道德标准和生活哲学都受到群体价值观的影响。在人际交往过程中，人们不知不觉地获得了本群体所固有的文化观念，并使之成为本群体中个体的生活哲学、行为准则和道德规范，每个国家和社会都有自己独特的价值体系和判断标准。以中国文化为例，中国人尊重谦逊和礼让，追求知足常乐，不喜欢炫耀和争夺权力。西方人崇尚独立思考和判断，喜欢用自己的能力来实现自己的利益。其次，中西方行为规范不同。社会行为准则的具体含义是指社会普遍接受的道德标准和行为准则，来自不同国家、不同地区、不同文化背景的人们在相互交流时，往往会用自己的社会行为准则和人生哲学来判断对方行为的正确性和合理性。由于双方社会行为准则的差异，在同一社会行为中往往会出现误解、不愉快，甚至产生更严重的后果。再次，口头语差异。中国方言众多，口语也是千奇百怪，如一些地区民众在表示惊讶时会说"天啊"，若单纯地将其翻译为"God"，则会出现意义偏差。此处的"天"并非指的是上帝，而是超脱人们认知的事物，因此仅代表惊讶，不带有其他任何特殊色彩。而"God"除了惊讶，还带有一定的基督徒虔诚的色彩。中西方文明具有独特的特点，举例来说，中西方不同国家对颜色的喜爱程度和象征寓意有着很大的不同。在中国，红色是吉祥的象征，有着美好的寓意，大部分包含红的词语都是褒义，比如"开门红"，象征着第一次就获得好运；"红人"，代表着人吃得开、混得好……但是在很多西方国家，红色的象征含义就有着巨大的差异，如，"see red"是指一个人非常生气，"go in red"是指财政赤字。

五、饮食文化差异

中国饮食文化和西方饮食文化有着巨大的差异。我国饮食文化内涵丰富、类型多样。我国不仅具有各种各样的饮食，还具有典型的茶文化和酒文化。我国茶文化的发展历史比较悠久，一直以来备受文人骚客的喜爱，茶文化已经成为名家诗篇中的重要元素。在西方饮食文化中，以英美国家的饮食为例，人们餐桌上最常见的饮食类型就是西餐，菜品样式比较少，烹饪手法也比较单一。由此看来，西方国家的饮食结构与本国民众追求效率的思想意识密切相关。从文学作品角度来分析，很多英美文学作品中包含各种各样的用餐场景，在翻译这类文字时，翻译人员要了解中西方文化的饮食差异，熟悉不同国家的饮食文化和特点。

第二节　文化差异对英美文学翻译的影响

一、思维方式差异对英美文学翻译的影响

中西方思维方式的差异也影响到了英美文学作品的翻译。不同的地域文化能够影响不同地域以及国家居民的思维方式。而思维方式也会影响人们对事件思考方式以及行为方式的选择，不同的思维方式会产生不同的判断方式，并且思维方式的不同会在人际交往活动中进行广泛的传播，在流动过程中产生深远的影响。在中国，人们的思维方式是辩证的，崇尚中庸的思想，注重理论和实际的联系。在文学著作的写作方面，注重文章结构的完整性，善用动词来展现事物的可取之处。中西方存在明显的差别，在西方，人们强调个人的文学批判性观点，挖掘事物之间的逻辑关系，在分析事物时能从不同的角度来分析，在文学写作方面注重谓语的使用。

二、价值观差异对英美文学翻译的影响

不同的地理位置使得中西方产生了不同的文化，但是从全局来看，从整个人类整个世界的角度来看，人类认识世界、了解世界的进程基本是一致的，只是在一些问题的认知上存在差异。也就是说，不同的民族生存的地区不同，由此产生的对问题的看法也就不同，同样也会呈现出不同的形式。中西方在价值观方面存在很大的差异，中国具有深厚的历史文化传统，在儒家思想的影响下，人们形成了集体利益为大、国家利益为大，在必要的时候可以为大家舍小家的价值观念。但是在西方，人们的价值观念更加注重个人利益，相对于集体主义西方人更关注个人主义，关注自身的利益。价值观上的差异在一定程度上会影响英美文学翻译。

三、宗教信仰差异对英美文学翻译的影响

前文已经提到，我国宗教信仰与英美国家的宗教信仰存在一定的不同，二者间的差异会影响英美文学的翻译。随着历史的不断发展，宗教信仰也随之发展，

深刻地影响着人们的生活和思想。其中，佛教、儒教与道教等是对我国产生较大影响的宗教，而基督教、天主教等是对英美国家产生较大影响的宗教形式，能够影响英美创作者的文学创作，导致很多经典英美文学作品中都蕴含着多多少少的宗教思想。在这种背景下，翻译者在翻译英美文学时应充分考虑英美国家的宗教信仰，分析创作者的创作背景，了解创作者所处时代的主流思想，再对作品进行分析。例如，英美文学作品中较为常见的词汇 Cain 是个人名，译为"该隐"，这个人名来自圣经里的一个故事，故事中的该隐是亚当之子，但是他杀害了自己的亲弟弟，所以 Cain 便是指那些杀害亲属的罪人，如果单纯地翻译人名，不熟悉其背后的深层内涵，很有可能会曲解英美文学作品中的本来意思，使读者不解其意。

四、风俗习惯差异对英美文学翻译的影响

中西文化方面的差异会影响英美文学的翻译，特别是中西文化在风俗习惯方面的区别会在一定程度上阻碍译者的翻译。也就是说，人们生活在不同的地区，受不同的人文环境的影响，会形成不同的生活状态和风俗习惯。英美国家与我国在气候、资源、人文环境等方面都存在明显的区别，由此形成的风俗习惯也存在明显的差异。而中西方风俗习惯方面的差异会在很大程度上影响英美文学的翻译。例如，在对单词的理解方面，中国人和西方国家的人们存在很大的差异，比如对单词"dog"的理解，中国人和西方人都认为狗是人类的朋友，但对中国人来说很少将"狗"用在人类的比喻上，出现时也大多是具有讽刺意味的；在西方国家，人们日常口语表达中就常常使用"dog"这个词，用来表示朋友等关系，西方文化中"dog"这个词并不具备反讽意味。再举一个最典型的例子加以说明，我国传统文化的正统思想是儒家思想，受这一思想的影响，在我国文化中，尊老爱幼、照顾弱势群体的思想是比较盛行的。而在西方国家，人们更加追求独立与平等，对儿童和老人等群体并不会特殊对待。除此之外，在男女相处方面，中西方也存在明显的不同。在我国，人们受传统思想影响比较大，讲究男女有别，男女相处起来比较含蓄，交流的方式多是口头招呼、握手等形式。而在英美国家，人们更加开放，多是以拥抱或亲吻的方式来进行交流。总的来说，英美文学翻译深受中西方风俗习惯差异性的影响。人们常说，艺术来源于生活，又高于生活。在创作的过程中，创作者创作的文字能够反映创作者的真实生活，体现创作者居住

地区的风土人情。基于此，在翻译英美文学作品时，译者需要考虑我国与英美国家在风俗习惯方面的差异，以便更好地反映创作者的生活状态，真实地反映作品的内涵。

五、历史文化差异对英美文学翻译的影响

一个民族的历史传统对其文化环境的影响有着决定性作用。不同国家、不同民族的历史文化呈现出不同的特征，因此，不同民族经过长时间不同历史事件、历史转折的奠基形成了具有很大差异的文化环境。儒家思想在我国历史文化中居于主导地位，对我国产生了深远的影响。儒家思想的核心是中庸，讲究处事公正中庸，追求天时、地利、人和的统一，由此形成了人际关系亲密的民族性格，爱好和平，不好征战。在西方，基督教对人们的思想产生了深刻的影响，主流思想为自己的想要的自己就要去争取，民族性格的典型特征就是独立探索。不同的历史传统文化对英美文学翻译的影响也很大。

第三节 文化差异下英美文学翻译的比较

译者在进行英美文学作品翻译时，必须重点把握中外的文化内涵，利用虚实互化的方式进行翻译，在一些情况下，还可以使用直接翻译法，比如在中国文学作品中，存在很多典型的道教思想，翻译过程中如果单纯引用英语谚语进行翻译，难免将文学作品的文化内涵混为一谈。比如以《红楼梦》的英文翻译霍克斯译本为例来分析，霍克斯的译文可以说相当灵活，但是在一些地方没有把作者的原意表达出来，如："捉迷屏后，莲瓣无声；斗草庭前，兰芳枉待。"霍克斯将这句话翻译为 "But no more shall the sound of her lotus feet betray her at hide—and—seek behind the screen; no more will her fingers cull budding orchids for the game of match—my—flower in the garden." 语义不够优美，但是在外国人眼中，这样的句子结构严谨、语义清晰，很容易让人理解，能够了解《红楼梦》的内涵。相比于中国翻译家的翻译作品，霍克斯的翻译版本虽然缺少了画面感，但更符合外国读者的思维习惯，有利于文学作品的推广和普及。

文化的差异往往会导致不同的读者对翻译作品理解不到位，特别是采用直译的方法翻译，常常会出现一些表意不清的问题，这就要求译者在翻译的过程中根据实际的情况进行调整，或是扩充，或是简化。一些过于本土化的翻译内容常会使读者难以理解其中的内容，比如"like Aaron's rod, with flowers."对很多中文读者来说，或许并不知道什么是"Aaron's rod"，这时在翻译的过程中就可以加上谚语的出处，所以这一句可以翻译为"就像《圣经》上说的'亚伦的杖开了花'一样"，这样的翻译能够使读者清楚谚语的来源，也能够更深刻地理解源语文化的内涵。

以朱生豪译《仲夏夜之梦》第一幕第二场中波顿的台词翻译为例：

原文：The raging rocks and shivering shocks shall break the locks of prison gates. And Phibbus'car shall shine from far and make and mar the foolish fates.

朱译文：山岳狂怒地震动，裂开了牢狱的门；太阳在远方高升，慑伏了神灵的魂。通过分析这段内容可以看出，原文具有比较强的语言节奏性，音节协调且押尾韵。在朱生豪的翻译处理中，几乎完美地保留了这三点特征，不仅如此，译文也使用了与原文相似的短促的句式，在音韵上给予读者的感受与原文基本保持了一致。

文化背景和语言习惯方面的巨大差异使得中英文跨语系的翻译存在巨大的障碍，很难做到表意上的完全一致，在文学作品翻译中，这种差异所造成的困难更加明显。以前文的台词翻译为例，在上述诗句中，原文里的"Phibbus'car"直译为"福玻斯的车"。而对于这个词组完整的解释则是：由于福玻斯是希腊神话中的太阳神，而在希腊神话中，日升日落就是太阳神驾车在天空来回行驶。因此，"福玻斯的车"这个意象就代表着太阳。但是，国内的读者并不理解"福玻斯"一词，就算翻译成"太阳神的车"也很难让人完全理解。基于此，在朱生豪的翻译处理中，他直接将"Phibbus' car"翻译成了"太阳"。朱生豪的译文将一个复杂的、需要一定西方文学常识与神话知识背景才能够理解的意象，简单地转化成了令中国读者更容易理解的形式。在表意方面，省略了原文中的修辞手法，更加注重的是表意的准确的诗句音节的统一。

第五章 文化差异下的英美文学翻译实践

本章主要讲述了文化差异下的英美文学翻译实践,主要从三个方面进行阐述,分别为文化差异下的英美诗歌翻译、文化差异下的英美散文翻译、文化差异下的英美小说翻译,共三小节。

第一节 文化差异下的英美诗歌翻译

一、文化差异下的英美诗歌概述

(一)文化差异下英美诗歌的基本特征

诗歌是英美文学作品中最古老的一种文学形式。诗歌具有鲜明的特征,这使得诗歌得以区别于其他文学形式。诗歌鲜明的特征主要表现在四个方面:形式的独特性、结构的跳跃性、表述的凝练性与语言的音乐性,以下将在文学差异的基础上对这四方面内容进行分析。

1. 形式的独特性

诗歌区别于其他英美文学形式最为显著的外部特征是分行及其构成的诗节、诗篇。无论是英美诗歌还是汉诗,其分行并非随意而为,而是颇富理据性的。分行具有突显意象、创造节奏、表达情感、彰显形象、营构张力、构筑"图像"、创造诗体等多种功能。由于中西语言文化差异,汉语是意合语言,英语是形合语言,英语可以根据时间、人物、单复数使单词发生变化,但是相比较而言,英语的词法和句法则没有汉语灵活。

2. 结构的跳跃性

与其他的英美文学式样相比,英美诗歌篇幅通常相对短小,往往有字数、行数等的规定,要想在有限的篇幅内表现无限丰富而深广的生活内容,诗歌往往摒弃日常的理性逻辑，遵循想象的逻辑与情感的逻辑。在想象与情感线索的引导下，英美诗歌常常由过去一跃而到未来，由此地一跃而到彼地，自由超越时间的藩篱，跨越空间的鸿沟。这并不会破坏诗歌意义的传达，相反会大大拓展诗歌的审美空间。

英美诗歌跳跃性的结构形态是丰富多样的，不仅可以在过去、现在与未来之间进行时间上的跳跃，还可以在天南地北、海内海外进行空间上的跳跃。既有平行式跳跃，又有对比式跳跃，所谓的平行式跳跃指的是由两幅或多幅呈平行关系的图景构成的跳跃，所谓的对比式跳跃指的是由几种形成强烈反差的形象组成的跳跃。英美诗人所要反映的生活和表达的思想感情会影响诗歌跳跃性结构的呈现形态。

在中国诗词中，写景抒情是最为常见的，通过写景来烘托气氛，或是营造一定的意境。在英美诗歌中，更注重景物描写，以此来唤起人们心理的反应，表达自己的主观意识。造成中西方这种差异的主要原因来自两者不同的思维模式。中国人注重表现，西方人注重再现，文化差异导致了英美诗歌和汉诗之间这种差异。

3. 表述的凝练性

英美诗歌和汉诗虽然语言差异很大，但是都要求语言表述的凝练，诗歌反映生活不是以广泛性和丰富弹性见长，而是以集中性和深刻性为特色。诗歌注重精选生活材料，选取感受最深、表现力最强的自然景物和生活现象，利用凝缩概括的艺术形象来反映现实。英美诗歌在选词造句、谋篇布局方面，需要做到凝练、精粹，用极少的语言或篇幅去表现最丰富而深刻的内容。

4. 语言的音乐性

在丰富多样的文学形式中，诗歌的音乐性最为突出。其音乐性体现在节奏和韵律两个方面。节奏是指语音以有规则的间隔相互交替而造成的一种抑扬顿挫的听觉感受。英诗的节奏主要由轻重音相间构成；汉诗的节奏则主要由高低音相间构成。韵律有广义和狭义之分。广义的韵律是对诗歌声音形式和拼写形式的总称，它包括节奏、押韵、韵步、诗行的划分、诗节的构成等；狭义的韵律是指诗歌某一方面的韵律如押韵、韵步等，它们可以单独被称作韵律。狭义的韵律有助于增强诗的节奏感，它和节奏一起共同服务于诗作情感的抒发与诗意的创造。

(二）文化差异下英美诗歌的语言特点

诗歌是语言的艺术。诗歌语言来自日常语言，遵循着日常语言的规范，但诗歌语言又有别于日常语言，常常偏离、突破日常语言规范，形成独特的诗家语。接下来将从文化差异的角度对英美诗歌节奏与格律、音韵、意象三个方面的语言特点进行分析。

1. 节奏与格律

诗是音乐性的语言，其音乐性首先体现在节奏上。音乐性有内外之分。内在音乐性是内化的节奏，是诗情呈现出的音乐状态，即情感的图谱，心灵的音乐。外在音乐性是外化的节奏，表现为韵律（韵式、节奏的听觉化）和格式（段式、节奏的视觉化）。

在英诗中，节奏的基本单位是音步，音步的构成有抑扬格、扬抑格、扬抑抑格、抑扬格等。英诗的格律不仅规定了音步的抑扬变化，同时也规定了每行的音步数。比如，莎士比亚十四行诗体由十四行抑扬格五音步的诗行组成，共有三个四行诗节和一个两行警句式诗节，其基本韵式为 abab cdcd efef gg。在汉诗里，节奏主要表现为平仄和顿。比如七律，每首八句，每句七字，共 56 个字。一般逢偶句押平声韵（第一句可押可不押），一韵到底。以毛泽东律诗《长征》中诗句"金沙水拍云崖暖，大渡桥横铁索寒"为例，其节奏用平仄表示则是：平平仄仄平平仄，仄仄平平仄仄平；其节奏用顿表示则是：二二二一，二二二一或二二三，二二三。节奏具有表情寄意的作用，但其作用往往是启示性和联想性的。

2. 音韵

诗歌的音乐性表现在多方面，不仅体现在节奏和格律上，还体现在音韵上。重复使用相同或相近的音素就会产生音韵。音韵包括头韵、谐元韵、谐辅韵、行内韵、尾韵等。汉诗一般押尾韵，又叫韵脚；早期的英诗押头韵较多，近现代英诗押尾韵的较常见。韵脚是诗人情感发展变化的联络员，有人甚至指出"没有韵脚（广义的韵），诗就会散架子的"。

由于文化差异，英汉诗歌中押韵的形式也不尽相同。英诗中依据相互押韵词语具有不同的音、形特点，将押韵分为完全韵和不完全韵，也分为阳韵和阴韵。汉诗中按韵母开口度的大小，将尾韵分为洪亮、柔和细微三级。诗歌中不同的音韵往往对应着不同诗情的表达与彰显。比如，洪亮级的尾韵（如中东韵、江阳韵等）适合于表现豪迈奔放、热情欢快、激昂慷慨的情感；柔和级的尾韵（如怀来韵、波梭韵等）适宜表现轻柔舒缓、平静悠扬的情感；细微级的尾韵（如姑苏韵、乜斜韵等）可用来表达哀怨缠绵、沉郁细腻、忧伤愁苦的情感。

3. 意象

毫无凭借的、抽象的情感表达往往是苍白的、难以动人的，而诉诸具象的、经验的情感表达则往往能让人感同身受，体会强烈而深刻。这是诗人表情达意诉诸意象最基本的原因。意象指的是将情感化为可以感知的形象符号，为情感找到一个客观对应物，寄意于象，使情成体，便于观照品味。比如，诗句 O, my luve's like a red, red rose（Robert Burns）中，诗人对恋人热情的赞颂与深情的爱恋浓缩于意象 rose 之中，rose 的红艳表征着恋人红润靓丽的脸庞，rose 的鲜艳表征着恋人青春健康、活力四射，rose 的芬芳表征着恋人高贵的品格，典雅的仪态，等等。

英美诗歌意象的种类很多，不同的意象种类会引导读者从不同的视角与层面去感知与体味意象在诗作中特有的蕴义与丰富的审美内涵。比如，从心理学角度来看，意象可分为视觉的、听觉的、触觉的、嗅觉的、味觉的、动觉的、错觉的以及联觉的或称通感的意象。从具体性层次来看，可分为总称意象与特称意象。总称意象更具概括性、含糊性，也因而更具语义与空间上的张力；特称意象指向具体事物，更显清晰、明确。从存在形态来看，可分为静态与动态意象。静态意象往往具有描写性，而动态意象则常常具有叙述性。从生成角度来看，可分为原型意象、现成意象与即兴意象。

英美诗歌表达丰富而深刻的蕴涵，除诉诸单个的意象之外，还需诉诸意象组合与系列呈示。意象组合与系列呈示构成的有机整体，既是诗歌创作的过程，也是诗作意境的呈现过程。

中西方间的文化差异使得中西方诗歌中的意象存在明显的差异。在中国诗词中，诗人善于托物言志或借景抒情，将自身情感藏于诗词中，通过"感悟"才能体会诗歌之美，比如马致远的《天净沙·秋思》，在这首诗中，作者没有使用任何一个表达情感的词语，只是列出了多种意象，虽然没有任何主观情感，但却强烈表达出了诗人孤寂凄清的感情，这正是中国古典诗歌的魅力所在。在英美诗歌中，更多的是描述资本主义社会中畸零人的心理，直白坦率地将诗人所要表达的意思表现出来，直抒胸臆，言尽而意亦尽，虽然缩小了回味的空间，但更符合西方人的思维习惯和心理特征。

（三）文化差异下英美诗歌翻译的原则

诗歌外在形式独特，音韵节奏突出，意境生成方式多样，蕴涵丰赡。诗歌的这些区别性特征均带有鲜明的审美性，因此在诗歌翻译实践中，要在充分理解中西文化差异的基础上，再现诗歌的审美艺术性需遵循如下原则。

1. 音美

诗歌比较注重音乐性。中外诗歌，无论是传统的格律体，还是现代的自由体，都格外讲求诗歌语言音韵和节奏。特别是格律体诗，具有更加明显的音乐性，而对于自由体诗来说，其内在的音乐性更趋成熟。诗歌外在与内在的音乐性并不是刻意而为的，它们均有效地表征着诗歌的情感律动与意义传达，实现了"音义合一"与"音情合一"的效果。在翻译过程中，注重音美就是要忠实传达原作的音韵、节奏、格律之美，确保译文有节调、押韵、顺口、好听。

由于文化差异，中西诗歌的音韵表意系统彼此不同，但以汉诗的平仄或顿以及韵式来对应并传译英诗的"音步"与韵式，反之亦然，也是使译文取得与原作相似音美效果的有效途径。

2. 形美

英美诗歌的外在形式最为醒目。诗歌翻译中，形美一方面是指要保存原诗的诗体形式。诗体形式有定型形式与非定型形式之分，前者对字数或音节数、平仄或音步、行数、韵式等均有较为严格的要求，体现出鲜明的民族文化特性。后者虽不受制于一定的诗体形式，但其呈现的外在形状却表征着诗情的流动与凝定。在这一意义上，传达形美也意味着传达原作所具有的文化特性与诗学表现功能。形美另一方面是指要保持诗歌分行的艺术形式。在诗作中，诗句往往分为煞尾句诗行和待续句诗行，所谓的煞尾句诗行指的是一行之内句子语义完整的诗行，所谓的待续句诗行指的是数行之内句子语义才可完结的诗行。具体使用哪种诗行需要根据作者的表情意图来定，不同的诗行形式意味着不同的诗情流动路径。因此，诗歌分行所带来的形式美学意味也是翻译中应予以充分考虑的。

3. 意美

意美是指译诗要和原诗一样能打动读者的心。意美的形成是一个作者、文本、读者共同参与的过程,也就是说,是一个作者赋意,文本传意,读者释意的共生体。作者之意或在文本语义之中,或在文本艺术结构之上,读者释意或基于文本语义,或基于文本艺术结构的意蕴生发。因此,意美的传达包括以下几个方面的内容:忠实地再现原诗的物境,即诗作中出现的人、物、景、事;保持与原诗相同的情境,即诗人所传达的情感;深刻反映原诗的意境,即诗作中所蕴含的诗人的思想、意志、气质、情趣;使译文读者得到与原文读者相同的象境,即读者基于诗作的实境在头脑中产生的想象、联想之虚境。因诗歌创作的艺术不尽相同,有的诗作具有这四个方面的意美特色,有的只是某些方面的特色更显突出,翻译实践中需具体情况具体对待,有的放矢。

二、文化差异下英美诗歌翻译实践与讲评

我们已经知道,中西文化存在巨大的差异,在翻译英美诗歌时,译者应尊重中西文化的差异,了解文学诞生的实际背景,忠于原文,合理利用翻译策略,提升英美诗歌译文的质量。

(一)英文原文

Song: To Celia

Ben Jonson

Drink to me only with thine eyes,

And I will pledge with mine;

Or leave a kiss but in the cup

And I'll not look for wine.

The thirst that from the soul doth rise

Doth ask a drink divine;

But might I of Jove's nectar sup,

I would not change for thine.

I sent thee late a rosy wreath,

Not so much honouring thee

As giving it a hope, that there

It could not wither'ed be;
But thou thereon didst only breathe
And sent'st it back to me;
Since when it grows, and smells, I swear,
Not of itself but thee!

（二）作品概述

本·琼森的诗作 "Song：To Celia" 据说是受到公元 2、3 世纪希腊诡辩家菲洛斯特拉托斯书信中的某些词句启发而写成的。全诗写的是我追求心中恋人 Celia 的炽热之情，诗情的表达分别围绕着敬酒与献花展开。全诗分上下两节，每节在表情方式上均以退为进，层层深入，由此传达出的诗情一波三折，跌宕起伏，摇曳多姿，极富戏剧性与感染力。

译者在翻译过程中首先需要了解希腊诡辩家菲洛斯特拉托斯，分析中西方的文化差异，掌握中西方的语言特色，深入了解不同国家和民族的历史渊源和文化背景。

（三）翻译与评析

参照前文鉴赏中该诗生动形象且富戏剧性等特点，试引一例译文分析说明之。

致西莉亚

本·琼森

你若用眼神向我祝酒，
我也用眼神与你相酬；
要不在酒杯上留个吻
我就不会向杯中寻酒。
心灵深处升起的渴慕
确需饮仙酿才能祛除；
但即使天帝给我琼浆，
我也不把你这杯换走。
最近我送你一环玫瑰，
说不上给你增光添魅

只是期盼它在你身边
能生机勃勃,永不枯萎;
但你只是嗅了嗅花环
就把这玫瑰给我送回;
从此玫瑰生长吐芬芳,
我断言,全靠你的香味!

通过分析可知原诗为歌谣体,译诗根据原作的形式进行翻译。原诗的奇数行是四音步,偶数行是三音步,为了与原诗的各行相对应,译诗各行为四顿,每顿以双音节词为主要音节单位,基本在整体上实现了音频长度的彼此均匀与前后呼应,在汉语语境中能够形成歌谣节奏的特点,使得译诗能够再现原诗的韵式特点,传达原作诗情演绎的特点。翻译此诗,考虑了以下几个方面的问题。

(1)谦恭的语气

译文在首节选用了"你若用……""要不……""但即使……"等句式,以表现"我"语气轻柔,谦恭而又诚挚的情态;在第二节通过"说不上……""只是期盼……""但你只是……"等句式,在承继首节的谦恭而诚挚的语气之时,再现了"我"谦卑的要求被拒绝后,仍然热烈而坚定执着的意志。

(2)曲折的情感

原诗两节,每节诗情一波三折,将我的痴情表现得淋漓尽致。译文把握住了这一情感节律并进行了传译。尤其对 But thou thereon didst only breathe/And sent'st it back to me;/Since when it grows, and smells, I swear,/Not of itself but thee!的翻译,表现了"我"被婉拒后仍颇为执着的情形,而未解读为"我"幸运地与"你"取得了两情相悦的结果,比照之下,今译文显得更富戏剧性,也更能突出"我"不变的痴情。

(3)形象的词语

译文将"eyes"处理为"眼神",而不是"眼睛",选择的是"眼睛"这个"被再现客体的一个侧面",旨在突出"你"的情意与眉目传情的神采。眼睛这个被再现客体是以图式化的方式出现的,作者未曾具体描绘眼睛的大小、呈现的状态、性质、特点等,所以译者也可译为眼波或明眸之类的语汇。

这里将"the thirst"翻译为"渴慕",并没有直接翻译成"干渴",表达了身体和精神之渴的融合。在第六行中，在翻译时增添"祛除"一词，不仅具有押韵的作用，还能平衡句子的结构，此外，在表达内容上还意味着我正害着热烈的相思病。

将"honouring"译为"增光添魅"，而未译为"向你表示敬意或献媚"之类的意思，一方面旨在平衡该译句句子节奏并取得与下文押韵的效果，另一方面更为重要的是对表现你的美推波助澜——玫瑰虽美，但你比玫瑰更美，这样也符合全诗内在诗情的层层叠进——你的眼神或吻胜过美酒，胜过仙酿，甚至是天帝的琼浆；"你"的美胜过玫瑰，超凡脱俗，具有神奇的魅力与魔力。

将"breathe"翻译成了"嗅了嗅"，而不是翻译成"呼吸"，更细腻地勾画出了"你"羞涩、闲逸与雅致的情态，富有诗意。在译诗中，大多选用了积极而美好的字词，使得"你"是一个美人的形象更加鲜明，与原作的精神旨趣是一致的。

第二节 文化差异下的英美散文翻译

一、文化差异下的英美散文概述

（一）文化差异下英美散文的基本特征

散文有广义的散文与狭义的散文之分。广义的散文是指韵文之外的一切散体文章；狭义的散文专指那些带有文学性的散体文章，是与诗歌、小说、戏剧文学、影视文学并列的一种文学体裁。散文作为一种独立的文学体裁，有着自身的区别性特征。下文将在充分理解中西文化差异的基础上从三方面阐述英美散文的特征。

1. 感受真挚

散文多写真人真事，真景真物，而且是有感而发，有为而作。说真话、叙事实、写实物、实情，这仿佛是散文的传统。古代散文是这样，现代散文也是这样。真挚地表现出自己对整个世界独特的体验与感受，这确实是散文创作的基石。但英美散文中抒写最多的是作者的亲身经历，表达的是作者所见所闻，所感所触，富有个性与风采的生命体验与人生情怀。散文是作者发自内心的真情倾诉，是作者与读者之间一种推心置腹的交谈。但是由于中西方的文化差异，在作者个人情感的抒发上，中国人往往诉诸经验，即经学传统，而西方人诉诸逻辑，即为哲学。

2. 选材广泛

散文选择题材有广泛的自由。生活中的某个细节、片段、某个侧面均可拿来抒写作者特定的感受与境遇，而且凡是与某一主题相关的材料，也均可拿来使用。与其他文学体裁相比，散文选择题材几乎不受什么限制。比如，缺乏集中矛盾冲突的题材难以进入戏剧，缺乏比较完整的生活事件与人物形象的题材难以进入小说，而散文则不受这些方面的约束。事无巨细，上至天文地理，下至社会人生，小到花鸟虫鱼、身边琐事，大到民族命运、历史巨变，均可作为散文题材。由于中西方历史文化的差异，英美散文一开始受到"扬诗抑文"的传统观念的影响，特别强调散文的写实性，而中国一直将散文作为文学正宗，对于散文的写实和想象都很重视。

3. 结构自由

英美散文创作的结构自由灵活，不拘一格。它不像英美小说创作那样，要塑造人物形象，设计故事情节，安排叙事结构，也不像英美戏剧创作那样要突出矛盾冲突，要讲求表演的动作性。散文可描写，可议论，可抒情，灵活、随意是它最为鲜明的长处。

英美散文的结构没有严格的限制和固定的模式，但其创作上的灵活、随意并不意味着散乱无序，其选择题材与抒情表意需紧紧围绕一根主线展开，这便是人们常说的散文需形散而神不散。也就是说，运笔自如，不拘成法，散而有序，散而有凝。

由于中西方语言差异，汉语的意合需要读者根据词句之间的内部逻辑推敲揣摩出其中的组合关系，而英语作为形合语言是通过相关连词将词句之间的结构关系展现给读者。

（二）文化差异下英美散文的语言特点

相对于其他英美文学样式，英美散文在艺术表现形式上更加依靠语言本身的特点。接下来将在中西方文化差异的基础上从三方面阐述英美诗歌的语言特点。

1. 简练与畅达

由于文化差异，中西方语言结构不同，但是在散文创作时都要求简练、畅达。简练的散文语言一方面充分传达出作者所要表达的内容，另一方面高效地传递出作者对待人情物事的情感与态度。它不是作者雕饰苛求的结果，而是作者平易、质朴、纯真情感的自然流露。英美散文语言的畅达既指措辞用语运笔如风，不拘成法，随意挥洒，又指作者情感表达得自由自在、酣畅自如。简练与畅达相辅相成，共同构建着散文语言艺术的生命线。

2. 口语体与文采化

英美散文多写作者的亲身经历与感受，作者用自己的姿态、声音、风格说话，向读者倾诉，与读者恳谈，从而彰显出娓娓道来的谈话风格与个性鲜明的口语体。"口语体"的散文语言因其平易质朴而显得自然，因其便于交流而显得亲切。日常语体的散文语言并非意味着没有文采，不讲文采，它往往有至巧近拙的文采。在文化差异的背景下，中西方作者不仅有着自身的语言风格，还有着各自文化背景下对于本土文化的口语风格，正是因为各自文化背景下的个性化，才使得散文显得更加真实。

3. 节奏的顺势与顺口

英美散文的节奏美在语音上也有突出的表现，即声调的平仄或抑扬相配，无韵有韵结合，词义停顿与音节停顿相互交融。在句式上表现为整散交错，长短结合。整句结构整饬，使语义表达层次分明，通顺畅达；散句结构参差不齐，使语义表达显得松散、自然。长句结构复杂，速度缓慢，可以把思想、概念表达得精密细致；短句结构简单，速度迅捷，可以把激烈活泼的情感表现得尤为生动。由于中西方文化差异，英汉的句式结构有所不同，汉语散文除了上述要求，还要奇偶相谐，奇偶相谐则使整散句式、长短句式经过调配后在行文结构上显得错落有致，在表情达意上显得跌宕起伏。散文语言的节奏美，无论表现在语音上，还是表现在句式上，均需顺势与顺口。顺势，就是依据状物抒怀的需要，配以合乎感情起伏变化的自然节奏；顺口，则是读起来朗朗上口，不别扭，不拗口，节奏合乎口语呼吸停顿的自然规律。

（三）文化差异下英美散文翻译的原则

散文又称美文，其文之美美在语言，美在意境。前者"质实"则便于分析和把握，后者"空灵"则能够建构和想象。由质实走向空灵是审美层次的提升，由空灵返照质实是审美蕴涵的丰富与拓展。两者互相浸染，彼此生发，共同营构着散文的艺术神韵。因此，在英美散文翻译实践中，译者要充分了解中西方文化差异，在再现散文的艺术神韵时遵循以下原则。

1. 声响与节奏

英美散文的声响与节奏往往是内在的，不像诗歌那么明显，那么规则，那么富有音乐性，但其声响与节奏并不是散乱无序、毫无审美目的性的。相反，它们有效地表征着行文中律动的情感，应和着其间特有的情趣，而且显得更为灵活、自然，更为客观、真实。在散文翻译中，译者除了要充分了解中方文化差异，一方面要认识到散文声响与节奏的重要价值与意义；另一方面，若要再现原文的字神句韵，译者可从行文文字的抑扬高下、回环映衬的声响中充分体验其间所蕴含的情趣，可从句子的长短整散、语速的快慢疾徐中充分感悟其间律动的情感与节奏。

2. 个性化的话语方式

英美散文是主观的，以自我扩张，表现自我为目的，散文家不管写什么，他都永远是在夫子自道。夫子自道的方式体现出作者个性化的话语方式，与其他文学样式相比，这一点在散文中显得最为突出，也最为真实。不同作者的话语方式各不相同，也随之带来了不同的行文风格。个性化的话语方式既体现在作者选词造句、谋篇布局等较为客观的层面，又体现在作者思想情操与审美志趣等较为主观的层面。把握作者的个性化话语方式可以从作者的某一具体篇章着手进行分析，还可以从作者的文集中，有时甚至从其所处时代的文学趣味中来进行审视。在翻译实践中，充分掌握中西文化差异，把握作者个性化的话语方式，对再现作者写作艺术个性与情感表现特色尤为重要。

3. 情趣的统一性

形散而神不散是人们常常用来衡量散文作品的标尺。所谓形散，是就散文的结构和语言来说的。所谓神不散，是指散文内在的凝聚力，即情趣的统一性。内在的统一可以使外在的不统一化为统一。英美散文情趣的统一性，体现在丰富多样的语言表意方式及其结构上，也体现在作者创造的形象或情境中，其实现过程是一个由表及里，由实到虚，逐层推进，不断升华的过程。在翻译实践中，译者深入分析中西方文化差异，从原文情趣的统一性来参照译文选词用字、谋篇布局等审美重构，再现了原文整体审美倾向，在一定程度上保证了译文与原文在审美趣味方面的一致性。

二、文化差异下英美散文翻译实践与讲评

英美散文反映了深刻的内涵与审美价值，真实地体现了悠久的西方文化。译者在进行英美散文作品翻译时要尊重中西方的文化差异，了解作品的文化背景，进而了解作者的思想意图，体会作品中作者要表达的思想感情，这样翻译出来的文章才会与原文内涵相符。同时，译者在翻译的过程中还要合理运用语言，尽可能体现文学作品的思想意境和文化背景，有利地推动中西文化的融合和发展。

（一）英文原文

The First Snow

Henry Wadsworth Longfellow

The first snow came. How beautiful it was, falling so silently all day long, all night long, on the mountains, on the meadows, on the roofs of the living, on the graves of the dead! All white save the river, that marked its course by a winding black line across the landscape; and the leafless trees, that against the leaden sky now revealed more fully the wonderful beauty and intricacies of their branches. What silence, too, came with the snow, and what seclusion! Every sound was muffled, every noise changed to something soft and musical. No more tramping hoofs, no more rattling wheels! Only the chiming of sleigh—bells, beating as swift and merrily as the hearts of children.

（二）作品概述

亨利·瓦兹沃斯·朗费罗笔下的"初雪"境真情切，别具一格：初雪飘临，渐渐天地皆白，山峦、草地、村落、坟茔、河流、树木点缀其间，错落有致，明净爽朗。雪落无声，喧嚣的尘世渐趋沉静、安宁，世外桃源悄然浮现，沉寂之中，徐徐传来清脆的雪橇铃声，……置身其间，世间的烦恼与忧愁会得以排遣，乐观向上的情怀会得以激发，名缰利锁的心灵会得以净化，超尘脱俗的精神境界会得

以提升,……凡此一切,作者均未明示,但又都已化入初雪飘临的意态与神采之中,都已融于明净而爽朗的雪景之中,也都已表征在简洁凝练的、诗意的选词用字和造句谋篇里。

(三)翻译与讲评

鉴于以上多维多层的审美解析,试引一例译文分析说明之。

第一场雪

亨利·瓦兹沃斯·朗费罗

第一场雪飘落,多么美啊!昼夜不停地下着,落在山岗,落在草场,落在世人的房顶,落在死人的墓地。遍地洁白,只有河流像一条黑色的曲线穿过大地;叶子落光的大树映衬在铅灰色的天幕下,越发显得奇伟壮观,还有那错落有序的树枝。下雪是多么寂寥,多么幽静!所有的声音都变得混浊了,所有的噪声都变得轻柔而富有乐感。没有嘚嘚的马蹄声,没有辚辚的车轮声,只能听到雪橇那欢快的铃声如同心在跳动。

从整体角度来分析,译文译出了原文的信息,与原文的审美意义基本相符,能够再现原文舒缓的节奏,也能展现原文中的诗情,但仍有一些地方可再斟酌,比如在艺术地再现原文诗情画意的美好意蕴氛围方面还可以再提升。下面对其翻译特色与不足进行分析。

(1)基调的确立

通过对原文进行分析,我们可知原文的基调是徐缓而宁静的。但是在译文中,我们发现前两句的节奏是较快的,与原文的节奏存在些微的区别。试读:

第一场雪|飘落,|多么美|啊!||昼夜|不停地|下着,|落在|山岗,落在|草场,||落在|世人的|房顶,|落在|死人的|墓地。(|表示语义停顿,||表示句间停顿)

从句子的表示来看,第一句中词语前长后短,并不协调,也没有形成稳定的节奏。第二句中,句子间的词语长度差不多,主要是二字词语,并且各小句相互对称,整齐划一,使得行文的节奏得到进一步加快。试与调整后的译文作一比较:

初雪|飘然|而至,真是|美极了!||它|整日整夜|静静地|飘着,|落在|山岭上,|落在|草地上,|落在|生者的|屋顶上,|落在|逝者的|坟茔上。

在原文中，最后三句表现得不仅仅是听觉感知，还达到了以声衬静的艺术效果。上面所选择的译文更多地注重客观听觉的描述与说明，没有突出主体由"声响"而至"宁静"过程的感知。试读重组的译文：

一切声响都趋于沉寂，一切喧嚣都化作了轻柔的乐曲。嘚嘚的马蹄声听不到了，辚辚的车轮声也消失了，唯有雪橇的铃声在空中回荡，那明快的节奏犹如童心在欢跳。

（2）词语的设色

在译文中，部分词语的翻译过于客观写实，没有表达出作者明净爽朗、开阔旷远的美好深情，而且使用了偏多的中性感情色彩词和贬义的词，比如偏于中性色彩的有"第一场雪飘落""不停地""下着""世人""墓地""遍地皆白""下雪""只有河流像一条黑色的曲线穿过大地""叶子落光的大树""没有嘚嘚的马蹄声、没有辚辚的车轮声""只能听到雪橇那欢快的铃声如同心在跳动"；表现贬义的有"死人""沉浊""噪声"等。译文在这些词语相互影响、相互映照下，偏于信息意义的客观陈述，没有很好地表现原文中的诗情画意及美好意蕴氛围。基于这些分析，译者需要将译文中的中性色彩词和贬义的词朝着褒义的方向进行修改，因此，译者在尊重中西方文化差异的基础上，需要从整体上把握作品的感情色彩，准确地表达出作者的感情。

（3）语境的"同化"

在译文中，部分词句没有充分考虑到原文整体语境的同化功效，与原文的主题倾向并不完全相符。比如将原文中的 the dead、muffled、every noise 等字词分别译为死人、沉浊、噪声等，反映出译者并没有将这些词语放在文本整体的语境氛围中进行考量。原文全文中更多的是偏于褒义或积极含义的词句，全文的主体情调是积极的，并且在这一基调下，即使在原文中有贬义的词或消极意味的词，也会因文本主体情调的影响而渐趋淡化或转向积极的方向，这便是最初信息的决定性效果所致。

正是因为整体语境是具有美化功效的，译者在选词造句方面更应该选择富有积极、美好意味的词。译文可作如下修改：将"第一场雪"改译为"初雪"；"死人"改译为"逝者"；"墓地"改译为"坟茔"；"铅灰色"改译为"银灰色"；"叶子落光"改译为"叶儿落净"，等等。

（4）译文的重构

在充分分析译文的基础上，确定原文舒缓、宁静的基调，了解作者所表现出的积极美好情感及其文字艺术创构，试将译文重构如下。

初 雪
亨利·瓦兹沃斯·朗费罗

初雪飘然而至，真是美极了！它整日常整夜静静地飘着，落在山岭上，落在草地上，落在生者的屋顶上，落在逝者的坟茔上。天地皆白，唯有河流蜿蜒而去，在雪景上画出一道弯弯曲曲的墨线。叶儿落净的大树在银灰色天幕的映衬下，枝丫盘错，更加显得奇伟壮观。雪落、无声、幽寂、安宁！一切声响都趋于沉寂，一切喧嚣都化作了轻柔的乐曲。嘚嘚的马蹄声听不到了，辚辚的车轮声也消失了，唯有雪橇的铃声在空中回荡，那明快的节奏犹如童心在欢跳。

第三节 文化差异下的英美小说翻译

一、文化差异下的英美小说概述

（一）文化差异下英美小说的基本特征

对小说来说，相对完整的故事情节、深刻生动的人物形象是非常重要的元素，对故事背景进行交代，通过环境描写来反映社会现实，寄托作者的思想感情。由此可见，小说的基本特征与人物刻画、情节叙述、环境描写紧密相连，下文将从文化差异的角度对英美小说的基本特征进行分析。

1. 细致的人物刻画

描写人物是小说的显著特征，也是小说的灵魂。对于诗歌、散文来说，可以写人物也可以不写人物，但对小说来说，写人物是必须的。成熟的小说就是对人物形象进行细致刻画。在英美小说中，经常通过多种艺术手段来描写人物，对人物进行多角度、多侧面和多层次的描写，使得人物形象更加立体。在小说中，不仅可以对人物的言行举止进行细致刻画，还能对人物的心理状态进行具体的描写，在刻画人物的过程中，充分利用对话、行动以及环境气氛的烘托等手段。

由于中西方存在着巨大的文化差异，在人物描写方面也各有特色。对于中国小说，特别是长篇小说来说，其更多地是描写组合人物。对于西方小说来说，其更注重对以个体为本位的、独具个性的主人公形象的描写。在中国小说中，一直以来都注重肖像描写，而对肖像描写中使用最多的手法就是白描。这一手法的运用在中国古代小说中更为典型，利用简单的几笔就勾勒出人物的外貌服饰，简单利落。在西方，较早时期的小说在描写人物时也是用较为简单的手法，后来随着批判现实主义的盛行，人们越来越注重对肖像的描写，导致对肖像的渲染越来越浓重。

2. 完整的情节叙述

情节是一种把事件设计成一个真正的故事的方法。情节是按照因果关系组织起来的一系列事件。情节也是小说生动性的集中体现。与戏剧情节、叙事诗与叙事散文的情节相比，小说因其篇幅长、容量大，不受相对固定的时空限制，可以全方位地描绘社会人生、矛盾冲突、人物性格，其情节表现出连贯性、完整性、复杂性与丰富性的鲜明特点。由于中西方之间有着很大的文化差异，所以中国小说往往注重结尾，并且首尾呼应，结构完整，而外国小说特别注重开端，并且是片段式的。

3. 充分的环境描写

小说中的环境是指人物活动的历史背景、社会背景、自然环境和具体生活场所。在小说中，描写环境有着重要的作用，可以通过环境衬托人物的个性特点，利用环境来塑造人物形象，利用环境描写交代人物身份，彰显人物心理，环境描写还可以推动故事情节的发展，通过环境描写，可以随时变换场景，为故事情节的展开提供自由灵活的时空范围；它可以奠定作品的情感基调，具有象征等功能，比如，灰暗或明亮的环境描写可营构出作品沉闷压抑或欢快舒畅的情感基调。

中西方小说由于中西方文化的差异，在环境描写方面也存在区别。在中国小说中，环境描写与人物描写是紧密相连的。中国古代小说环境描写有着自身独特的特点，归纳起来主要有以下几点：第一，不存在孤立的大段环境描写；第二，环境描写主要写人际关系、社会关系；第三，环境描写常表现为情、境、人三者结合。在西方小说中，在批判现实主义的影响下，环境描写越来越受到重视，经常会出现孤立的大段环境描写。西方小说环境描写的特点主要包括以下三点：第一,通过人际关系写社会环境;第二,写物化的环境,即孤立地写一个客观环境,只写物不见人。第三,将"环境"象征化、神秘化。

(二)文化差异下英美小说的语言特点

小说语言最为接近大众语言,但又有区别于大众语言的方面,它是在大众语言基础上的审美艺术升华。以下将从文化差异的角度对英美小说的语言特点进行分析。

1. 形象与象征

小说语言通常通过使用意象、象征等方法来形象地说明事理,表达思想观点和情感。小说语言利用形象的表达方式对关键场景、事件以及人物等进行具体、细致、深入的描绘,给读者以身临其境的感受,让读者从中去感知、体会与领悟。小说描绘具体的人物与有形的事物,在语言的运用上往往以具象表现抽象,以有形表现无形,使读者在潜移默化中受到感染。

小说经常使用象征这一文学手段。象征可以说是小说的灵魂所在,一般来说,象征并不直接代表某一观念,往往通过启发、暗示等方式来激发读者的想象,以此实现表情达意的目的。其语言上的特点是以有限的语言表达丰富的言外之意与弦外之音。

中西方之间的文化差异使得形象和象征的意义也存在区别。在中国小说中,在审美实践和审美体验的促进下,象征将客观物象与意义按照某种相似性或是关联性进行结合,使其符合人们的审美习惯。在西方小说中,象征代表着能表达某种观念或事物的标识物或符号,象征既可以利用有形的代表无形的,也可以利用现实的代表非现实的,还可以用非现实的代表现实的。象征可以在多种情况下使用。

运用形象和象征来启迪暗示,来表情达意,大大增强了小说语言的文学性与艺术感染力,这也因之成为小说语言的一大特点。

2. 讽刺与幽默

读者在形象和象征的启发下,一般会沿着字面意义所指的方向去探寻深层次的含义。而读者在讽刺手法的诱导下,常常会从字面意义的反面探寻作者的意图。讽刺是指字面意义与含蓄意义的对立,善意的讽刺,通常会产生幽默的效果。讽刺可以强化语篇的道德、伦理等教育意义,而幽默则有助于增强语篇的趣味性,两者在功能上虽有差异，但又可糅为一体，合二而一。讽刺与幽默可以通过语气、音调、语义、句法等各种手段加以实现，其产生的审美效应主要由作者所创造的情景语境来决定。英美小说语言中讽刺与幽默的表现形式多种多样，它们是表现作品思想内容的重要技巧，也是构成小说语言风格的重要因素。文化差异导致中西方的讽刺语言也有差别，在中国文学中，讽刺使用的语言是简洁朴实、明白晓畅的，但是蕴含的感情和内涵确是深厚的。在西方，讽刺使用的语言比较幽默和机智，个性化和动作化特征表现明显。

3. 词汇与句式

小说语言中的词汇择用与句式安排是作家揭示主题和追求某种艺术效果的主要手段。小说语言中的词汇在叙述和引语中有不同的特点。叙述中所用的词汇通常趋于正式、文雅，有着较强的书卷味。引语来自一般对话，但又有别于一般对话，它承载着一定的文学审美价值。小说中的引语首先要剔除一般对话中开头错、说漏嘴、由思考和搜索要讲的话所引起的重复等所用词汇和语法特征。

在政治、经济和社会发展方面，中西方都存在明显的差异，由此产生的词汇也是不同的。在中西方两种文化中，彼此都有对方文化所没有的词汇，这就造成了词汇的空缺。比如汉语中的一些词汇，在英文中我们却找不到恰当的词汇或是西方语言中不存在相对应的词，另外，英文中的一些词汇，在汉语中我们也很难找到。

小说语言中的句式一方面具有模式化的特点，如排比、对称、反衬等，另一方面有些句式与常用句式失协。不同的句式会产生不同的审美艺术效果，作家正是通过创造性地运用不同的句式，来实现其创作意图的。例如，灵活利用松散句，可以达到幽默、讽刺或戏剧性等效果；运用并列短句，可以突出连续而急促的过程等。与其他文学样式相比，小说受到的篇幅限制较小，因而享有更为充分的自由来选择与调配各种句式，为艺术的表情达意服务。

（三）文化差异下英美小说翻译的原则

小说长于叙事，注重人物形象的塑造与环境描写，译者在翻译实践中要尊重中西方文化的差异，在此基础上还要遵循一定的原则。

1. 再现人物语言个性

在英美小说中，塑造人物个性化性格的主要手段就是人物语言的描写，通过人物语言还能推动故事情节的发展，另外，塑造人物形象和表现艺术主题也需要利用人物语言。作家笔下的人物语言往往具有"神肖之美"的特点，通俗地说，就是不同的人物以各自不同的方式说着各自的话，而且还能使读者由说话看出人来。翻译实践中，再现人物语言的神肖之美，需考虑到以下几个方面的因素：首先，人物语言要符合人物的身份特征，符合人物的性格特点和思想观点。其次，特定环境下的人物语言要能表达人物特定的心理状态，展现人物的个性特点。也就是说，既要关注人物语言个性的常态，也要注意到不同于"常态"的"变异"表现。三是人物对话要彰显人物各自独特的表达方式和语气、语调，避免千人一腔。翻译实践中，人物说话简洁的，译文需还以简洁，啰唆的还以啰唆，语无伦次的需译出语无伦次，井井有条的要译得井井有条，真正做到一样的人，便和他一样说话，同时译者必须充分认识到中西文化差异，对人物的语言进行准确的翻译。

  2. 再现人物形象

  人物形象塑造是小说创作的主要任务，其塑造过程往往呈现出多角度同向审美感受的特点。展开来讲就是，利用人物语言的演说个性能够塑造人物的形象，通过多维描写人物的肖像、行动和心理等也能塑造人物的形象，此外，通过叙述者的讲述也能塑造人物形象，从不同的角度，利用不同的表现方式，来塑造各种各样的、鲜活的人物形象。在尊重文化差异的基础上，在翻译的过程中再现人物的形象主要有以下两方面的表现：一方面，再现人物描写中生动细腻的细节，确保译文中生活映像的细节与原文中生活映像的细节是一致的；另一方面，再现不同社会文化语境下人物不同的时代特色，确保译文体现的历史性与原文是一致的。前者是从微观着眼，后者则从宏观审视，彼此相互影响，为再现人物形象发挥着重要的作用。

  3. 转存叙事策略

  叙事是叙述者讲述事件或故事，进一步说，是叙述者艺术性地讲述事件或故事。不同的叙述者站在不同的视角讲述故事，最终产生的审美艺术效果会大不一样。选用第一人称叙述故事，往往会给读者感同身受的亲切感并激发其情感上的共鸣；选用第二人称叙述故事，常常会给读者邀请对话、进行规劝、提出建议的印象；选用第三人称，就会予人客观纪实、拉开心理距离之感；而选用这三种人称交错叙述故事，则会使表现的生活显得富有立体感、真实感，同时还具有变化之美、多样之美。除开叙述视角，叙事策略还包括叙述时间（与故事发生的物理时间可以相同，也可以不同）、叙述节奏（调控故事的发展节奏，使故事情节灵活多变）、叙述速度（依据故事叙述的要求，采取快叙、慢叙、平叙等不同方式）等方面的内容。叙事策略与小说的诗意美学表现紧密相连。因此，进行英美小说翻译，在注重英美小说叙述内容的翻译之时，更需注重小说叙述视角、节奏、速度等及其变化的翻译。

二、文化差异下英美小说翻译实践与讲评

英美小说在世界文学中占据重要的地位，代表了西方文化的特色。翻译英美小说作品，从本质上看就是一种文化现象的传递。为了更准确地表达出作品的内涵，翻译小说作品时应为读者创造一个身临其境的氛围。

在翻译英美小说作品过程中，译者应在尊重中西方文化差异的基础上深入了解西方文化的语言特色，对西方语言进行深层次的分析，在翻译时能够选取到合适的语言，真实地再现原著中丰富的情感与思想内涵，让更多的读者了解西方的文化。

（一）英文原文

Tourists

(Excerpt)

Nancy Mitford

Torcello, which used to be lonely as a cloud, has recently become an outing from Venice. Many more visitors than it can comfortably hold pour into it, off the regular stearners, off chartered motor—boats, and off yachts; all day they amble up the towpath, looking for what?The cathedral is decorated with early mosales—scenes from hell, much restored, and a great sad, austere Madonna; Byzantine art is an acquired taste and probably not one in ten of the visitors has acquired it. They wander into the church and look round aimlessly. They come out onto the village green and photograph each other in a stone armchair said to be the throne of Attila. They relentlessly tear at the wild roses which one has seen in bud and longed to see in bloom and which, for a day have scented the whole island. As soon as they are picked the roses fade and are thrown into the canal. The Americans visit the inn to eat or drink something. The English declare that they can't afford to do this. They take food which they have brought with them into the vineyard and I am sorry to say leave the devil of a mess behind them. Every Thursday Germans come up the towpath, marching as to war, with a Leader. There is a standing order for fifty luncheons at the inn; while they eat the Leader lectures them through a megaphone. After luncheon they march into the cathedral and undergo another lecture. They, at least, know what they are seeing. Then they march back to their boat. They are tidy; they leave no litter.

(二) 作品概述

意大利水城威尼斯潟湖中的小岛拖车罗，历史悠久，风景如画，远离尘嚣，犹如世外桃源。然而，此地近来却成为人们争相前来观光的旅游景点。原文作者也在一年的夏天来到这个小岛，一边写书，一边观察并记录下了西方游客与岛上居民的举止仪态。全文讽刺了西方一般游客缺乏修养，不懂得欣赏自然美和艺术美，在游览地只知破坏，不知爱护的低下素质，也讽刺了岛上居民接待游客时唯利是图的市侩习气。自然是美的，但在美景之中却演绎着游客与岛上居民种种不光彩的行径，其情其景发人深省。以上描写西方游客的段落选自南希·密特福德所著的《水龟虫》。

(三) 翻译与讲评

鉴于以上审美解析，试引一例译文分析说明之。

游客（选段）

南希·密特福德

拖车罗往日寂寞如孤云，近来却成了威尼斯外围的游览区。来客多了，这个小地方就拥挤不堪。搭班船的，坐包船的，驾游艇的，一批批涌到，从早到晚，通过那条纤路，前来观光。想看什么呢？大教堂内部装饰有早期的镶嵌画：表现地狱诸景的大致已经修复，此外还有容色黯然凛然的圣母巨像。拜占庭艺术是要有特殊修养才能欣赏的，而有特殊修养的游客恐怕十中无一。这些人逛到教堂，东张西望，茫茫然不知看什么好。走到村中草地，看到一张石椅，听说是匈奴王阿提拉的宝座，就要照相：一个个登上大位，你给我照，我给你照。这些人惯于辣手摧花，见了野玫瑰绝不放过。可怜含苞未放的野玫瑰，在岛上才飘香一天，爱花者正盼其盛开，就任这些人摘下来，转瞬凋萎，被扔进运河。美国人走进小酒店，吃吃喝喝。英国人自称花不起钱，自带食物进葡萄园野餐。真对不起，我不能不说他们把人家的地方搞得乱七八糟。德国人呢，每逢星期四，就像出征一样，由队长率领，循纤路而来，到小酒店吃其照例预订的50份午餐，边吃边听队长用喇叭筒给他们上大课。午餐后列队到大教堂，在里头还是恭听一课。他们至少知道看的是什么。完了，列队回船。他们倒是整洁得很，从来不留半点垃圾。

译文要在中西方文化差异的基础上，忠实于原文的内容，表达通顺流畅，基本再现了原作的审美艺术特色，下面对其翻译特色进行总结与研讨。

（1）节奏的再现

原文句子长短适中，也较为均衡，句子结构简单，语义明晰，形成简洁、明快、轻松、闲适的节奏特点。译文悉依原文之形对应译出，译文各句亦长短适中，语言简洁凝练，表达形式生动灵活，节奏感强，成功地再现了原文的节奏特点。

（2）口吻的传译

译文再现原作讽刺的口吻，一是体现在字句语义信息的传达上，二是表现在语气的巧妙暗示上。对于前者，译句的讽刺意味显而易见。例如：

①拜占庭艺术是要有特殊修养才能欣赏的，而有特殊修养的游客恐怕十中五一。这些人逛到教堂，东张西望，茫茫然不知看什么好。

②这些人惯于辣手摧花，见了野玫瑰绝不放过。

显而易见，体现了作者鲜明的讥讽之意与指责之情。

对于后者，且看下列译句：

③走到村中草地，看到一张石椅，听说是匈奴王阿提拉的宝座，就要照相：……

④美国人走进小酒店，吃吃喝喝。英国人自称花不起钱，自带食物进葡萄园野餐。……

⑤他们倒是整洁得很，从来不留半点垃圾。

以上几句虽未明示作者的讽刺口吻，但其字里行间却将作者对游客言谈举止的讽刺巧妙地暗示出来了。

（3）化隐为显

译者将原文形式所无、内容可有的信息，化隐为显，提升至译语表层，这表明译者充分认识到了中西方之间的文化差异，这样使译文更加生动形象，更富戏剧色彩。例如：若将 photograph each other in a stone armchair 译为"坐到石椅上互相拍照"则只是陈述了事实信息而已，显得平淡。而译者将潜在的蕴涵显化为："看到一张石椅，听说是匈奴王阿提拉的宝座，就要照相：一个个登上大位，你给我照，我给你照。"可谓既贯通了文意，又切情切景，生动形象，大大彰显人物的性格之时，也将作者讥讽的口吻表现得尤为充分。

第六章 跨文化背景下的英美文学翻译分析

本章主要是在跨文化背景下对英美文学翻译进行了分析，主要从两个方面进行阐述，分别为跨文化背景下英美文学翻译的难点、跨文化背景下英美文学翻译的策略，共两小节。

第一节 跨文化背景下英美文学翻译的难点

中西方存在的文化差异不是一朝一夕造成的，而是经历了一个漫长的文化传承、沉淀与积累的过程。从理论层面来讲，在英美文化中具有较高文学地位的作品在东方文化系统下不一定会被认可。即使当前资讯信息发达的社会也缺乏使一些理念被共性理解的条件，基于此，在翻译一些名著的时候，就需要熟悉不同社会背景下的具体差异性。

一、传统文化差异下英美文学翻译难点

西方文化发展的源头可以追溯至古希腊、古罗马时期。在英美文学作品中，西方文化和西方价值观念是非常普遍的。

对于英美文学来说，其思想和内涵深受西方传统文化的影响。在西方传统文化中，古希腊与古罗马的神话故事是其重要的组成部分，英美文学的创作常常将这些神话故事作为背景，所以说，古希腊与古罗马的神话故事为英美文学的创作提供了便利条件。中西方在神话传说方面存在明显的差异，这就要求翻译人员具体分析不同神话传说的背景，深度解读英美文学作品的语言，进一步提升翻译的质量。加强对古希腊、古罗马神话故事的理解是有着重要意义的，有助于我们对英美文学作品的深层次理解。

通过分析莎士比亚、拜伦等西方重要作家的文学作品，我们可以清晰地发现

这些作品的主要特色就是具有浓厚的神话色彩，在创作这些作品时，加入了非常明显的古希腊和古罗马神话故事的元素，从这些作品的语句中，我们能看到古希腊、古罗马神话故事的踪影。西方著名作家的文学作品所有表达的思想内涵也与古希腊、古罗马的神话故事存在密切的关系，这就要求译者加强对西方神话故事的解读，只有这样才能取得较好的翻译效果。

例如，"Valentine's Day"在西方指的是情人节，在汉语中就有可能被翻译成Valentine的一天，这两种翻译的内涵完全不同。在这里就涉及了西方情人节的典故，讲的是罗马教徒瓦伦丁含冤入狱，在狱中，他凭借着自身的人格魅力打动了典狱长的女儿，之后与典狱长的女儿相爱，获释出狱。但在之后的政治角逐过程中，瓦伦丁沦为政治牺牲品，再一次含冤入狱直至被处死。在死之前，瓦伦丁向典狱长的女儿表达了自身的纯洁的爱。从此之后，西方就将2月14日作为情人节，来表达人们对美好爱情的向往。

再比如，在翻译"Shyness is her Achilles'heel"的过程中，译者需要掌握Achilles的神话故事背景，知道他的致命弱点为脚踵，在充分分析神话故事背景的基础上进行翻译，将"Shyness is her Achilles'heel"转译成为"致命的弱点是害羞"。

在西方文学中，这样的典故有很多。在创作西方文学的过程中，常常会将古希腊罗马的神话故事融入其中，引用古希腊神话中的人物名、典故等，将文学语言的夸张性、象征性和影射性淋漓尽致地展现出来，这就要求翻译人员对这些因素进行重点解读。总而言之，翻译者要在英美文学翻译过程中重视英美文学的内涵，了解文学作品蕴含的深层意蕴。翻译人员需要准确传达英美文学作品原本的思想，将原作品中语言的特性尽可能地展现出来，取得良好的翻译效果，通过翻译英美文学推动文学作品的传播。

二、民俗文化差异下的英美文学翻译难点

在英美文学著作中，能够很好地体现"文学"内容的部分通常是民俗习惯。在跨文化视域下，翻译人员在翻译的过程中应该格外关注饮食、宗教、数字、色彩等内容。举例来说，对于阿拉伯数字"13"，西方国家民众认为是不吉利的数字，让人感到厌恶，认为"13"代表着恶魔，是背叛耶稣的第十三位弟子。但是，"13"

在我国文化中并没有特别的意义，也不具有象征内容。翻译人员在翻译过程中需要注意英美文学中让人敏感的数字，对其进行合理的翻译，使得广大读者能够更准确地理解。

三、宗教文化差异下的英美文学翻译难点

在宗教信仰方面，英美国家的人们主要信仰基督教，对犹大也是比较敏感的，普遍认为犹大的黄色代表着背叛和卑鄙。但是，黄色在我国历史文化中代表着贵族，是皇家身份的象征，这是因为黄色是古代皇宫的主色调，而且皇上使用的用具的颜色也主要是黄色。而对于图腾"龙"，中西方文化也存在巨大的差异，这种差异不仅体现在"龙"的外形上，还体现在"龙"的含义上。在西方，"龙"代表着抢夺、野蛮专横，是一个贬义词，而在我国，"龙"代表着飞黄腾达、吉祥，是一个寓意美好的词。翻译者在翻译这类象征意义的词汇时需要了解中西方文化的差异。

西方国家的经典名著《圣经》是犹太教与基督教共同的经典，对西方社会产生了深远的影响，也使西方文化的底蕴更加深厚。从某种意义上来说，《圣经》可以说是西方道德精神的主导，在政治、经济、文化等方面产生了重要的影响。甚至在西方英美文学创作时也会引用《圣经》中的事迹或语句，比如我们耳熟能详的"诺亚方舟""伊甸园"等事迹。翻译者在进行英美文学作品翻译时，需要了解《圣经》的事迹和经典语句。

四、语言文化差异下的英美文学翻译难点

"以字表意"是汉语语言的重要特征，而英语表意主要利用词汇的不同组合。在文学作品中，虽然汉语文学作品的词汇量不是很大，但是却能够表达非常丰富的意思，而英语文学作品，词汇量很多，若想将其翻译成中文，涉及的中文信息也会非常多，这就对译者的文学功底提出了更高的要求。译者要想将作品翻译得更具体、更精细，就需要掌握大量的词汇。

在语言方面，中西方存在很大的区别，典型表现为：汉语的最小单位是"字"，英语的最小单位是"词汇"，汉语一般是通过字来表意，而英语通过词汇的不同组合来表意，中西方的文学作品也能验证这一点。

五、地域文化差异下的英美文学翻译难点

具体来看，地域差异指的就是地理环境和地理条件的差别。我国属于亚洲大陆，其气候环境与美洲和欧洲内陆明显不同。在英美文学著作翻译方面，关于方位和风向的探讨，始终就是否采取变动翻译的问题有着较大争议。

我国与英美国家在地势和环境等方面都存在着差异，由于我国位于太平洋西岸，从海洋上吹来的东风温度较高，在中国传统文化中，东风成为生机与活力的象征，也代表着顽强的生命力。英美国家属于欧美大陆，东风在英美国家是严寒、惆怅的代表，西风则象征着春意和生机。

文学创作的思想和语言表达的特点也会受地理位置和自然环境的影响，中西方地理位置不同，自然环境各异，由此形成的文学创作也具有各自的特点。我国是典型的农耕国家，农业相对来说比较发达，社会大众对土地有着很深的感情，这一点也体现在了文学创作中，比如在作品中会出现"大地母亲"的字样，而且对农业生产中牛、马评价也是很高的，比如"俯首甘为孺子牛""龙马精神""马到成功"等。西方文明建立在海洋文明的基础上，使得英语文化具有浓厚的海洋文化，在英语文化中，用鱼类作比喻的例子很多，比如"big fish"代表大亨；"poor fish"代表愚蠢的人等。译者在翻译英美文学时应了解海洋文化相关的比喻，深度解读这些比喻背后的含义，在尊重文化差异的基础上准确传达作品思想，使读者能够更好地理解原作品，了解英美文学文化。

综上所述，在翻译英美文学作品时，翻译人员需要注意地域文化差异，使广大读者能够更好地理解作品。

第二节　跨文化背景下英美文学翻译的策略

一、加强文化融合

随着经济全球化的不断深入，各国之间的文化交流越来越频繁，来自不同国家和民族的文化在交流的过程中相互碰撞与冲击。文化交流的重要手段也包括文学作品的翻译，在尊重文化差异性的基础上，不断加深对文化的解读和融合。无

论是翻译英美文学作品还是翻译中国文学作品,都需要翻译工作者具有深厚的文学功底,充分分析原文作者的成长经历、文化背景和宗教信仰,以及原文作者的创作理念和创作思路,了解不同文化背景下所形成的文学作品之间的差异。对于翻译工作者来说,要尊重文化差异,尽可能地保留原文作者的创作思维与逻辑,使翻译的作品符合大众的阅读习惯,加强双方文化的交融。翻译者在翻译英美文学作品时应从多个角度了解西方文化,分析宗教信仰,深度解读不同文化背景下语言所表达的实质含义,尽可能地缩小文化差异,使翻译的文学作品既符合原文内涵,又符合大众的阅读习惯,使读者更准确地理解原文。

二、转换逻辑思维

翻译工作者在翻译文学作品时,一方面要尊重文化差异,另一方面要具备跨文化背景下的转化思维、不同文化背景下的代入逻辑思维,充分利用各种翻译方法,组织严谨的语言架构,实现跨文化背景下文学作品的精准翻译,提升文学作品的翻译质量。

第一,直译法。直接转换文学作品的语言方式就是直译,直译只需要确保两种语言的含义能够精准对接。第二,转化翻译法。将文学作品原文语言含义的衍生意义转换成另一种语言,就是转化翻译法。比如英美语言,在翻译文学作品时,存在一些特殊语句寓意和比喻,翻译者可以将其进行转化,使译文内容能被读者理解。第三,综合翻译法。翻译者深度解读所要翻译的文学作品,清楚原文作者的表达意图,深度挖掘文学作品的艺术价值,组织严谨的语言,融入本土文化思维,准确再现原作品的含义。总的来说,翻译者在翻译文学作品时要具备跨文化意识,要注意转换逻辑思维,灵活运用各种翻译方法,不断提升翻译的质量。

三、注重细节翻译

注重细节翻译需要做好以下两方面内容,一方面,在解读人名时要注意与人物性格特点和形象密切相关。在人名排序方面,英美文学作品的排序为先名后姓,而中国文学作品人名排序为先姓后名。作者一般也会利用人名来表现人物的特点和刻画人物的形象,因此,译者在翻译文学作品时应注意保留人名,可以使用意译翻译法。例如,在翻译我国四大名著之一的《红楼梦》时,将杜鹃翻译为

"Cuckoo",杜鹃美好的形象跃然于纸上。在英美文学作品中,通常将"Christian"翻译成基督徒,在一定程度上也能体现出人物的性格和特点。在翻译文学作品的过程中,还常常遇到一些不好翻译的人名,以《红楼梦》为例来说,其中元春、迎春、探春、惜春的名字翻译起来难度就很大,因为她们的名字连起来是"原应叹息"的谐音,寓意着她们的人生命运,在创作过程中,作者就通过人物的名字暗示了她们的命运,所以说这类有着寓意的名字是不好翻译的,这对于翻译者的文学功底的要求是很高的,这时最好采用直译的方法,直接体现名字的寓意,使译文展现的内容与原文基本一致。另一方面,针对语言含义、意境模糊的文学作品,翻译工作者需要在跨文化背景下掌握语言的特点和语境,将其中的文化审美表现出来。例如,《天净沙·秋思》,通过一系列的意象营造了孤寂凄凉的意境,这就要求译者解读语境,在翻译模糊的语言时,挖掘作品的审美取向,进而彰显作品的美学价值,使译文能够传递出真实的意境,也使读者能够了解作品的语言艺术。

四、尊重宗教差异

在英美文学作品中,体现了深厚的宗教人文元素,这就要求译者在翻译的过程中关注宗教人文。宗教人文因素深刻影响着英美文学作品,不仅影响着作者的语言表达,也影响着作品的思想表达。译者需要合理运用翻译策略,做到准确传达原文思想。由此看来,译者需要在尊重宗教人文的前提下采用合适的翻译策略,有效的翻译策略主要分为两类:第一类,充分分析读者的语言特点,利用同化翻译策略,从读者的宗教人文角度出发,合理翻译整个文学作品,使译文既能传达原文思想又能被读者很好地理解;第二类,从作者的宗教人文语言入手,利用异化翻译策略,深刻剖析宗教人文对语言产生的影响,尊重原文文本的含义,精准传递作者的中心思想。在翻译的过程中,无论运用哪种翻译策略,译者都需要保留文学作品主题思想,在尊重宗教人文差异性的前提下合理选择翻译策略,进一步提升翻译质量。

五、提高翻译素养

毫无疑问,影响文学作品翻译效果的因素肯定包括翻译工作者自身的综合素质。在翻译文学作品的过程中，提升翻译者的文学修养是非常重要的。首先，不断加强对高等教育汉语言专业、外国语言专业学生跨文化意识的培育，在意识层面重视提升学生的文学修养；其次，引导翻译工作者大量阅读优秀文学作品，增加自身阅读量，通过查阅历史典籍和文献资料来增强自身的文学底蕴，了解不同语言文化特点，尊重中西方文化差异；再次，鼓励翻译工作者积极参与各类有关文学作品、翻译的研讨会、交流会，提升自身文学修养，提高文学作品翻译质量；最后，积极参与原文作者组织的交流会，加深对文学作品的理解，准确感悟作品的主题思想，做到精准翻译。

参考文献

[1] 孙致礼. 中国的英美文学翻译[M]. 南京：译林出版社，2009.

[2] 赵小兵. 文学翻译：意义重构[M]. 北京：人民出版社，2011.

[3] 王东风. 译家与作家的意识冲突：文学翻译中的一个值得深思的现象[J]. 中国翻译，2001，22（5）.

[4] 马旭燕. 论翻译主体性[J]. 高等函授学报（哲学社会科学版），2013，28（2）.

[5] 王东风. 论翻译过程中的文化介入[J]. 中国翻译，1998（5）.

[6] 覃德清. 中国文化概论[M]. 桂林：广西师范大学出版社，2002.

[7] 郑海凌. 译理浅说[M]. 郑州：文心出版社，1900.

[8] 王秉钦. 语言与翻译新论[M]. 天津：南开大学出版社，1998.

[9] 查明建，谢天振. 中国20世纪外国文学翻译史[M]. 武汉：湖北教育出版社，2007.

[10] 李乃坤. 英美文学漫笔[M]. 济南：山东大学出版社，2014.

[11] 李日. 多视野角度下英美文学研究[M]. 长春：吉林人民出版社，2018.

[12] 李正栓，张丹. 许渊冲译者行为研究[J]. 北京第二外国语学院学报，2022，44（3）.

[13] 崔永禄，李静滢. 翻译本质与译者任务的一些思考[J]. 外语与外语教学，2004.

[14] 许钧. 文学翻译的理论与实践：翻译对话录[M]. 南京：译林出版社，2010.

[15] 王伟华. 文学翻译视域下的翻译教学研究[M]. 武汉：武汉大学出版社，2021.

[16] 王理行. 文学翻译还需要忠实吗？[J]. 外国语文，2022，38（3）：1-9.

[17] 党星. 文化差异视角下文学作品的中英翻译处理方式研究[J]. 名家名作，2022（2）.

[18] 刘瑞强. 翻译效应论 [M]. 北京：国防工业出版社，2014.

[19] 姚冬悦. 信达雅原则在文学翻译中的应用——以《英译现代散文选》为例 [J]. 今古文创，2022（5）.

[20] 高清清. 中西方文化差异与翻译的"原著感" [J]. 辽宁工业大学学报（社会科学版），2022，24（1）.

[21] 文军，张镇华，黄萍. 外语·翻译·文学 [J]. 北京：北京航空航天大学出版社，2004.

[22] 李晓丹. 英语翻译的方式与技巧研究 [J]. 海外英语，2022（10）.

[23] 李维屏. 英美文学研究论丛 [M]. 上海：上海外语教育出版社，2019.

[24] 许钧. 文学翻译批评研究 [M]. 南京：译林出版社，1992.

[24] 李翼. 杜博妮文学翻译思想考 [M]. 北京：社会科学文献出版社，1992.

[25] 周建新. 英美文学与文化 [M]. 广州：华南理工大学出版社，2019.

[26] 于洋. 跨文化传播视角下经典文学作品的英译研究 [J]. 海外英语，2022（2）.

[27] 曾利娟. 文化差异与跨文化交际 [M]. 北京：中国铁道出版社有限公司，2019.

[28] 范俊玲. 跨文化交际中中美文化价值观的差异 [J]. 鄂州大学学报，2022，29（1）：61-62.

[29] 许菁频. 论中国现代的外国文学翻译 [J]. 重庆第二师范学院学报，2022，35（3）：78-83.

[30] 陈雪松，李艳梅，刘清明. 英语文学翻译教学与文化差异处理研究 [M]. 西安：西安交通大学出版社，2018.